김범 장편소설

띵동~

할매가
돌아왔다

다산
책방

할머니와 손자가 그렇게 잘 지내는 이유는

공통의 적을 가지고 있기 때문이다.

———

샘 레벤슨

띵동~

차 례

할머니가 돌아왔다

ⓞⓞⓞⓞ

2012년 한여름 날이었다. 할머니가 돌아왔다. 광복을 코앞에 두고 염병에 걸려 죽었다던 할머니가, 사진은 물론 어떤 흔적도 남기지 않았고 어느 누구도 그분 얘기를 꺼내지 않아 애초에 존재하지 않았던 인물처럼 그렇게 묻혀 있던 정끝순 여사가 어느 날 오후 갑자기 우리 집 앞에 나타나 벨을 눌렀다.

집엔 아무도 없었다. 내가 있긴 했지만 아무도 없는 것과 마찬가지였다. 그래서 누구도 문을 열어줄 수 없었다. 벨은 끊임없이 울렸다. 정확하게 10초 간격으로 지겹도록 울렸다. 거실 소파에 옆으로 누워 케이블티브이 예능 프로그램을 보며 반쯤 잠들었던 나는 처음엔 비몽사몽 헤매다가 아홉 번째 벨소리에 잠이 달아났고 다시 잠에 들기 위해 안간힘을 쓰다가 스물세 번째 벨소리를 듣고는 더 이상 견딜 수 없어 억지로 몸을 일으키고 현관 쪽으로 느릿하게 걸었다. 집안 식구면, 가까운 친척이나 이웃이면, 어머니나 동생 친구면 어린이집 원생들도 쉽게 외울 수 있는 비밀번호 1000을 누르고 문을 열었을 텐데. 그렇다면 잡상인? 하나님의 자매들? 신문사 영업 사원? 할아버지 친구분?

현관문 확대경을 들여다봤다. 조그만 노파가, 깃털 달린 기괴한 밤색 벙거지 모자를 쓰고 동전만 한 은빛 반짝이가 잔뜩 달린 요상한 원피스 정장을 입은, 눈이 커다랗고 뺨이 발간, 매우 수상쩍어 보이는 인물이 문 앞에 차렷 자세를 하고 서 있었다. 기분이 묘했다. 누구냐고 물었지만 답이 없었다. 조금 굵은 목소리로 다시 물으니 노파는 자신을 정끝순이라고 밝히고 여기가 최달수 집이냐고 되물었다. 노파의 목소리는 의외로 맑고 높았다. 정끝순이 누군지는 몰랐지만 아버지 이름을 정확히 댔기에 아무 생각 없이 문을 열었다.

문을 열자마자 괴상한 외모의 노파는 내 겨드랑이 밑을 지나 냉큼 현관으로 들어서더니 연보라색 신발을 순식간에 벗어 던지고 마치 바퀴벌레가 기어가듯 슬금슬금 가느다란 다리를 놀리며 집 안에 들어섰다. 그녀의 손에 분홍빛의 앙증맞은 캐리어 가방이 하나 들려 있었다. 응접실 소파에 앉은 노파는 가방을 열더니 손거울과 화장품을 꺼내 들었다.

"누구세요?"

"정끝순이라고 했잖아."

"저는 처음 뵙는 분인데요. 저희 아버지를 아세요?"

"네가 달수 아들이냐?"

"그런데요?"

"내가 네 할머니다."

눈을 깜빡이며 한참을 생각해야 했다. 할머니는 내가 상황을 이해할 때까지 꼼짝 않고 기다려주었다.

내 할머니라니. 그렇다면 아버지의 어머니란 얘기고 할아버지의 아내란 소리며 어머니의 시어머니란 말씀인데. 가만있자, 이건 정말 대단한 사건이었다. 광복 직전 염병에 걸려 죽었다던 할머니가 부활하신 것이었다.

큰 소리로 할머니를 부르며 그녀에게 돌진했다. 커다랗고 동그란 할머니 눈이 더 크게 벌어지는 걸 보며 조그만 몸뚱이를 힘껏 껴안았다. 눈물이 나면 더 효과적이었을 텐데 언제나 그렇듯 눈물은 한 방울도 흐르지 않았다. 괜찮았다. 눈물 없이도 충분히 감격적인 할머니와 손자의 첫 만남이었으니. 이 노파가 거짓말을 한다거나 어떤 오해가 있다는 생각은 전혀 하지 않았다. 염병에 걸려 죽었다던 할머니가 나타나 자신이 부활했다고 밝혔을 땐 분명 거짓말이나 오해일 것이라고 생각해야 정상이라고 볼 수 있으나, 그런 생각을 하기엔, 그래서 이 기막힌 순간에 감격지 않고 냉정을 찾기엔 내 인생이 너무나 무료했다.

무슨 일이었을까? 할아버지는 독립운동을 하셨다고 하니 치열한 투쟁의 와중에 피치 못할 사정으로 헤어져 생사를 모르고 70년 가까운 세월을 눈물 속에 보내다가 얼마 전 우연히 여기 소식을 듣고 한걸음에 달려오신 걸까? 그렇다면 어떤 사정이었을까? 두 분이 함께 황량한 만주 벌판에서 일본군의 집요한 추격을 받다가 할머니는 총에 맞아 쓰러지고 할아버지는 조직에 군자금을 전달하기 위해 피눈물을 흘리며 할머니를 놔두고 도주해야만 했고.

내 공상은 봄꽃처럼 환하게 피어났다.

할머니는 일본군 막사에서 치료를 받고 헌병대로 이송되어 악랄한 고문을 받던 중 극적으로 탈출했지만 혹독한 고문의 충격으로 기억을 잃고 오갈 데 없는 중국 땅에서 굶주림과 추위에 지쳐 쓸쓸하게 죽어가다가 미국인 선교사의 도움으로 살아나 함께 도미, 그와 결혼해 그곳에서 은혜 넘치는 새 인생을 살았고 불의의 교통사고로 과거 기억이 기적적으로 되살아나 고민 끝에 귀국한 경우가 아닐까?

그게 아니면 포로로 잡혀 있는 동안 독립군 아지트를 알아내려는 일본 놈들의 고문을 끝내 이겨냈으나 해방 후 오히려 일본군으로 몰려 시베리아 유배지로 끌려가 거기서 공산 소비에

트의 인민이 되어 살다가 최근 러시아를 방문한 한국인을 통해 가족 소식을 듣고 한걸음에 달려온 건 아닐까?

내 공상은 거기까지였다. 겨드랑이에 통증이 와서 할머니를 포옹한 두 팔을 풀어야 했다. 왼쪽 팔뚝 밑에 새빨간 손톱자국이 남았다.

"어휴, 숨 막혀 죽는 줄 알았네. 지 할아비를 닮아 무지막지한 놈이네."

공상과 같은 극적인 감동 드라마가 아닐 수도 있다는 예감이 면도날처럼 날카롭게 내 겨드랑이를 스쳐갔다. 할머니가 다시 화장을 고치는 모습을 물끄러미 바라보다가 불현듯 놀라 휴대폰을 찾았다.

"왜? 네 할아비랑 달수한테 전화하려는야? 서두를 필요 없어. 기다리면 오겠지."

"빨리 알려 드려야죠. 잠깐만 기다리세요. 내 전화가."

"전화는 저기 있잖아."

거실 유선전화로 서둘러 번호를 찍었다. 그때였다. 덜 떨어진 놈이라는 할머니의 투덜거림을 들으며 아버지 휴대폰 번호를 누르는데 시야에 정체를 알 수 없는 노란빛이 스며들었다. 끈적거리는 빛, 밀도가 높은 음험한 빛, 아주 익숙한 빛이었다. 현애가 내게 회사에서 엠티 간 거라고 처음 거짓말을 했을 때, 현애가 부모 때문에 어쩔 수 없다며 이별을 통보했을 때, 현애가 상우와 결혼한다는 소식을 들었을 때, 그때마다 은근슬쩍 찾아와 시야를 가리던 그 잔인한 노란빛. 불길했다. 그래서 일단 전화를 끊으려는데 예의 굵고 느린 아버지 목소리가 들렸다.

－ 여보세요? 진정한 진보 시대의 일꾼, 노동자와 농민의 친구, 최달숩니다.

어떻게 할까?

－ 여보세요?

어떻게 하지?

－ 아, 누구시냐고?

나도 모르게 말이 불쑥 튀어나왔다. 노란빛 때문이었다.

－ 아버지, 동석인데요. 할머니가 오셨어요.

－ 뭐라고?

－ 할머니가 오셨다고요.

－ 너, 또 꿈꿨냐?

－ 그게 아니라 할머니, 바로 정끝순 씨가 지금 집에 와 계세요.

－ ······.

－ 아버지?

－ ······.

－ 아버지?

난 전화기에 대고 아버지를 애타게 불렀고 아버지는 침묵했

고 할머니는, 불길한 노파는 속에서 올라온 가래를 입 안에서
끓이며 슬금슬금 부엌으로 가더니 어머니가 가장 아끼는 장미
꽃 무늬 컵을 꺼내 정수기 물을 따라 풍선처럼 동그랗고 발간
양 볼을 부풀리며 물로 입 안을 헹궜다.

　나는 보았다, 그녀가 입 안을 헹군 물을 뱉어낼 때 함께 튀어
나온 찬란하게 빛나는 노란 가래를. 한때 홍대 클럽에서 날렸던
인디밴드, 어어부 프로젝트의 종점 보관소 노래가 입에서 절로
튀어나왔다.

　나는 막차를 타고 잠이 들어서 종점까지 왔다네.
　어제도 나는 막차를 타고 잠이 들어 종점까지 왔었네.
　집은 너무 멀어서 걸어가기가 버거운데
　비까지 몹시 퍼부어 현재 상황을 더욱 어렵게 하네.

　노래방엔 왜 이 명곡이 없을까?

　"노원에 노래방이 여기 하나뿐인 줄 아나? 이런 된장. 동석
아, 나가자."

도우미를 부르려면 30분 정도 기다려야 한다는 주인 말에 상우가 발끈해 문을 박차고 나섰다. 노원에서는 그래도 스피커 사운드가 제일 낫고 도우미도 수준급인 노래방이었지만 빈털터리인 난 군소리 없이 물주인 상우를 따라 나섰다.

밖은 무더웠다. 한길로 나서자마자 이마에서 땀이 흘렀다. 어디선가 날아온 바람 한 줌이 무더위에 찌든 이마를 스쳤다. 아주 짧고 아쉬운.

"따라와. 오늘 우리 끝까지 가는 거야."

상우가 호기를 부리며 목에 핏대를 세웠다.

상우는 변했다. 누가 봐도 변했다. 상우는, 유치원과 초등학교 동기 동창이며 중학교 때는 과외를 같이했고 다시 고등학교 동창으로 만나 함께 재수를 했던 상우는, 서로 다른 대학에 진학했지만 영어 회화 연합 동아리에서 또 뭉쳐 대학 시절 내내 붙어 다녔던 상우는 유치원 백합반 때부터 대학 졸업 때까지 단 한 번의 흔들림도 허용치 않고 반듯한 모범생 이미지를 고수했던 이른바 엄친아였다.

물론 나는 알았다. 중학교 2학년 시절 상우가 집 근처 독서실에서 공부한다며 자기 부모를 감쪽같이 속이고 일주일에 적어도 네 번 이상 오락실에서 테트리스에 몰두했던 일. 중학교 3학년 때 분주한 등교 시간 버스에서 대학생 누나 히프에 아래를 문지르다가 용감한 누나의 손아귀에 잡혀 그만 알이 깨질 뻔했던 일. 고교 1학년 때 19금 만화 영화 〈블루시걸〉을 보러 갔다가 혈안이 되어 온 영화관을 누비던 야외 지도 선생 때문에 무려 여섯 시간 동안 영화관 화장실에 숨어 있었던 일. 고교 2학년 때 하굣길에서 인근 중학교 짱으로 유명했던 아이가 째려본다고 괜히 불러 세웠다가 양 볼이 고구마 크기만큼 부풀어 오르도록 얻어터진 일. S대에 낙방한 후 술에 만취해 내 방을 찾아와 구겨진 자존심 때문에 엉엉 울다가 그만 오줌을 지렸던 일. 그러나 나를 제외한 사람들은, 그러니까 상우 엄마와 내 어머니, 그리고 현애에게 김상우는 늘 반듯하고 성실한 남자였다.

'더 바라지도 않는다, 딱 상우 반만큼만 해라.'

'상우는 이번에도 우등상 탔다는데?'

'어떻게 운동도 상우 씨보다 못하냐?'

'둘이 친구 맞아? 달라도 너무 달라.'

상우는 그들의 믿음에 보답이라도 하듯 오직 단 한 번의 실패, 재수를 넘고부터는 자타 공인 사립 최고 명문, Y대 경영학과 차석 입학과 3등 졸업, ROTC 장교 복무, 그리고 S전자 입사에 이르기까지 이른바 모범 답안 인생의 길에서 한 치도 벗어나지 않았다.

서울에 있는 대학이라는 것 외에는 내세울 게 없는 이른바 삼류 대학 국문과와 오직 북에서만 두려워한다는 노원구청 공익 출신으로 교사 임용 고시 2연속 낙방, 공기업 입사 시험 3연속 낙방, 7급 공무원 시험 4연속 낙방, 9급 공무원 시험 2연속 낙방, 지방직 10급 공무원 시험 또 2연속 낙방.

이게 다가 아니었다. 10대 대기업 입사 시험 전패, 세무사, 법무사, 공인중개사, 주택관리사보, 공인노무사 등등 각종 자격시험 전패, 그리고 서류 전형과 면접을 포함한 온갖 중소기업 입사 시험 연패 등 총 입사 시험 88연속 낙방의 대기록을 달성한 내가 상우 같은 인물과 제일 친한 친구라는 걸 상우 엄마도 내 어머니도 현애도 믿기 어려워했다.

그러던 상우가 S전자에 사표를 내고 개인 사업을 시작한 후 급격하게 변하기 시작했다. 술만 마시면 그 순결하던 입에서 온갖 저급한 단어가 튀어나오고 술에 취하면 꼭 여자가 있는 술집을 찾았다. 상갓집이나 동창 노름꾼들 모임에서 밤새워 화투를 만지는 핼쑥한 상우의 얼굴을 자주 대하고 나서 나는 결론을 내렸다.

'말 못 할 지병이 생겼거나 회사가 어렵거나. 아무튼 분명히 심각한 문제가 있는 거야. 문제? 무슨 문제?'

묘한 심리 상태, 상우를 보며 불안해하면서도, 걱정하면서도, 속상해하면서도, 마음속 깊은 곳, 한구석에 자리 잡은 야릇한 쾌감과 기대가 있었다. 사람이 이러면 안 된다고 수없이 다짐하며 그 쾌감과 기대를 없애보려 노력했으나 그것들은 외려 더 부풀어 오르기만 했지 절대 사라지지 않았다. 고민 끝에 나는 그것들을 외면하기로 했다. 다른 방도가 없었다.

결국 한 수준 아래 노래방을 찾아 몸도 마음도 전혀 끌리지 않는 통나무형 아줌마 둘과 함께 술을 마시고 춤을 추고 노래를 불렀다. 내 파트너는 통나무였지만 그래도 나이는 우리 또래로 보였는데 상우 파트너는 아무리 낮게 잡아도 우리보다 10년은 더 오래된 연식으로 보였다. 상우는 그 이모뻘 되는 아줌마도 좋기만 한지 끌어안고, 밀고 당기고, 돌리고 뒤집고, 거의 발광을 했다. 두 아줌마를 데리고 모텔에 가겠다는 걸 억지로 뜯어말려 새벽 1시에 간신히 끝장을 봤다.

몸도 못 가누는 상우를 인도 가로수에 기대어 앉혀놓고 택시를 기다렸다. 평소 택시가 많은 장소였는데도 웬일인지 빈 택시가 쉽게 눈에 띄지 않았다. 상우 몸이 옆으로 기울어졌다. 그의 상체를 다시 가로수 중앙에 맞혀놓았다. 상우가 뭔가를 중얼댔다. 그의 입에 귀를 갖다 댔다. 시큼한 냄새가 났다. 상우 목소리가 희미하게 들렸다. 부정확한 발음인데도 내겐 또렷하게 들렸다.

"이게 다 너 때문이야, 인마."

10분을 기다려서야 빈 택시를 잡았다. 땀을 뻘뻘 흘리며 상우를 태우고 옆자리에 앉았다. 상우 상체가 다시 기울었다. 그에게 어깨를 빌려줬다. 상우 입술이 다시 꿈틀댔다.

"모두 너 때문이야, 이 씨방새야."

나도 상우 귀에 대고 속삭였다.

"어제 어떤 노파가 집에 찾아왔는데 내 할머니래. 골 때리지?"

"골 때리는 것도 다 너 때문이야, 이 씹당나귀야."

상우가 목에 핏대를 세우며 가래를 끌어 올리더니 미처 말릴 틈도 주지 않고 거침없이 그것을 바닥에 뱉어버렸다. 택시 기사가 고래고래 소리 지르며 난리를 쳤다. 그에게 연신 고개를 숙여야 했다. 청소비를 더 주겠다고 약속하고 그를 달래면서도 내 내 한 가지 생각뿐이었다. 뭘까? 뭐가 나 때문일까? 혹시? 숨어 있던 기대감이 스멀스멀 기어 나왔다. 애써 외면했던 놈이 당돌하게 내 앞에 바로 서서 낮은 목소리로 날 유혹했다.

'용기를 내, 이 바보야. 드디어 기다리고 기다리던 기회가 찾아왔어.'

휴대폰이 울렸다. 아버지였다.

- 여보세요?

- 장손이란 놈이 집에 이렇게 큰일이 터졌는데 어디서 뭐 하고 있는 거야?

그러는 아버지는 어제 아예 집에 들어오지도 않았다.

- 상우랑 있어요. 지금 들어가요.

- 상우를 아직도 만나? 넌 창피란 걸 모르는 놈이냐? 술 얻어 먹을 데가 그렇게 없어? 그나저나 그 놈도 너 같은 걸 친구라고

매번 물주 노릇을 하니 참 한심한 놈이다. 어쩌면 둘이 그렇게 똑같으냐?

그래도 상우와 날 똑같다고 봐주는 이는 아버지밖에 없었다.

- 이젠 어디 면접 보는 데도 없냐?

- 기다리고 있는 중입니다.

- 기다리고, 또 기다리고, 그렇게 기다리기만 하다가 사십 되고 오십 되는 거야. 넌 병원균이다. 바이러스야. 넌 의미도 존재도 없는 벌레야. 알아들었냐?

- …….

- 왜 대답이 없어?

- 네.

- 네 나이가 서른다섯이다. 하지만 널 보면 고등학생 같아. 아니지, 초등학생이지. 네 정신연령이 딱 그렇다는 거다. 넌 퇴보하고 있어. 점점 더 어린애가 돼가는 거야. 넌 그걸 알아야 한다. 지금 스스로 변하지 못하면 넌 아예 기저귀를 차야 할지도 몰라. 심각하게 생각해야 할 문제다.

내 정신연령이 낮다는 건 나도 알았다. 솔직히 아닌 것 같았지만 주변 모든 이가 그렇다고 하니 그렇다고 인정할 수밖에 없었다. 그것보다도 새삼스럽게 모두가 아는 얘기를 되풀이하는 아버지는 뭘 말하고 싶은 건지. 아버지는 할머니에 대해 물어보는 게 두려운 모양이었다. 어젯밤 활극을 복기해 보면 아버지는 할머니와 만나는 일이 두려워 주위에서 빙빙 돌며 눈치를 살피고 있는 중임이 틀림없었다. 아버지의 비겁함은 익히 알았지만, 내게 차마 할머니 얘길 물어볼 수 없어 이젠 아버지의 습관이 되어버린 악담을 한다는 걸 알았지만, 아버지를 이해할 수 있었지만 그래도 매일매일 듣는 아버지의 악담은 매번 내 마음을 후벼 팠다.

－ 할머니는 아직 집에 계세요.

－ 할머니가 혼자 오셨냐? 다른 흑인들은 오지 않았어?

흑인? 무슨 말인지. 너무 놀라서 헛소리를 하시는 건가?

－ 아뇨. 혼자 오셨어요.

－ 할아버지는?

－ 어제 정말 난리가 났었어요.

－ 네 엄마는?

－ 어머니야 뭐, 그냥 그랬지요.

－ 네 동생은?

뭘 하자는 건지. 그래도 부모가 가뭄에 콩 나듯이 찔러주는 용돈이 아니면 생활 자체가 어려운 벌레 같은 나는 공손하게 아버지의 질문에 대답해야만 했다.

－ 동주는 아무 말 없었어요. 그냥 놀랐겠지요.

－ 알았다. 끊는다.

－ 아버지.

전화는 이미 끊겼다. 하지만 난 내 할 말을 다 해야 했다.

"왜 저는 안 물어보세요? 저도 놀랐어요. 아주 많이 놀랐어요. 충격받아서 오늘 딱 한 잔만 하러 나온 겁니다. 집에 있으면 숨이 막힐 것 같아서요. 아버지는 왜 피하기만 하시나요? 벌레 같은 아들도 집에 들어가는데 아버지는 왜 생모가 나타났는데도 안 들어오시나요?"

아파트 단지에 들어서며 상우네 집에 전화를 했다. 이번에도 상우 여동생이 전화를 받았고 그 애가 뛰어나와 세차비 포함 택시비를 내고 축 처진 상우를 부축해 들어갔다. 상희가 건네는 만 원짜리 지폐를 받으며 힐끗 상우네 집 창을 엿봤지만 현애의 그림자는 보이지 않았다.

집까지 걸어가기로 했다. 만 원짜리 지폐를 바지 주머니에 넣는데 갑자기 왼쪽 눈 밑에서 짧은 경련이 일어났다.

'뭐 어때? 술 취한 놈 데려다주고 당연히 택시비 받는 건데.'

한여름인데도 밤길은 쌀쌀했다. 터덜터덜 걸으며 상우의 '너 때문이야'에 대해 깊은 생각을 했다. 타박타박 걸으며 조만간 현애를 만날지도 모른다는 생각을 했다. 타닥타닥 걸으며 할머니와 할아버지는 어떻게 되었을까 궁금해했다. 어제는 정말 대단하고 놀라운 하루였다.

할아버지는 대뜸 삿대질부터 했다. 평소 조선 시대 마지막 선비의 모습은 전혀 보이지 않았다. 부릅뜬 눈과 양쪽으로 한껏 올라간 눈썹, 콧구멍은 쉴 새 없이 벌렁댔고 입술은 마치 웨이브를 그리는 듯 팔자 형태로 꿈틀댔다. 목은 잔뜩 웅크린 상태였고 굳은 양 어깨는 하늘을 향했다. 허리는 앞쪽으로 15도 정도 기울었고 힘이 바짝 들어간 두 다리는 넓게 벌어져 있었다. 지난 35년 거의 매일 얼굴을 마주했던 할아버지였지만 이런 웃기는 자세, 이런 험악한 표정은 고백건대 처음이었다.

무엇보다도 놀라운 것은 구릿빛 할아버지 피부가 머리부터 발끝까지 밝은 노란색으로 도배가 됐다는 것. 그런 생각을 했다. 사람의 피부색이란 게 극한 상황에 이르면, 지독한 분노 또는 공포에 사로잡히면 카멜레온처럼 연두색도 되고 보라색도 될 수 있겠다는.

현관에서 거실까지 한걸음에 날아온 할아버지는 난생처음 보는 그로테스크한 모습으로 나를 경악케 하더니 마치 권총을 쏘듯 오른손 검지로 할머니를 지목했다. 이른바 삿대질. 할아버지는 뭔가를 얘기하려는 듯 입술을 놀렸지만 입에선 이상한 소음만 새 나왔다.

크르르르릉.

동물원 맹수가 떠올랐다. 호랑이 목에 큰 가시가 걸려 사흘이 지나도 절대 빠지지 않을 때, 막 교미를 시작하려는 사자의 성기에 뜨거운 물을 퍼부었을 때, 닷새 굶어 눈에 뵈는 게 없는 표범 우리 바로 앞에 빨간 암소 뒷다리 고기를 놓아 피 냄새를 솔솔 풍길 때, 그럴 때나 들을 수 있는, 분노와 슬픔, 욕망과 애통이 적절하게 섞인 맹수의 포효, 딱 그것이었다. 요상한 소음은 단지 서막에 불과했다.

갈아 마셔도 시원치 않을 더러운, 더러운, 이 더러운 잡년.

난 깜짝 놀랐다. 할아버지 입에서 저런 저속한 단어가 튀어나오다니. 그러나 정작 내가 놀란 건 할머니를 봤을 때였다. 할아버지 서슬에 비해 할머니는 태연하고 담담할 따름이었다. 소파에 앉아 할아버지를 보는 할머니의 눈엔 아무런 동요도 보이지 않았다. 할머니는 그저 할아버지의 질풍 같은 등장과 쏟아지는 폭언을 티브이 보듯 무덤덤하게 쳐다볼 뿐이었다. 한 편의 부조리극이라고나 할까. 그리고 그 부조리극은 곧이어 액션영화로 돌변했다.

할아버지가, 일찍이 충남 부여 명문가 장남으로 태어나 경성 유학을 했고 만주로 탈출, 독립운동에 투신했던 할아버지가, 고향에서 교편을 잡다가 전쟁 이후 비록 출판 사업 실패로 서울 변두리를 돌며 연탄 가게, 만화방, 쌀가게, 슈퍼마켓 주인으로 그저 그런 삶을 살았지만 빈궁한 생활 속에서도 언제나 조선의 선비 정신을 잃지 않고 늘 자신의 몸과 마음을 바로 했던, 이 시대 지식인이며 교양인인 할아버지가, 세상에서 가장 부끄러운 일은 조국을 배신하는 것과 부모에게 불효하는 것이며 그보다 더 수치스러운 일은 상스러운 말을 입에 담거나 주먹질을 하는 것이라고 가르쳤던 할아버지가 놀랍게도 조그만 할머니에게 달려들더니 할머니의 밤색 벙거지 모자를 벗겨버리고 그녀의 머리카락을 움켜쥐었다.

감히 여기가 어디라고, 이 뻔뻔한, 뻔뻔한, 뻔뻔한.

할아버지가 할머니 머리채를 흔들며 다른 손으로 할머니 뺨과 어깨를 후려칠 동안 나는 할아버지의 폭력에 놀랐고 그 폭언에 얼어붙었고 눈부신 할머니의 금발 머리에 정신이 나가버렸다. 내가 멍하니 서 있는 동안 잔혹한 폭력은 이어졌고 할아버지를 뒤따라 집에 들어와 사태를 관망하던 어머니가 보다 못했는지 두 사람 사이로 뛰어들어 할아버지 허리를 끌어당겼다. 어머니는, 85킬로그램의 몸무게를 자랑하는 어머니는 할아버지의 주먹질 유탄 한 방을 이마에 맞고도 결국 용감하고 씩씩하게 조그만 할머니에게서 할아버지를 떼어 내는 데 성공했다.

동석아, 뭐해? 빨리 저분을 네 방으로 모시고 가라.

어머니 호령에 비로소 나는 후들후들 떨리는 다리에 힘을 바짝 주고 할머니에게 다가가 그녀의 손을 잡아당겼다. 할머니는 여전히 담담한 얼굴이었다. 헝클어진 금발과 붉게 물든 뺨. 하지만 표정은 여전히 평화, 평화였다. 다만 맑은 물이, 작은 물방울이 그녀의 큰 눈에 가득 고여 있었다. 할머니는 아무런 저항 없이 내 손에 이끌려 현관 옆 내 방으로 피신했다. 할머니가 방에 들어간 후 나는 방 안쪽 잠금 단추를 눌러 놓고 문을 닫았다. 어머니 손에서 빠져나온 할아버지가 다시 비호같이 달려와 방문을 차고 두드려 댔다. 어머니와 나는 할아버지 바로 뒤에 서서 노인의 광분을 지켜보기만 했다. 할아버지는 여전히 입에 담지도 못할 야비하고 잔인한 폭언을 터뜨리며 동네 양아치들처럼 발길질과 주먹질을 멈추지 않았다.

그때였다. 뭔가가 내 손을 툭 건드렸다. 어머니 손이었다. 어머니가 내 손을 살짝 쥐었다. 흥분과 공포 속에서 어머니를 쳐다보니 어머니 얼굴에 희미한 미소가 있었다. 그 뜻은 이제 얼추 정리가 되었다는 것. 흥분과 공포가 거짓말처럼 한순간에 사라졌다. 어머니가 괜찮으면 뭐든 괜찮은 일이었다. 이성을 찾으니 할아버지의 광분이 점차 가라앉는 것도 확연하게 느낄 수 있었다. 할아버지는 넘치는 에너지를 자랑하며 방문을 향해 끝없는 폭력을 과시했지만 방 안은 쥐죽은 듯 고요했고 손을 맞잡은 어머니와 나도 빠른 속도로 평온을 찾았다.

어머니와 나는 더 이상 구경꾼 되기를 포기하고 거실로 물러나 소파에 앉아 숨을 골랐다. 이마에 난 땀이 식었다. 등줄기가

서늘했다. 치열한 일대일 길거리농구 한 게임을 하고 난 기분이
랄까. 부엌 냉장고에서 오렌지주스를 따라 마시고 어머니에게
도 장미꽃 무늬 컵에 한 잔 따라 가져다주었다. 어머니가 한숨
에 잔을 비웠다. 어머니에게 할머니가 그 컵을 썼다는 얘긴 하
지 않기로 했다. 폭풍은 그쳤다. 할아버지의 끝없는 광분과는
상관없이 메인이벤트는 막을 내린 게 분명했다. 하지만 내 마음
속 여운은 길었다.

광복 직전 염병에 걸려 죽었다고 은폐되었던 할머니는 아마
도 더럽고 뻔뻔한 여자였던 것 같았다. 바람이 나서 할아버지
를 버리고 야반도주를 했나? 설마 그 시대에 그럴 리가. 하지만
더럽단 소리와 뻔뻔하단 말의 의미로 볼 때 예감은 자꾸 그쪽
으로 흘렀다. 바람을 피우고 또 피우다가 늙고 병들면 집에 돌
아오는 노인 얘기는 들어봤지만, 그 경우엔 대부분 가족들이 받
아준다고 알았지만 바람나서 집을 나갔다가 가만있자, 오 마이
갓, 무려 67년 만에 귀가한 노파의 경우는 들어본 적이 없어서
앞으로 일이 어떻게 전개될지 걱정이 앞섰다. 잠깐 다니러 온
것인지, 아예 귀가를 한 것인지, 그것도 알 수 없었다. 잠깐 얼
굴이나 보려고 들른 것이면 좋겠다는 생각을 하다가 다른 걱정
에 가슴이 덜컥했다. 혹시 영구 귀가는 아니더라도 장기 체류라
도 한다면? 우리 집 방은 네 개. 할아버지 방과 부모님 방, 동생
방, 그리고 내 방. 할머니와 할아버지가 한 방을 쓸 리는 절대

없을 것 같다. 부모님 방에서 머물 수도 없는 일이고. 동생은 처음 보는 할머니와 함께 방을 쓸 아이가 아니었다. 그렇다면?

뚱뚱뚱뚱, 경쾌한 기계음 소리와 철컥, 현관문 잠금 키 풀리는 소리가 났다. 동생이 귀가했다. 그제야 할아버지의 모노드라마가 대단원의 막을 내렸다. 동생은 어머니의 명으로 영문도 모른 채 무조건 할아버지를 달랬고 할아버지가 동생과 함께 자신의 방으로 들어가자마자 할머니가 냉큼 내 방에서 나와 다시 소파를 차지했다. 어느새 할머니의 금발은 잘 정돈되었고 빨갛게 타올랐던 볼도 본래의 색으로 돌아왔다. 할머니가 어머니를 불렀다.

내가 네 시어미다. 절을 받아야겠다.

잠시 머뭇거리던 어머니가 정색하더니 또렷한 목소리로 애들 아빠에게 물어보고 절을 하겠다고 응대했다. 할머니는 뭔가 더 할 말이 있다는 듯 입술을 움직였으나 그 입술에서 다른 소리는 나오지 않았고 그녀는 결국 아무 말 없이 고개를 창밖으로 돌렸다. 어색하고 불안한 침묵이 세 사람 앞에서 길게 이어졌다.

견디다 못한 어머니가 티브이를 켰다. 처음 상봉한 시어머니와 며느리와 손자가 함께 소파에 앉아 티브이를 봤다. 별로 웃기지도 않는 농촌 생활 소개 프로그램이었는데 할머니가 '하' 소리 비슷한 짧고 이상한 웃음소리를 냈다. 할머니를 바라봤다.

어두운 피부색과 선명하게 대비되는 할머니의 금발에 저절로 시선이 갔다.

어머니가 여러 차례 전화를 했으나 아버지는 끝내 전화를 받지 않았다. 꽤 오랜 시간 어머니와 나는 할머니와 함께 거실 소파에 앉아 티브이를 봐야 했다. 대화는 한마디도 없었다.

밤 12시가 넘자 어머니는 할머니에게 일단 주무시고 내일 얘기하자고 하고는 내 방에 할머니 잠자리를 펴고 자신도 방으로 들어가 버렸다. 할머니가 내 방에 들어간 후 나는 티브이를 끄고 소파에 누웠다. 밤새 컴퓨터를 사용할 수 없다는 것은 재앙과 다를 바 없는 고통이었지만 난 참아야 했다. 내일 아버지가 들어오시면 뭔가 해결이 날 것이라 믿고 잠을 청했다. 한참 게임 할 시간인지라 머릿속은 그 어느 때보다도 맑고 밝았다.

괴로운 시간은 질기게 이어졌다. 잠시 잠들었다가 깨어난 할아버지가 자기 방에서 다시 폭언을 내질렀다. 배가 고팠다. 그러나 냉장고를 열고 뭔가를 꺼내 먹을 분위기가 아니어서 난 잠이 들기 위해 필사적으로 노력했다.

수많은 생각이 머릿속을 지나갔다. 바람나서 도망친 아내. 그때 젊었던 할아버지는 어떤 기분이었을까? 지금 할아버지는 어떤 느낌일까? 내 방에서 아무 소리도 내지 않고 있는 할머니는 지금 무슨 생각을 하고 있을까? 외박 중인 아버지는? 어머니 심정은? 그리고 이 커다란 사건에 도무지 무관심한 동생은?

할아버지의 절규와 폭언은 좀체 멈추지 않았다. 저러다 쓰러지는 게 아닌가 걱정이 되었다. 그렇다고 일부러 일어나 할아버지 방을 열어보는 짓은 하지 않았다.

새벽 1시가 지나고 2시가 지나고 3시가 지나고 4시가 지났다. 창밖 하늘에선 푸르른 빛이 천천히 어둠을 밀어내고 있었다. 느릿느릿 잠이 찾아오고 있는데 벌컥 할아버지 방문이 열리더니 할아버지가 망치를 들고 내 방으로 뛰는 모습이 보였다. 쾅쾅쾅. 할아버지가 새벽 4시에 망치로 내 방문을 부수기 시작했다. 어머니가 뛰어나와 사투 끝에 망치를 빼앗고 거대한 소음에 놀라 잠에서 깬 동생이 다시 할아버지를 잘 달래 상황은 종료되었다.

새벽 5시. 이번에는 흐느낌이었다. 85세 노인의 오열. 끊어질 듯 끊어질 듯, 그러나 교묘하게 이어지는. 그걸 들으며 잠을 자야 하는 나.

새벽 6시. 할아버지가 자기 방 안 물건을 부수기 시작했다. 말리러 들어갔던 어머니는 깨진 거울에 발이 찔렸고 할아버지가 던진 의자에 맞아 팔뚝에 퍼런 멍이 들었다. 나는 소파에 누워 할아버지와 어머니의 사투를 관전했다. 이번에도 역시 동생이 할아버지 방에 들어가고 나서야 상황은 종료되었다. 그 시간 동안 내 방은 침묵 그 자체였다.

새벽 6시 넘어 겨우 잠이 들었는데 채 5분도 지나지 않아 어머니 발길질이 잠을 쫓아냈다. 억지로 눈을 뜨고 시계를 보니 아침 7시 30분이었다. 도대체 언제 한 시간 반이 지나간 것일까? 어머니의 새빨간 눈알 속에 노여움이 가득했다. 아버지에 대한 것이겠지.

동주 깨우지 말고 밥 차려 놨으니까 저분 일어나면 같이 밥 먹어.

할아버지는 주무세요?

이제 막 잠드셨다. 청심환 드시고 주무시니까 12시까지는 주무실 거야. 엄마가 그 전에 들어올 거야. 알았지?

네.

식탁에 만 원 두었다.

감사합니다.

어머니가 출근하자마자 할머니가 잠옷 차림으로 방에서 나왔다. 할머니의 분홍빛 잠옷에 커다란 미키마우스 그림이 그려져 있었다. 헝클어진 금발을 만지며 할머니가 물었다.

목욕 좀 해야겠다. 저기가 욕실이냐?

그렇게 7시 반에 들어간 할머니는 10시가 되어서야 빨간 얼굴로 욕실에서 나왔다. 욕실 안에 수증기가 자욱했다. 마치 구름 속을 헤집는 기분으로 안에 들어서니 변기엔 노란 오줌 물이, 욕조엔 때가 둥둥 떠 있는 뿌연 물이 그대로 있었다. 어머니가 제일 아끼는 다이어트용 살구 비누는 욕조 물속에 가라앉아 있고 욕실 바닥엔 금빛 머리카락 한가득. 몸을 닦은 수건은 변기 뒤에서 튀어나왔고 세면대엔 회색 타액이 달라붙어 있었다.

헐, 어머니나 동생이 이 광경을 목격한다면. 잠깐 망설이다가 목욕탕을 청소했다. 아침부터 땀이 흘러내렸다.

잠깐 들른 걸 거야. 오늘 돌아갈지도 몰라.

11시가 넘었다. 어머니도 아버지도, 아무도 돌아오지 않았다. 온천욕 같은 목욕을 한 할머니는 30분 이상 내 방에서 화장을 하고 나와 식탁에 앉아 아침 식사로 밥 세 술, 김치찌개 두 술, 김치 한 점, 계란말이 한 점을 떠먹고는 소파에 앉아 티브이를 틀었다. 할아버지가 일어날 시간이 돼가는데 어머니도 아버지도 여전히 소식이 없었다.

11시 10분, 어딜 가느냐는 할머니 물음을 무시하고 집을 나섰다. 단지를 벗어나자 갈 곳이 없었다. 일단 저녁 약속부터 잡는 것이 좋을 듯. 아무리 생각해도 만나줄 인간은 상우밖에 없었다. 상우에게 전화를 했다.

나다, 뭐 하냐?

또 술 고프냐?

아니 꼭 그런 건 아니고. 그냥 우리 집에 일이 좀 생겼어. 답답해서.

오후 5시면 끝나. 그때까지 어디든 가서 시간 좀 죽이고 있어. 돈은 있냐?

있어, 자식아.

다시 생각해도 거기밖에 없었다. 다시는 안 가려고 했는데.
하지만 내 발은 벌써 피시방을 향하고 있었다.

. . . 🔔 . . .

상우를 데려다주고 바로 집에 들어가려다가 피시방에 들러
약 한 시간 동안 고스톱을 쳤다. 30분만 하려 했는데 잘 풀리지
않아 한 시간 이상을 소비했다. 아파트 출입구 앞에 서서 담배
한 대를 태우며 쳐다보니 깊은 밤인데도 집에서 환한 불빛이
새어 나왔다. 시간을 보니 새벽 3시였다.

현관 앞에 신발이 어지럽게 널려 있었다. 고모의 넓적한 구
두도 눈에 띄었다. 거실 바닥에 할아버지와 고모, 동생이 각자
다른 곳에 시선을 두고 앉아 있었고 소파에 할머니와 어머니가
가운데 자리를 비우고 양 끝에 앉아 함께 창밖 새까만 어둠을
감상 중이었다.

동생 옆에 엉덩이를 붙이고 앉았다. 술 냄새를 맡은 동생이
미간을 찌푸리며 날 쩨려봤다.

"또 김상우 만나 술 얻어먹었어? 오빠는 뻘도 없어?"

"하나밖에 없는 친구잖아."

"아휴, 정말 내가 미쳐. 친구 좋아하네. 그나저나 하루 종일 밖에서 뭐 했어? 그 인간은 밤에 만났을 테고."

"그냥 여기저기 좀 다녔어."

"또 피시방 가서 고스톱 쳤지?"

"아니야, 동창들 만나 취직 부탁도 하고."

"웃기고 있네. 피시방 냄새도 나는데. 이젠 아주 천연덕스럽게 거짓말을 하네."

피시방 냄새도 있는 모양이었다. 동생은 냄새의 달인이었다. 어머니가 둘 사이 대화를 끊었다. 언제나 고마운 어머니였다.

"그만해라. 지금 그게 문제가 아니다. 동석이 너는 집안의 장남이니 알아야겠다. 너도 알다시피 할머니가 오셨다. 그런데 할아버지와 고모는 절대 할머니를 집안에 받아들일 수도 없고 너희들 할머니로 인정할 수도 없다고 하신다. 아빠는 아직도 안 들어오셨다."

평소 절대 눈을 마주치지 않는 고모를 살폈다. 고모는 아버지와 쌍둥이 남매였지만 성격도 외모도 아버지와 전혀 닮지 않았다. 성격도 성격이지만 특히 외모가 그랬다. 아버지는 뭐든 긴 편이었고 고모는 신체 모든 부위가 대체로 뭉툭했다.

고모 입이 한일자로 굳게 닫혀 있었다. 독립운동 가문의 프라이드가 가장 강한 고모에게 바람나서 집 나간 엄마의 귀환은 결코 반가운 일이 아닐 것이다. 그래도 고모 눈 주위가 새빨갰

다. 하긴 고모에게 할머니는 자신을 낳아 준 친엄마가 아닌가? 67년 만에 만난 엄마는 어떤 느낌일까? 아빠와 고모 나이가 예순일곱 살이니 그렇다면 쌍둥이를 낳자마자 도망갔단 얘긴데 가만, 이거 〈세상에 이런 일이〉에 나와야 하는 사건 아닌가? 그나저나 또 다른 자식인 아버지는 도대체 언제까지 집에 안 들어올 작정인지. 언제까지 이 일을 회피할 셈인지.

"오늘 너 나가고 또 한 번 난리가 났다. 고모가 오시고 또 한 번. 이렇게는 아무것도 해결되지 않을 것 같아서, 하루도 더 미룰 수 없는 문제라고 생각해서 한밤중이지만 냉정하게 서로 대화해 보자고 자리를 마련했다. 그런데 아버님도 이분도 아무 말씀이 없어서 이렇게 앉아만 있다. 아버지가 안 계시니 너라도."

내가 뭘? 다행스럽게도 고모가 어머니 말을 잘랐다.

"동석이가 뭘 안다고 나서요? 내가 알아서 해요. 이것 봐요."

고모는 놀랍게도 할머니를 '이것 봐요'라고 불렀다. 할머니는 예의 담담한 얼굴로 자기 딸을 쳐다봤다. 잠시 울컥했는지 고모가 말을 잇지 못했다. 할아버지가 이때 큰 기침을 했다. 입을 가리는 할아버지 오른손에 금발 한 움큼이 달라붙어 있었다. 낮의 한판 승부가 얼마나 대단했는지 짐작할 수 있었다. 이윽고 감정을 다스린 고모의 목소리가 거실에 울려 퍼졌다.

"설마 내 입에서 엄마 소리 나오길 기대한 건 아니겠죠? 당신은 백일이 막 지난 오빠와 날 버리고 떠난 사람이에요. 지금 오빠와 내가 몇 살인 줄 알아요? 우리가 예순일곱이에요. 내 손녀가 작년에 초등학교에 입학했어요. 엄마라는 건 처음부터 없었던 존재라고 생각하고 이를 악물고 평생을 살았는데 이제 내가 환갑 지나고 고희를 바라보니 나타났군요. 왜요? 도대체 왜 찾아왔는지, 남편과 핏덩이 쌍둥이 남매 가슴에 생못질을 하고 떠난 여자가 왜 이제 나타났는지, 어떻게 감히 이 집 안에 들어올 생각을 했는지, 정말 기가 막히네요."

고모가 잠시 호흡을 고르는 동안 할아버지가 세 번 연이어 큰 기침을 했다. 할아버지 눈 주위도 새빨갛게 변했다. 거실을 억누르던 팽팽한 긴장은 누그러졌지만, 괜한 설움이, 슬픔이 내 가슴에서 팔딱거렸다. 어머니를 봤다. 어머니 눈도 빨간색, 동생 눈도 빨간색이었다. 오직 할머니만 멀쩡한 큰 눈을 깜빡거리며 고모의 새빨간 눈을 주시했다.

"정말 기막히고 할 말이 태산이지만 그건 일단 뒤로 미루고 우선 물어봅시다. 왜 왔어요? 도대체 왜 나타난 거죠? 죽을병이라도 걸렸어요? 그래서 죽기 전에 용서를 빌고 싶었어요?"

이젠 할머니 차례였다. 할머니가 짧게 창밖을 응시하더니 눈을 몇 번 깜빡였다.

"무슨 병에 걸리진 않았다. 그것 빼곤 네 말이 다 맞아. 내가 너희들 가슴에 생 못질을 하고 떠났다가 이제 핏덩이가 할머니가 되니 돌아왔구나. 내 잘못은 내가 잘 안다. 지난 세월, 그 긴 시간 한시도 잊은 적이 없다. 내 죄에 대해선 딱히 할 말이 없다. 그냥 한번 보고 싶었다. 그것뿐이다. 얼마나 있을지는 나도 모르겠지만 잠시만 머물다 가고 싶다. 안 되겠니?"

"절대 안 돼. 당장 내 집에서 나가. 더러운 년. 뻔뻔한 잡년."

할아버지 고함이 터졌다. 동생이 고정하시라고 만류하자 할아버지가 씩씩대며 숨을 몰아쉬었다. 할머니가 말을 이었다. 그때 알았다, 할머니는 절대로 할아버지에게 시선을 주지 않는다는 것.

"그동안 돈을 좀 벌었다. 꽤 된다. 이젠 얼마 남지 않은 내 인생, 난 더 이상 돈이 필요 없는데, 복지 단체에 기부하려니까 왜 그렇게 허전한지. 이제 와서 핏줄 얘기하는 걸 참기 힘들겠지만 그래도 꼭 너희들, 바로 내 핏줄에게 물려주고 싶구나. 이번에 꼭 너희들에게 주고 가고 싶다. 물론 받으려 하지 않겠지만. 아무튼 오래 있지 않을 테니 좀 봐다오."

어머니 무릎이 아주 조금 떨렸다. 나만 느낄 수 있는 변화. 어머니는 나와 동생 다음으로 돈을 사랑하는 사람이었다. 고모 머리카락도 아주 잠깐 흔들렸다. 역시 나만 잡아낸 순간이었다. 고모는 하나님 다음으로 돈을 믿는 신실한 권사님이었다. 두 분을 대신해 묻고 싶었다.

'얼마인데요?'

내 마음속 질문을 들었는지 할머니 목소리가 이어졌다. 목소리가 조금 굵고 강해진 것 같았다. 기분에 그렇게 들리는 건가?

"일본에서 택시 회사를 했다. 이번에 정리했더니 한국 돈으로 한 60억 되는구나. 너희들에게 물려주면 세금을 제하고도 거의 40억은 된다고 하더라."

"수작 부리고 있네. 당장 나가. 이 더러운 잡년아."

할아버지 악다구니 속에서 나머지 식구들은 침묵했다. 각자 계산이 바쁜 모양이었다. 어머니는 고개를 숙였다. 뭔가 남에게 들키지 말아야 할 표정이 나올 때 모습이었다. 고모는 '주여' 소리를 다섯 번 냈다. 고모 역시 갈등 중인 듯했다. 그걸 읽었는지, 처음부터 예상했는지 할머니는 한껏 편안해진 표정으로 창밖 어둠을 감상했다.

벌레 같은 나도 계산 때문에 바쁘긴 마찬가지였다. 남녀평등 세상이 되었으니 고모와 아버지가 아마도 각각 20억? 거기서 반만 나와 동생에게 물려준다고 해도 내게 떨어질 금액이 5억은 될 것 같았다.

5백도 아니고 5천도 아닌 5억이라.

1억 정도 드는 24시간 편의점 다섯 점포를 운영할 수 있는, 2억 조금 더 드는 도시락 체인점 두 곳을 동시에 오픈할 수 있는, 서울 변두리나 신도시 상가 한두 개는 사둘 수 있는, 금융권에 맡기고 연 6퍼센트 이자만 받아도 매월 250만 원이 떨어지는 거액. 제법 규모 있는 피시방이나 생맥줏집을 차려도 남은 돈으로 사채놀이를 할 수 있을 정도로 넉넉한, 허덕이는 상우의 컴퓨터 프로그램 개발사에 지분 참여를 하면 당장 이사 자리와 300만 원 월급은 확보할 수 있는 그런 거액.

이것으로 할머니는 당분간 내 방을 차지할 수 있게 되었다. 끝없이 이어지는 침묵이 그걸 확인해 주었다. 할아버지의 악다구니가 공허하게 울렸다. 동생은 더 이상 할아버지를 달래지 않았다. 불쌍한 할아버지.

새벽 3시 30분, 아무도 졸지 않았고 하품 한 번 하지 않았다. 할머니 시선은 여전히 창밖 너머를 향했다. 아버지를 기다리는 모양이었다.

눈치를 챘는지 어머니가 벌떡 일어나 휴대폰을 들고 방으로 들어갔다. 이제 아버지만 들어오면 이틀에 걸친 활극은 막을 내리고 연극의 장르가 가족 드라마로 바뀔 태세였다. 5분도 되지 않아 어머니가 방에서 나왔다.

"애들 아빠 30분 내에 도착한대요, 어머니."

어머니는, 원래 경우 바르고 정 많고 인간적인 어머니는, 그러나 돈이 관련된 유사시엔 누구보다도 뻔뻔하고 비양심적인 어머니는 할아버지와 고모를 완벽하게 무시하고 시어머니에게 큰절을 올렸다. 높이 치켜든 어머니의 커다란 엉덩이 뒤로 그걸 착잡한 표정으로 보고만 있는 고모 얼굴이 포착되었다. 아버지가 돌아오면 어쩌면 고모도 아버지와 함께 큰절을 올릴지 몰랐다. 하긴 세금 제하고 40억이라면. 어머니의 종용으로 나와 동생도 할머니에게 절을 올렸다. 할머니 얼굴색에 변화가 있었다. 담담한 회색에서 짙은 분홍빛으로 변한 할머니 얼굴.

60억 이후, 집안은 비로소 화해와 용서, 잃어버린 67년, 감동의 대 서사시가 엄숙하게 전개되었다. 할머니 표정에 그 감동과 희열이 역력했다. 60억 이전, 할머니의 기괴한 모습들은 아마도 긴장과 공포, 불안과 어색함이 만들어낸 갑옷이나 방패 같은 것이었는지도 몰랐다.

내 감정 변화도 비호처럼 빨랐다. 경악과 흥분, 슬픔과 압박에서 벗어나 드디어 감격이라는 제자리로 돌아왔다. 생각해 보면 35년의 세월을 살고, 태어나 처음으로 친할머니를 만나는 이산가족 상봉의 자리였다. 눈물과 감동이 없다면 그게 이상한 일이었다. 바람이 났느니 하는 것들은 결코 근본적인 문제가 될 수 없었다. 누가 뭐래도 큰 흐름은 핏줄의 극적인 상봉, 바로 그것이었다.

뚱둥둥둥, 철컥. 현관문이 열렸다. 아버지가 돌아왔다. 동생이 뛰어가 아버지를 껴안더니 눈물을 터뜨렸다.

'쟤가 왜 저러지?'

동생의 오버액션이 조금 거슬렸지만, 정확히는 모르겠으나 뭔가 수상한 느낌이 들었지만 큰 흐름으로 볼 때 눈감고 넘어

갈 수 있는 문제였다.

아버지가 거실에 우뚝 섰다. 할아버지와 할머니와 삼각 대형을 이룬 형세였다. 아버지가 마지막 보루라고 생각했는지 할아버지는 애절한 눈빛을 연신 쏘아댔다.

'아들아, 돈이 문제가 아니다. 저것을 어떻게 어머니라고 받아들일 수 있느냐?'

할머니 눈빛도 남달랐다. 지난 67년, 한시도 잊지 못했던 아들, 늘 그리워했고 보고 싶어 했던 아들.

아버지 선택이 궁금했다. 교사 생활을 접고 노조 활동을 시작한 이후, 아버지는 늘 진보 정치의 길을 걸었다. 많은 회유와 협박, 유혹과 갈등이 있었다고 했다. 그러나 아버지는 단 한 번의 흔들림도 없이 묵묵히 고난의 길을 걸어온 분이셨다. 아버지가 고모의 손을 잡았다.

"달자야, 우선 어머니께 인사드리자."

고모는 별 망설임 없이 아버지와 함께 할머니께 절을 올렸다. 더 이상 참지 못한 할머니가 벌떡 일어나 아버지를 껴안고 오열을 터뜨렸다. 등장 이틀 만에 최초로 터진 할머니의 눈물이었다. 연극의 새 장르는 특집 '누가 이 사람을 모르시나요?'가 분명했다.

가족의 대열에서 밀려난 할아버지는 깊은 한숨을 한 번 내쉬고는 조용히 일어나 자기 방으로 들어가더니 문을 닫았다. 예로

부터 패자는 말이 없는 법.

거실에선 포옹 릴레이가 시작되었다. 할머니와 아버지의 진한 포옹 뒤에 할머니와 고모의 깊은 포옹, 그리고 할머니와 어머니의 어색한 포옹이 있었고 또 할머니와 동생의 짧은 포옹, 마지막으로 할머니와 나의 얇은 포옹이 이어졌다.

새벽 4시, 고종사촌 내외가 조카까지 데리고 한걸음에 달려왔다. 그들의 큰절이 이어졌고 포옹 릴레이가 재개되었다. 그러곤 할머니와 아버지, 고모의 눈물바다. 어머니와 동생이 급히 술상과 다과상을 차렸다. 눈물과 울먹임의 연속이었다. 전체적인 분위기는 완연하게 다정다감, 화기애애, 행복 충만이었다. 모두 60억 때문임을 알았지만 아침 6시까지 이어진 상봉 잔치에서 그 얘길 다시 꺼내는 이는 아무도 없었다. 꼭 우리 집안의 문제라고는 생각되지 않았다. 중학생이 되자 어머니의 가르침이 시작되었다.

'정의? 양심? 물론 중요하지. 가족, 친구, 사회, 국가, 다 소중한 가치야. 하지만 동석아, 세상에서 가장 아름다운 것은 바로 돈이란다. 세상에서 유일하게 믿을 수 있는 것도 돈이야. 종교를 가지는 것에 대해 뭐라고 하지 않겠다. 교회를 다녀도 좋고 절에 다녀도 좋고, 통일교도 괜찮고 이슬람도 문제되지 않는다. 그러나 그런 데 다니더라도 세상을 살아가는 데 있어서 네가 믿을 건 신이 아니라 돈이야. 명심, 또 명심해라. 돈만 믿고 사랑해라. 부모, 형제, 친구들은 거짓말을 해도 돈은 절대 거짓말을 하지 않는다. 정의도 양심도 행복도 힘도 사랑도 다 돈에서 나온다. 돈을 사랑하고 경외하고 아끼고 믿는 자만이 이 세상 마지막 승자가 될 수 있다.'

나는 충실하게 어머니 가르침을 암기했다. 잔치 내내 할머니의 금발에서 노란 광선이 타올랐지만 내게 떨어질 5억을 생각하면 불길한 예감 따위는 잔칫상 과자 부스러기보다 더 하찮은 벌레 같은 것일 뿐이었다.

좀 웃기는 건 있었다. 대형 시중은행 본부 과장인 고종사촌 내외, 고모에게서 이미 신도시 40평형 아파트를 물려받은 전도양양하고 경제적으로 안정된 그들과, 이혼 때 위자료로 청계천에 위치한 3층 건물을 받아냈고 현재 촉망받는 대학교 동양사학과 전임강사이며 중앙 일간지에 일본 역사 칼럼을 연재 중인 신진 사학자, 최동주, 바로 내 동생. 그들에게 5억이나 10억이란 돈이 과연 저렇게 할 정도로 절실한 것인지. 그들에게 5억이나 10억이란 돈이 눈에 빤히 보이는, 상당히 유치하고 우스꽝스러운 오버액션을 할 만큼 가치가 있는 것인지. 그러나 내가 속으로 무슨 생각을 하고 있든 원래 나 같은 건 있어도 그만, 없어도 그만인 벌레 같은 존재인지라 최씨 가문의 감격적인 상봉의 밤은 아무 탈 없이 깊어만 갔고 창밖이 푸르스름해지더니마침내 새로운 해가 떠올랐다.

위대한 유산

◎◎◎◎

　　　　강남역. 서울시 지도를 보면 약간 동남쪽으로 치우쳐 있다. 하지만 친구들은, 내게 맥주 한잔 사줄 능력이 있는 동창들은 흔히 약속을 잡을 때 편한 데서 만나자며 강남역을 거론한다. 그들에겐, 직장이 대부분 강남에 위치한 그들에겐 그곳이 서울의 중심일지 모르겠다. 그러나 노원에 함께 사는 동생이, 가르치는 대학도 신촌에 있는 동생이, 단지 단골 피부과 병원이 강남에 위치했다는 이유 하나로 교통 편한 데서 만나자며 강남역으로 오라고 하는 건 좀 그랬다. 그래도 난 군소리 한마디 없이 약속을 정했다.

　　상계역에서 지하철을 타고 창동역을 지나 지하로 진입한 뒤

꼭 한 시간 만에 지상으로 나와 해를 맞이했다. 우선 크게 심호흡을 했다. 그럴 리 없겠지만 괜히 기분에 체내 산소량이 급격히 줄어든 느낌이었다. 큰 심호흡을 반복하며 몸에 산소를 공급했다. 이마와 목에 땀방울이 맺혔다. 한여름 무더위였다.

강남의 해는 하늘에 붙어 있는 액자 그림처럼 움직임이 없었다. 하늘엔 구름 한 점 흐르지 않았고 거리엔 바람 한 점 날리지 않았다. 바닥 콘크리트와 아스팔트에서 뜨거운 열기와 기름 냄새가 피어났다. 강남역 사거리엔, 서울의 정중앙엔 푸른 숲도 상쾌한 공기도 정다운 흙냄새도 없었지만 푸른 인파와 상쾌한 소음, 그리고 정다운 색색 빌딩이 한가득해서 기분은 그다지 나쁘지 않았다. 휴일 오후라서 그런지 거리 곳곳에 숨 쉴 수 있는 여백이 눈에 띄기도 했다.

8번 출구 앞에 서서 동생을 기다렸다. 푸른 인파 속에서 보석을, 늘씬한 몸매, 투명한 피부, 얇은 어깨, 구릿빛 허벅지를 찾는 재미가 쏠쏠했다. 역시 강남역이었다. 입 안이 자꾸 말랐다. 담배를 물고 불을 붙이려는데 왠지 주변 분위기가 이상했다. 살펴보니 남자들 시선이 한곳에 쏠려 있었다. 행여나 놓칠 새라 그들의 시선을 따라갔다. 키는 좀 작았지만 커다란 눈동자, 발간 볼, 가늘고 긴 팔다리, 기막힌 미인이라고 하기엔 좀 그렇다 해도 누가 봐도 섹시하고 은근히 야한 여자가 어깨와 배꼽, 허벅지와 종아리를 드러내고 내 쪽을 향해 다가오고 있었다. 밤색 머리가 걸음마다 찰랑거렸는데 그때마다 향기가, 도시의 강한 향수 냄새가 한여름 더운 공기 사이로 퍼져나갔다. 동생이었다.

동생이 날 데려간 곳은 회전초밥집이었다. 기대했던 이태리 요리 전문점이나 갈비집은 아니었으나 내 기분은 입 안을 가득 채울 생선초밥의 신선함과 부드러움에 대한 기대로 하늘만큼 부풀어 올랐다. 더구나 이 회전초밥집은 1인분 1만 7000원이란 비교적 저렴한 가격에 40분 동안 남기지만 않으면 무제한으로 초밥을 먹을 수 있는 점심 이벤트로 강남역 사거리에서도 명성을 얻은 집이라고 했다.

전략이 필요했다. 쓸데없는 것들, 참치나 연어, 문어 같은 보편적인 초밥은 과감히 포기하고 김밥이나 과일 같은 후식은 아예 무시하기로 했다. 자리도 참 중요한 요소였는데 운수 좋은 날은 늘 그렇듯 동생과 나는 조리사 바로 앞 명당자리를 차지할 수 있었다.

사랑스러운 초밥을 태운 앙증맞은 배가 좁은 강물을 타고 흘렀다. 전투는 시작되었다. 절대적인 집중력과 비호 같은 선택, 재빠른 손놀림과 정확한 젓가락질이 필요한 시간이었다. 딱 40분의 시간, 하나씩 하나씩 빈 그릇을 쌓으며 나는 점점 더 심각해졌다.

'언제 다시 이런 기회를 얻을 수 있을까? 후회하지 않도록 최선을 다하자.'

열 번째 그릇을 쌓으면서 처음으로 동생을 쳐다봤다. 동생은 겨우 세 접시를 옆에 두고 날 바라보고 있었다. 왜 안 먹느냐고 물으니 자기는 괜찮으니 나나 많이 먹으라는 답이 돌아왔다. 창피하다거나 화가 난 표정도 아니었고 그렇다고 측은해한다든지 미안해하는 표정도 아니었다. 동생은 아주 모호한 표정을 짓고 날 빤히 쳐다봤다. 동생의 기분 따위를 살필 시간적 여유가 없었다. 다시 초밥에 집중했다.

스무 번째 그릇을 쌓으며 이 정도면 적어도 후회는 없을 것 같다는 생각을 했다. 그러나 여기서 느슨해지면 안 된다. 아무리 많이 집어넣어도 배는 절대 터지지 않는다. 최악의 경우엔 소화제 먹고 손가락 한번 따면 그만이었다. 나는 다시 집중, 또 집중했다.

스물세 번째 그릇을 비우자 첫 트림이 터졌다. 숨 쉬기도 거북한 상황이었다. 시간을 확인하니 37분이 흘렀다. 아쉬움은 없었다. 정말 최선을 다한 시간이었다. 그래도 혹시 몰라 한 접시를 더 끌어당겼다.

동생이 카운터에서 계산을 할 동안 화장실에 들어가 숨 쉬기를 열 번 하고 초밥집을 나와 길 건너 약국에서 소화제를 먹고 걷는 동안 무소음 방귀를 수차례 뿜어냈는데도 아직도 속이 거북했다. 동생과 함께 커피숍에 마주 앉아 연거푸 트림을 토해냈다. 평소와 달리 동생은 내 무례를 모른 척했다.

커피를 마시는 동생의 모습은 뭐라고 할까, 아무튼 내 동생은 참 예쁜 놈이었다. 옆자리 젊은 친구 둘이 동생을 힐끔힐끔 훔쳐보며 쑥덕댔다. 동생이 고개를 들고 밤색 머리를 한 번 살짝 털자 여러 개의 시선이 동생 쪽으로 날아왔다. 커피를 반쯤 마신 동생이 커다란 눈으로 날 응시하며 조그만 입을 열었다.

"어떻게 할 거야?"

뭘 묻는 건지. 뭘 어떻게 할 거냐는 건지. 취직이라면 이미 물 건너간 얘기고, 결혼이라면 참 답답한 얘기고. 취직도 하고 결혼도 해야 하는 걸 잘 안다고 하자 동생은 엉뚱하게도 현애 얘기를 꺼냈다.

"왜 김상우를 만나? 오빠, 아직도 현애한테 미련 있어?"

이미 다 끝난 일이고 상우는 내 제일 친한 친구라고 했으나 동생은 당연히 내 말을 믿지 않았다. 어떻게 제일 친한 친구란 치가 친구 애인을 가로채느냐는 것이었다. 동생 말이 틀린 것은 아니라서 나는 할 말이 없었다. 내가 입을 다물자 동생이 결론을 냈다.

"김상우 만나지 마."

내가 대답을 피하자 동생은 작심한 듯 또박또박 끊어지는 말투로 내 속을 후벼 파기 시작했다. 현애 보낼 때 정말 보내고 싶어 보냈냐는 둥, 절대 보내고 싶지 않았는데 폼 재느라고 억지로 웃으며 보낸 것이 아니냐는 둥, 어떻게 현애가 김상우와 결혼할 수 있냐는 둥.

난 그냥 동생을 보며 웃어주었다. 달리 어떻게 할 말도 행동도 찾을 수 없었다.

"이제 김상우나 이현애는 완전히 모르는 사람이다 생각하고 보란 듯이 성공해야지. 아무리 아닌 척해도 그걸 원하잖아, 복수. 그런데 왜 이런 상태에서 김상우를 만나 술을 얻어먹어? 사람이 망가지다 못해 이젠 자존심도 아예 없어진 거야?"

동생은 몰랐다. 그 자존심이란 게 참 귀찮은 것인데 아무리 나락으로 떨어져도 절대 없어지거나 약해지지 않는다는 것. 동생은 또 몰랐다. 물론 둘 다 죽이고 싶은 적도 있었지만 세월이 흐르면서 증오는 묽어지고 그래도 남는 것은 옛정이라는 것.

그리고 동생은 절대 알 수 없었다. 상우라도 없다면, 현애 소식이라도 가끔 듣지 못한다면 내 인생이 얼마나 무료하고 지루하고 우울하고 무의미한 것인지.

"알았어. 안 만날게."

"그렇게 술이 마시고 싶으면 나한테 부탁해. 오빠 술 마실 용돈 정도는 내가 대 줄 수 있어. 알았지?"

앞으로 10년의 세월이 더 흘러도 동생은 모를 것이다. 외로운 이들은 술값이 필요한 것이 아니라 술 상대가 필요하다는 것을.

"알았어. 그렇게 할게. 고맙다."

"고맙긴 뭘. 내가 오빠 용돈 끊은 건 피시방 고스톱 때문이야. 제발 그런 데 좀 드나들지 마. 고스톱 치고 싶으면 집에서 컴퓨터로 하면 되잖아."

동생같이 바쁘게 사는 사람들은, 성공한 이들은 늘 열등감에 눌리며 사는 아랫동네 인생들에게 피시방 의자가 얼마나 안락한지, 어두운 조명이 얼마나 편안한지, 거기서 먹는 컵라면과 100원짜리 커피가 얼마나 달콤한지, 추임새를 높이며 치는 고스톱이 얼마나 열정적이며 진지한지 절대 알 길이 없었다.

"알았어. 이젠 정말 절대 가지 않는다. 약속한다."

"벌써 몇 번째 약속이야? 오빠는 결혼을 해야 해. 결혼을 해야 정신 차릴 거야. 실업자 생활 10년에 완전히 이상한 사람이 됐어. 오빠 전엔 안 그랬잖아. 오빠가 얼마나 괜찮은 사람이었는데. 속상해 죽겠어. 선 보라는데 왜 안 보는 거야? 직장이 없어서 그런 거야?"

"내 주제에 어떻게 결혼을 하겠냐? 와이프 데려다 놓고 부모한테 용돈 받아 살 수는 없잖아."

"그 이유뿐이야? 현애 때문은 아니지?"

나는 동생에 대해 다 알았지만, 동생 스마트폰 카카오톡 홈쳐보는 재미로 사생활도 다 알았지만 동생은 나에 대해 아는 게 아무것도 없었다.

"그 이유뿐이야."

"그렇다면, 내가 많이 생각해 봤는데, 상희 어때?"

한참 동안 상희가 누군지 생각해 봤다. 내가 아는 상희는 초등학교 동창 백상희가 있었고 대학 때 은사님인 권상희 교수님이 있었다. 그리고 백상희는 이미 결혼해서 아이 셋을 낳아 정부에서 지원금을 받는다고 들었다. 권상희 교수님은 내년에 환갑잔치를 한다. 그렇다면? 설마, 아니겠지.

"물론 나도 그 집과 연결되는 건 진짜 싫지만 상희가 너무 아까워서 그래. 전부터 난 상희가 마음에 들었어. 성실하고 착하고 말도 없고. 그러면서도 밝고 재치 있고 자기 앞길 똑 부러지게 챙기고. 오빠 짝으론 아까운 사람이라는 게 솔직한 심정이야. 내가 알기론 상희가 오빠 좋아했는데."

"말도 안 되는 소리 마."

나도 모르게 목소리가 높아졌다. 옆자리에서 힐끗거리는 게 느껴졌다. 걱정이 일었다. 동주가 발끈하면 어쩌지? 다행스럽게도 동생이 먼저 목소리를 낮췄다.

"미안, 아무래도 그건 무리겠지? 아무튼 이현애, 평생 도움이 안 된다니까. 아쉽지만 어쩔 수 없지."

잠시 어색한 침묵이 오갔다. 엉뚱한 생각을 했다.

만약 내가 상희와 정말 결혼이라도 한다면 현애는 어떤 생각을 할까? 상우는?

동생이 다시 다가앉았다.

"오빠 결혼 문제는 일단 보류한다고 해도 우리 집 정말 더 이상은 이대로 안 돼. 우리 집은 고여 있는 물 같아. 할아버지 정정하신 거야 장수 시대가 되었으니 감사한 일이지만 환갑이 지난 엄마가 아직도 슈퍼에서 일하시면서 가계를 책임지고 있는 건 정상이 아니야. 미안한데 이건 순전히 아빠랑 오빠 때문이야. 아빠야 뭐 그렇다 치고 오빠는, 정말 미안하지만 오빤 10년 전부터 성장이 멈춘 거야."

누가 내게 넌 성장이 멈췄다고 하면 난 잽싸게 고개를 끄덕거린다. 그렇다고 내가 성장이 멈췄다고 인정하는 건 아니다. 다만 직장이 없다는 것이, 이제 5년 지나면 마흔인데 20대 아이들과 함께 취업 자리나 기웃거린다는 것이 저절로 고개를 끄덕이게 했다. 내 성장은 단 한 순간도 멈춘 적이 없다고 빡빡 우겨댈 염치가 없어서 그랬던 것이다. 하지만 이 세상 모든 생물은, 심지어 아버지가 매우 좋아하는 벌레마저도 한순간도 성장을 멈추진 않는다. 난 살아 있기에 겉으로 보기엔 10년 전과 똑같더라도 절대 똑같지 않은 것이다. 그냥 그렇단 소리다.

"우리도 남들처럼 정상적으로 살자 이거야. 오빠 스스로 노력해야 해. 이를 악물고 변하기 위해 최선을 다해야 해. 내가 도와줄게. 취직은 이제 나이 때문에 불가능한 것 같아. 그러니까 장사를 해봐. 엄마가 반대하지만 내가 설득해 볼게. 하고 싶은 거 있어? 내가 적극적으로 나서줄게."

"딱히 생각해 본 건 없어."

"그럼 이제부터 생각해 봐. 오빠, 언제까지 이렇게 살 거야? 돈은 걱정하지 말고 뭐든 하고 싶은 걸 찾아봐. 편의점도 좋고 도시락 체인점도 좋고 오빠가 좋아하는 피시방도 좋아. 뭐든 하고 싶은 일이 있으면 내가 도와줄 테니 시작해 봐. 그리고 자리만 잡으면 좋은 사람 만나 결혼하는 거야. 난 정말 하루라도 빨리 오빠가 자신의 본모습을 찾는 걸 보고 싶어."

헤어질 때 동생이 용돈을 줄지, 분위기로 봐선 줄 것 같은데 준다면 과연 얼마나 줄지 궁금했다. 어쩌면 오늘 상우에게 1차 술은 사줄 수 있을지도 몰랐다.

"알았어, 생각해 볼게."

"그래, 진지하게, 제발 건성으로 대답만 하지 말고 진지하게 생각해 봐. 단 한 번밖에 없는 오빠 인생이잖아."

"알았어, 진지하게."

"나 그만 가봐야 해. 여기."

동생이 흰 봉투를 탁자에 두었다. 가만히 봉투를 쳐다봤다. 얼마일까? 동생이 커피값을 계산할 동안 봉투를 들고 화장실에 가서 액수를 확인해야지. 일어나는 동생을 붙잡았다.

"너는 어떻게 할 거야?"

"뭘?"

"재혼은 안 할 거야?"

"좀 더 있다가. 이혼한 지 겨우 2년이야. 몇 년 더 있다가 할 거야."

"남자는 있냐?"

"아직. 당분간 남자 만나기 싫어."

"알았다. 네가 알아서 잘하겠지."

"내 걱정 말고 오빠 사업이나 잘 생각해."

동생은 커피값을 계산했고 나는 봉투를 들고 화장실에 가서 액수를 확인했다. 빳빳한 5만 원짜리 지폐가 무려 열 장이나 들어 있었다.

동생과 헤어진 후 다시 지하 동굴로 내려가면서 상우에게 전화를 했다. 상우는 심드렁한 목소리로 '또 술 마시고 싶냐'고 물었고 나는 조금 들뜬 목소리로 오늘은 내가 쏘겠으니 가능한 한 빨리 나오라고 했다. 상우는 계속 심드렁한 목소리로 어디서 눈먼 돈이라도 생겼냐고 물었고 난 여전히 들뜬 목소리로 잘하면 취직이 될지도 모른다는 거짓말을 했다. 상우는 심드렁한 목소리를 바꾸지 않고 휴일이라도 할 일이 많다면서 쉽진 않겠지만 가능한 한 일찍 나오겠다고 했고 나도 들뜬 목소리를 유지하며 서둘러 나오라고 하고는 전화를 끊었다.

지하철에서 규칙적인 리듬에 몸을 맡기고 생각에 잠겼다. 동생은 왜 평소 무관심했던 내게 갑자기 이 시점에서 초밥을 사주고 거액의 용돈을 주었을까? 동생은 왜 그동안 아무 말도 없다가 갑자기 이 시점에서 내가 과거의 모습으로 돌아가길 원하게 된 걸까? 동생은 왜 평소 용돈 한 푼 안 주다가 50만 원이라는 거액을 찔러주고 더욱이 내 미래를 앞장서서 도와준다고 한 것일까? 그리고 동생과 나는 왜 오늘 할머니에 대해선 한마디도 하지 않은 것일까? 참 이상한 일이었다.

참 이상한 일이었다. 일본에서 무려 67년을 살았다는 할머니는 관광 안내원의 또렷한 일어 설명을 잘 알아듣지 못하는 눈치였다. 겉으로는 연신 고개를 끄덕였지만 할머니는 간단한 인사 정도나 이해하고 조금만 문장이 길어지면 당황하는 빛을 숨기지 못했다. 안내원은 상황을 금방 알아차렸다. 안내원이 내게 다가왔다.

"정말 일본에서 오신 분인가요? 일본말을 잘 모르시는 것 같아서요."

"86세 노인이세요. 청력이 약해서 그럴 수도 있잖아요."

안내원은 잠시 복잡한 표정을 지으며 눈동자를 돌리더니 내게 작은 미소를 보내고 다시 할머니에게 다가갔다. 안내원이 할머니 귀에 대고 뭔가를 속삭였다. 할머니도 안내원 귀에 뭔가를 얘기했다. 안내원이 나를 보며 활짝 웃었다.

"할머니께서 손자분은 쉬시고 저희 둘만 돌자고 하시네요. 원래 이러면 안 되는데 할머니께서 원하시니 할 수 없지요. 출구로 바로 가셔서 기다리는 게 어떻겠어요? 30분쯤 걸릴 겁니다."

"알았어요."

키 큰 안내원과 키 작은 할머니가 나란히 멀어져 갔다. 고궁에서는 정해진 장소 외엔 금연이라고 했다. 그러나 주위엔 아무도 보이지 않았다. 나는 담배를 물었다.

할머니는 휴일 내내 한 번도 밖에 나가지 않고 티브이만 봤다고 했다. 집에 쳐들어온 지 나흘째가 되자 할머니는 어머니를 불러 서울 관광을 하고 싶다고 했다. 어머니는 당연히 내게 할머니를 모시고 가라고 명령을 내렸다. 짜증이 났다. 도대체 서울에 볼 게 뭐가 있다고. 그러나 어머니가 무려 50만 원을 내 손에 쥐어주자 짜증은 사라지고 내 마음속 서울은 한순간에 관광 도시로 탈바꿈했다. 이틀 동안 무려 100만 원 수입을 올렸다. 좀처럼 찾아오지 않는 횡재였다.

돈 아끼지 말고 맛있는 것도 대접하고 선물도 제일 좋은 걸로 사드려라.

어머니는 돈을 아끼지 말라고 하셨다. 하지만 난 어떠한 경우에도 어머니 가르침대로 돈은 아끼고 또 아끼기로 했다.

할머니와 함께 전철을 타고 광화문으로 갔다. 세종문화회관, 정부중앙청사, 광화문광장, 교보문고, 보신각, 종로타워, 청계광장, 시청광장 등등을 보고 시청 앞 호텔 커피숍에 들어가 딸기 아이스크림을 먹었다. 엄청나게 비싼 아이스크림이었지만 어머니께 보고할 내용이 있어야 했다. 딸기아이스크림은 비싼 만큼 기막힌 맛이었다. 할머니도 맛있었는지 다 먹은 뒤에도 연신 스푼을 빨아댔다.

상쾌한 호텔을 나서자 곧바로 무더위가 밀려왔다. 덕수궁 경비병 교대 행사를 보기 위해 무더위를 헤치며 앞장을 섰다. 행사는 단순하고 지루했다. 할머니와 나는 행사 도중에 자리를 떴다.

이제 어디로 갈까? 난 피곤했다. 지난 주말 이틀 내내 잠을 못 자서 그런지 결코 긴 거리를 걸은 게 아니었는데도 윗도리는 땀에 흠뻑 젖고 체력은 바닥났다. 연거푸 하품이 새 나왔다. 낮에 이렇게 많이 돌아다닌 게 몇 년 만인지 몰랐다. 집에 가서 단잠이나 잤으면. 그러나 할머니는 팔십 노구에도 불구하고 전혀 지친 기색을 보이지 않았다. 내가 주춤대며 집에 갈 궁리를 하는 걸 눈치로 알아챈 할머니, 그때까지 아무 말 없이 따라다니기만 하던 그녀가 적극적으로 앞으로 나섰다.

남산에 가자.

택시를 타고 남산에 올라 남산타워에서 커피를 마셨다.

이번엔 남대문시장에 가자고 해서 비좁은 남대문시장 골목을 뱅뱅 돌았다. 태양은 활활 타올랐고 땀은 줄줄 흘러내렸다. 나는 몹시 배가 고팠다.

오장동 냉면 먹으러 가자.

다시 택시를 타고 오장동에 들러 한 줌밖에 안 되는 냉면을 먹었다. 사리를 추가하려다 말았다. 참고 아껴야 했다. 그게 남는 장사였다.

오후 3시, 가장 뜨거운 시간이 찾아왔다. 죽을 맛이었다.

비원에 가자.

비원? 아, 창덕궁.

머리가 빙빙 돌았다. 더위를 먹은 것 같기도 했다. 그 자리에 그냥 쓰러지고 싶은 마음이었다. 강행군에 지친 나는 꾀를 냈다.

창덕궁에 도착하자마자 나는 할머니에게 일본인 전문 관광 안내원을 연결해 주었다. 일본 관광 안내 시간을 기다리려면 한 시간을 더 기다려야 했다. 돈은 얼마든지 낼 수 있다고 큰소리를 쳤다. 안내원은 큰소리를 좋아하는 성격인지 큰 미소를 보이며 할머니의 단독 관광 도우미로 나섰다.

원래 이러면 안 되는데.

담배 한 대를 태우고 텅 빈 고궁을 가로질러 창덕궁 출구를 향해 걸었다. 뜨거운 태양 아래 흘러간 노래를 흥얼거리며 사업 구상에 들어갔다.

"난 꿈이 있었죠. 버려지고 찢겨 남루하여도."

동생은 과연 얼마를 도와줄 수 있을까? 빌려주는 걸까? 그냥 주는 걸까? 할머니는 과연 창덕궁을 마지막으로 서울 관광을 마무리할까? 더 이상 지출은 곤란한데. 그나저나 할머니는 왜 일본말을 모를까? 과연 60억은 사실일까? 사실이라면. 사실이겠지. 꼭 사실이어야 하는데. 아무튼 그녀는 60억을 언제 내놓을까? 그걸 내놓으면 누가 어떤 기준으로 그 돈을 나눌까? 다 쟁쟁한 인물들인데 나는 가만히 있어도 내 몫을 챙길 수 있을까? 정말 돈이 생긴다면, 동생이든 할머니든 그게 얼마든 돈이 실제로 생긴다면 나는 뭘 할 수 있을까? 할머니는 할아버지에게도 돈을 줄까? 혹시나 그렇다면 할아버지는 그 돈을 받을까?

60억 이후 가족들의 지지를 잃고 날개가 꺾인 채 주춤했던 할아버지는 휴일을 맞이해 반격에 들어갔다.

연이틀 밤을 새우다시피 한 가족들은 동생을 제외하곤 모두 휴일 늦잠을 잤다. 동생은 피부과 병원에 간다면서 아침 일찍 집을 나섰다. 나도 동생과의 약속 때문에 일어나자마자 대충 씻고 외출을 했다. 남은 가족들은 점심을 먹을 시간에 늦은 아침을 먹었다. 할아버지는 방에서 나오지 않아 어머니가 따로 할아버지 방에 상을 차려야 했다. 할머니와 아버지, 그리고 어머니는 식탁에서 사이좋게 식사를 했다. 어머니는 늦게 일어났음에도 불고기를 굽고 고등어조림을 식탁에 올렸다. 그러나 할머니는 불고기와 고등어엔 눈길 한 번 주지 않고 밥 세 술, 된장찌개 한 술, 김치 한 점을 뜨고는 수저를 놓았다. 식사 후 아버지는 무슨 집회가 있다며 밖으로 나갔고 어머니는 설거지를 했다. 식사를 끝낸 할머니는 곧바로 욕탕으로 들어갔다. 할아버지는 바로 이때를 노렸다.

60억 이후, 절치부심했던 할아버지는 긴 목욕을 마치고 욕실에서 나오는 할머니에게 어느새 부엌에서 빼돌린 식칼을 들고 달려들었다. 어머니는 말릴 생각도 없이 그 장면을 보고만 있었다. 할머니도 식칼을 들고 달려드는 할아버지를 빤히 쳐다만 봤다. 할아버지는 뜻밖에 아무도 말리지 않자 식칼을 높이 든 자세로 할머니 바로 앞에서 정지할 수밖에 없었다. 할아버지의 힘없는 멘트가 새 나왔다.

당장 이 집에서 나가. 안 그러면 시방 이 자리에서 너 죽고 나 죽는겨.

평소 입에 잘 담지 않던 사투리까지 튀어나왔지만 할머니는 정지 자세의 할아버지를 무시하고 바퀴벌레처럼 슬슬 할아버지를 지나쳐 소파에 가서 앉더니 태연히 리모컨으로 티브이를 틀었다. 어머니 역시 할아버지에게서 등을 돌리고 설거지를 마무리했다. 할아버지는, 참으로 참담한 상태에 빠진 할아버지는 결국 식칼을 치켜든 팔을 힘없이 떨어뜨리고 현관문을 박차고 나가버렸다. 할아버지의 마지막 절규.

좋다, 네 년이 안 나가겠다면 내가 나갈겨. 어멈아, 날 찾을 생각 말어.

어머니는, 돈에 관련된 유사시엔 냉정해지고 교활해지고 담대해지고 뻔뻔해지는 어머니는 할아버지 절규에 대꾸하는 대신 할머니에게 말을 붙였다.

시원한 주스 드릴까요?

이 사건의 전모를 어머니에게 들으며 난 가슴이 아팠다. 그렇게 나간 할아버지가 오후 4시도 넘기지 못하고 슬그머니 들어오더란 소리를 하며 어머니가 잔인한 미소를 보였을 때 어머니에게 분노가 일기도 했다. 하지만 그뿐이었다. 이 집에서 있어도 그만 없어도 그만인 내가 할아버지를 위해 해줄 수 있는 일은 그저 마음 아파하는 것, 그게 다였다.

50만 원의 거금을 건네며 어머니가 한 가지 의문을 던졌다.

네 생각은 어떠냐? 네 할머니가 가진 돈이 진짜 60억일까?

나는 어머니가 비로소 이성을 되찾아가고 있다고 생각했다. 사실 그 의문은 내가 먼저 제시하고 싶었던 것이었다. 할머니 말로만 60억이지 그걸 확인한 사람은 아무도 없었다. 언제 주겠다는 것인지 그걸 들은 사람도 아무도 없었다. 확인이 필요한 일인데 그걸 누가 어떤 방식으로 확인해야 하는지, 쉽지 않은 일이었다. 어머니가 내게 얼굴을 바짝 대며 목소리를 낮추었다.

내가 알아봤더니 일본에서 택시 회사를 했다면 60억 이상일 수도 있단다. 일본에서 웬만한 택시 회사 규모는 100억, 200억이 기본이래. 우리한테는 60억이라고 했지만 우리가 상상도 못할 재산이 숨어 있을 수도 있다.

어머니의 이성은 이상한 방향으로 흘렀다. 모르겠다. 내가 이상한 건지, 어머니가 이상한 건지.

그러니까 알지? 최선을 다해라. 돈 아끼지 말고, 누가 뭐래도 할머니에겐 네가 집안 장손이야. 이런 얘기는 너하고만 한다. 고모는 벌써부터 네 할머니 모시고 고향 간다고 난리다.

출구에 서서 할머니와 안내원을 기다리며 나는 갈등했다. 어떻게 해야 하나? 할머니가 일본말을 잘 모르더란 소리를 어머니에게 해야 하나?

할머니와 안내원이 모습을 나타냈다. 둘은 멀리서 깔깔대며 얘기를 나누다가 나를 보더니 딱 대화를 멈추곤 묵묵히 걸음을 재촉했다.

창덕궁을 나선 후 할머니와 나는 서로 다른 곳에 시선을 두고 잠시 뜨거운 거리에 서 있었다. 할머니가 먼저 어색한 분위기를 깼다.

"넌 몇 년째 실업자냐?"

"한 10년 되네요."

"아예 일할 생각은 없는 거냐?"

"입사 시험에 자꾸 떨어지니까 의욕은 없어지고 자신감도 사라지고, 장사를 하고 싶어도 밑천이 없고."

"뭘 하고 싶은데?"

피시방에 가고 싶었다. 가서 딱 한 시간만 고스톱을 치고 싶었다.

"피시방이요."

"얼마나 드는데?"

"하기 나름이죠. 잘 꾸미려면 2~3억도 들고 대충 하려면 한 1억이면 되고."

"내가 1억 줄 테니까 내일부터 당장 알아봐."

"네?"

"당장 자리부터 알아보라고. 넌 집안 장손이야. 언제까지 이렇게 살 수는 없잖아. 취직은 틀렸으니 장사라도 해야지. 처음부터 크게 하면 실패할 수 있어. 처음엔 1억 버리는 셈 치고 해봐라. 장사도 공부야. 경험이 있어야 해."

어머니에게 빨리 전화를 해야 하는데.

"이번엔 이태원에 가자."

"우선 화장실에 좀."

"젊은 놈이 화장실은 왜 그리 자주 들락거려?"

어머니에게 전화로 피시방 얘기를 했다. 어머니 목소리 톤이 매우 높아졌다.

– 이 바보야. 번듯한 사업체를 얘기해야지. 피시방이 뭐야,

피시방이.

어머니 목소리엔 아쉬움과 안도감이 다 묻어 있었다. 화장실에서 나와 할머께 뛰어가면서 휘파람을 불었다.

"언젠가 나 그 벽을 넘고서 저 하늘을 높이 날을 수 있어요."

어머니에겐 할머니 일본어 실력을 얘기하지 않기로 했다. 1억이 중요하고 60억이 중요한 것이지 일본이면 어떻고 룩셈부르크면 어떻고 아르헨티나면 또 어떻단 말인가? 할머니와 함께 택시를 타고 이태원으로 가면서 상우에게 전화를 했다.

– 어제 마셨는데 또 마시자고?

– 그게 아니라, 이 형님이 곧 피시방을 차리게 될 것 같다. 드디어 최동석의 시대가 돌아온 거야. 너한테 제일 먼저 알린다.

– 아무튼 뻥은, 차려야 차리는 거지, 자식아. 어? 가만있어봐. 이번엔 진짜 같은데? 어제 안 하던 짓도 하고. 너 아무래도 어디서 눈먼 돈 건진 것 같다.

– 눈 벌겋게 뜬 돈이야, 인마.

– 지랄 염병. 오늘 만날까?

– 오늘은 안 돼. 내가 얘기했잖아. 일본에서 우리 할머니 오셨다고.

– 할머니? 언제 얘기했어? 너희 할머니는 광복 직전에 염병 걸려 죽었잖아?

– 부활하셨다, 이 자식아.

옆자리 할머니가 내게 꿀밤을 먹였다.

"지 할아비를 그대로 뺐구나. 어째 그리 입이 가벼운지. 쯧 쯧."

꽤 세게 때렸는데도 하나도 아프지 않았다. 전화를 끊고 휴대폰 배터리를 확인했다. 소식을 들은 현애가 문자메시지를 보낼지도 모르는 일이었다. 할머니가 어깨를 쳤다. 또 세게 쳤는데도 역시 하나도 아프지 않았다.

"저게 뭐냐?"

"백화점이에요."

"저게 예전의 미쓰꼬시 같구나. 저리로 가자."

"이태원은 안 가시고요?"

"미쓰꼬시 갔다가 이태원에 가자."

괜찮았다. 백화점에 갔다가 이태원에 갔다가 강남에 갔다가 서울 야경 관광을 해도 괜찮았다. 짜증은 그림자도 비추지 않았다. 뭔가가 가슴에서 스멀댔다. 뭔지 궁금했다. 살짝 꺼내보니 바로 아버지의 눈, 기억 속의 눈빛이었다.

아버지 이마에 피로와 스트레스가 길게 그림자를 드리웠다.

기쁜 일이 있어도 행복한 순간에도 쉽게 변하지 않는 어두운 표정. 실로 오랜만에 아버지와 마주 앉아 소주잔을 들었다. 대학 졸업 후 처음인 것 같았다. 아니다. 정확하게 얘기하면 동생의 이혼 후 노원역 앞 술집에서 엉망으로 취한 아버지를 데리고 오다가 아파트 단지 앞 포장마차에서 이미 취해 기억도 못 하는 아버지와 함께 소주 한 병을 나누어 마신 게 마지막이었다. 아버지 얼굴은 그때나 지금이나 변함이 없었다. 짜증 가득한, 불만 가득한, 슬픔 가득한, 피로 가득한. 오랜 세월 그 얼굴을 대하다 보니 가족들에겐 아버지의 그 표정이 차라리 더 편했다.

한 잔을 비운 아버지가 술잔을 건넸다. 아버지 잔을 받아 나도 원샷을 했다.

술집은 한가한 편이었다. 사시사철 분주하기로 유명한 노원역 먹자골목 술집 중에서도 저렴한 모둠안주로 인근 지역 주당들에게 꽤 사랑받는 주점이었지만 지독한 열대야에 술집도 지쳤는지 빈 테이블이 여기저기 눈에 띄었다. 서울 사람들 절반은 돗자리를 들고 한강 변으로 몰려간 듯했다. 옆 테이블에서 아버지 또래 노인 둘이 큰 소리로 좌파는 다 쓸어버려야 한다고 떠들어대서 신경이 쓰였다. 아버지는 그 소리를 듣지 못했는지 그저 술잔만 내려다봤다.

아버지에 대한 기억 하나. 내가 어릴 때, 아버지는 할아버지에겐 착한 아들이었고 어머니에겐 든든한 남편이었으며 동생과 내겐 뭐든 말만 하면 다 들어주는 슈퍼맨이었다. 한여름 휴가철, 동생이 가느다란 다리로 위태롭게 걷기 시작했을 때, 온 가족이 만리포 해수욕장을 찾았다. 할아버지는 파라솔 그늘에서 낮잠을 잤고 어머니와 동생과 나는 밀려오는 파도에 발을 적시며 까르륵댔고 아버지는 그런 우리에게 환한 웃음을 던지며 할아버지 옆에서 두꺼운 책을 읽었다.

한순간 높은 파도가 몰아쳤다. 어머니는 급히 동생을 안았다. 거센 물결에 나만 휩쓸렸다. 분명히 백사장 끝자락에 있었는데 어느새 키도 닿지 않는 바닷속이었다. 잠깐잠깐 지상으로 떠올랐을 때 놀란 어머니와 동생 얼굴이 보였다. 모든 기억이 확실하진 않았다. 아마도 당시 나는 죽는다는 생각은 하지 않았던 것 같다. 그보다는 이별이라는, 이렇게 빠른 속도로 바다 한가운데로 밀려간다면 가족과 영영 헤어지는 게 아닌가 하는 그런 생각을 했고, 두려움에 사로잡혔고, 이별의 공포에서 벗어나기 위해 온몸을 비틀며 허우적댔다. 코와 입으로 밀려드는 짠물. 엉키는 호흡. 소리를 지르고 싶었지만 아무 소리도 나오지 않았다. 눈을 감았다. 이렇게 가족과 헤어지는구나, 체념이 찾아왔다. 온몸의 힘이 빠져나갔다. 가족과의 생이별이 현실이 되는 순간, 바로 그 순간, 뭔가 단단한 물체가 내 등에 닿았다.

강력하면서도 부드러운 힘은 내 몸을 지상으로 끌어 올렸고 난 물 위로 올라 찬 공기를 호흡할 수 있었다. 그땐 그게 뭔지 몰랐다. 백사장에 누워 안전 요원의 응급처치를 받고 나서야 정신이 제대로 돌아온 것 같았다.

도대체 당신들은 뭐 하는 사람들이에요? 아이 아빠가 직접 구했잖아요.

어머니의 높고 빠른 음성이 들렸다. 비로소 내 등을 밀던 단단한 물체가 아버지의 굵은 팔이었다는 걸 알 수 있었다. 숨을 고른 아버지가 누워 있는 내게 다가와 눈을 맞추었다.

괜찮니?

괜찮아요.

잊을 수 없다, 그때 그 아버지의 눈.

아버지에 대한 기억 또 하나. 그것도 아버지의 눈이었다. 아버지 제자 한 명이 사법고시에 합격했다. 영광의 합격생이 동기생을 무려 스물두 명이나 데리고 집으로 쳐들어왔다. 당시 우리 집은 그리 넓지 않은 한옥이었는데 안방과 마루를 차지하고도 모자라 아버지 제자들은 마당에 신문지를 깔고 앉아 밤새도록 술을 마시며 노래를 부르고 낄낄대고 깔깔댔다. 당시만 해도 사법고시 합격은 참 대단한 일이었다. 그래서 그 고성방가의 소음에도 옆집, 앞집, 뒷집 모두 아무런 불평도 하지 않았고 오히려 김치나 막걸리 통을 들고 찾아와 합격생을 힐끗대며 덕담을 나누었다. 어린 나이였지만 나도 열심히 술과 음식을 나르며 그들과 함께 어울렸다. 아버지 제자들이 머리를 쓰다듬거나 궁둥이를 두드려주었다. 무엇이 그렇게 기쁜 것인지 확실하게 이유는 알 수 없었다. 하지만 어쨌든 그때 나는 굉장히 신바람이 났던 것 같다. 분위기가 무르익자 제일 많이 익살을 떨던 제자가 일어나 숟가락으로 주전자를 두드렸다.

조용, 조용. 이제 영광의 합격자 소감을 듣겠습니다.

터지는 박수 소리와 함께 영광의 합격자가 일어섰다.

이제 겨우 첫걸음을 내디뎠을 뿐인데 이렇게 진정으로 축하해 주시니 몸 둘 바를 모르겠습니다. 존경하는 선생님, 사모님, 그리고 친구들 모두에게 진심으로 감사를 드립니다.

합격자의 소감은 그리 길지 않았다. 출세보다는 정의를 지키는 검사가 되겠다는 얘기, 늘 겸손하겠다는 얘기. 그리고 그가 아버지 얘기를 했다.

무엇보다도 따뜻한 검사가 되겠습니다. 가난한 사람들, 못 배운 사람들, 힘없는 이들을 위해 일하는 검사가 되겠습니다. 그때가 기억납니다. 시골에서 늘 1등만 하던 제가 도시로 나와 여러분들과 함께 공부를 하게 되었습니다. 처음 받은 성적표를 지금도 기억합니다. 반에서 23등. 저는 좌절했고 어긋나가서 담배를 태우고 술을 마시고 영화관에 드나들었습니다. 야외 학생지도 선생님에게 걸려 정학을 당하게 되었을 때 담임 선생님께서, 바로 이 자리에 계시는 최달수 선생님께서 온몸으로 제 정학을 막아주셨습니다. 교감 선생님과 언쟁을 벌이면서까지 저를 보호해 주셨던 선생님. 그날 저녁 선생님께서 저를 학교 앞 중국집에 데려가 자장면을 사주셨습니다. 선생님은 아무 말씀이 없으셨지만 당시 저는 세상에서 제일 지독한 꾸지람을 받는 기분이었습니다. 자장면을 먹다가 저는 결국 눈물을 터뜨렸고 선생님은 말없이 제 등만 쓸어주었습니다. 그때 그 자장면 맛을 잊을 수 없습니다. 세상에서 제일 뜨거운 자장면이었지요. 제자의 실수를 아무 말 없이 안아주신 따뜻한 선생님 덕분에 저는 정신을 차릴 수 있었고 다시 공부해 학기 말 시험에는 1등을 할 수 있었습니다. 선생님이 아니셨다면 지금의 저는 존재할 수 없었습니다. 대한민국 검사이기 이전에 선생님처럼 따뜻한 사람이 되도록 노력하겠습니다. 선생님, 선생님 은혜 절대 잊지 않겠습니다. 사랑합니다, 선생님.

열렬한 환호가 터졌다. 환호 속에서 합격자와 아버지가 눈을 맞추었다. 그때 그 아버지의 눈을 나는 또렷이 기억한다. 그날 밤, 나는 새벽 4시까지 술심부름을 했지만 하나도 피곤하지 않았다.

아버지에 대한 마지막 기억도 역시 눈이었다. 왜 그런 일이 일어났는지 지금도 정확히 알진 못하지만 아무튼 서울올림픽이 열리기 직전 갑자기 노동운동의 물결이 온 나라를 뒤덮었다. 아버지는 학교에서 노조를 조직했고 올림픽이 끝나자 다른 많은 교사들과 함께 해직되었다. 다른 교사들은 함께 모여 복직 투쟁을 벌였는데 아버지는 의외로 몇몇과 함께 아예 정치판에 뛰어들었다. 아버지가 정당에 가입하고 기자회견을 끝내고 귀가한 날 밤, 가족회의가 열렸다. 할아버지는 말씀하셨다.

우리 집안에 노조라니, 이게 무슨 난리인지 모르겠다. 지금까지 널 믿고 아무 소리 안 했지만 이건 안 된다. 달수야, 이 나라에서 좌익을 한다는 게 어떤 건지 정말 모른다는 거냐? 그리고 정치는 돈이 필요한데 도대체 어떻게 하겠다는 것이냐?

아버지의 대답.

세상이 바뀌었습니다. 전쟁이 끝난 지 수십 년이 흘렀습니다. 아버지, 좌익 우익의 시대는 이미 사망했습니다. 이제 이 시대는 정의냐? 불의냐? 그 선택만 남았습니다. 절 믿어주세요. 그리고 돈 가지고 하는 정치를 몰아내자고 시작한 일입니다. 노동자, 농민, 소수자와 약자를 위한 깨끗한 정치를 이루기 위해 뜻을 세운 것입니다. 돈은 필요 없습니다.

어머니가 물었다.

사내가 하는 일에 여자가 뭐라고 할 수는 없지만. 아무튼 우리 앞으로 생활은 어떻게 해요? 애들이 자라는데. 퇴직금도 적은데.

아버지의 대답.

곧 새로운 세상이 올 거요. 빠르면 5년 내에, 늦어도 10년 내에. 그때까지만 고생합시다. 여보, 날 믿어줘.

할아버지도 어머니도 불안한 표정을 감추지 못했지만 두 분 다 아버지 쇠고집을 꺾을 순 없었다. 평소 아버지에 대한 믿음이 할아버지와 어머니를 주저하게 했다. 고모만 끝까지 반대를 했으나 대세는 결국 '아버지를 믿고 따르자'로 기울었다. 아버지가 마지막으로 할아버지와 어머니와 고모에게 한마디씩을 보냈다.

아버지, 제가 해주 최씨의 일족이란 걸 한시도 잊지 않겠습니다. 가문의 명예를 더럽히는 일은 결코 없을 겁니다. 여보, 내가 별 볼 일 없는 선생 사모님 소리 말고 5년 내에 국회의원 사모님 소리 듣게 해줄게. 그리고 달자야, 걱정 마라. 어떤 경우에도 집안 돈 가져다 쓰는 일은 절대 없을 거야.

결과적으로 아버지는 모든 약속을 지키지 못했다. 그러나 마지막 한마디를 할 때 아버지의 얼굴 뒤에서 피어오르던 오색빛 아우라는 잊을 수 없는 멋진 광경이었다. 그게 마지막이었지만.

소주 반병을 마신 아버지 눈자위가 새빨간 색으로 물들었다. 옆자리 노인들 목소리가 점점 커졌다.

"5공정치를 부활시켜야 해. 삼청교육대를 다시 만들어서 좌파 새끼들은 다 거기다 쓸어 넣고 재교육을 하는 거야."

"그런 것들한테 뭐 하러 국가 예산을 낭비하나? 몽땅 모아서 북으로 보내버리는 거야. 거기서 함께 굶어 죽으라고 해야지."

술잔을 든 아버지 손이 멈췄다. 나는 가슴이 아팠다.

"그만 일어나지요."

"그러자."

집으로 귀가하다가 아버지는 다시 포장마차에 들어가 소주 병을 땄다.

"동석아."

"네."

소주 한 병을 비우고서야 아버지 본래의 목소리가 나왔다.

"난 네 할머니가 밉다."

"알아요."

"네 할머니는 민족을 배신한 사람이다."

난 긴장했다. 더러운 잡년 소리는 들었으나 가문도, 고향도 아니고 민족을 배신한 인물이라니.

"할머니는, 네 할머니는 네 할아버지와 함께 독립운동을 하 던 동지들을 밀고한 민족의 배신자란다. 광복 후 일본으로 도망 치고 67년 만에 나타났구나. 날 낳아 준 분이지만 난 네 할머니 를 어머니로 인정할 수가 없단다."

"한 잔 더 드세요."

아버지에게 술을 따르며 걱정을 했다. 아버지가 할머니를 쫓 아내면 어떻게 해야 하는가?

"동석아."

"네."

"네 엄마에게 들었다. 할머니가 피시방을 차려준다고 했다고."

"네."

"난 인정할 수 없지만 넌 할머니께 잘해 드려라."

가슴이 아팠다. 아주 많이 아팠다. 순간 아버지 눈이 번뜩였다. 잘 보이지 않았지만 그런 것 같았다. 아버지 목소리가 작아졌다. 그래서 아버지의 말을 알아듣기가 쉽지 않았다.

"도대체 얼마나 있다더냐?"

"네?"

"네 할머니 말이다. 재산이 진짜 얼마라고?"

"자세히는 저도 모르는데요."

"정말 60억이래?"

"글쎄요."

"혹시나 할머니에게 자세히 듣게 되면 말이다. 제일 먼저 내게 알려다오."

"네."

"네 엄마보다 내게 먼저 말이다."

"네."

"피시방 잘해 봐라. 성실해야 한다. 성실하기만 하면 된다."

"네."

아버지는 그동안 시의원 선거에서 세 번 낙선을 했다. 첫 번째 선거에서 아버지 퇴직금이 사라졌고 두 번째 선거에서 오랫동안 정들었던 한옥집이 날아갔고 마지막 선거에서 고모를 비롯한 주변 사람들에게 빚을 지게 되었다. 어머니와 동생이 고모 돈만 빼고 그 빚을 다 갚았다. 세 번의 선거를 치르는 동안 아버지는 점점 말라갔고 어머니는 점점 뚱뚱해졌다. 이제 아버지는 20여 년을 함께한 정당에서 공천도 받지 못하는 형편이었다. 아버지 나이 예순일곱, 다른 정치인 같으면 벌써 은퇴를 생각할 나이였다. 시대는 점점 더 젊은 정치를 원했고 그래서 돌아오는 선거에서 아버지가 공천을 받을 가능성은 매우 낮았다. 아버지에겐 극적인 반전이 필요했다. 나는 아버지를 이해했다. 그렇다고 할머니가 실제로 얼마나 가지고 있는지 알게 된다 해도 그걸 어머니보다 아버지에게 먼저 알릴 생각은 전혀 없었다.

할머니가 집에 오고 일주일이 흘렀다. 몇 가지 중요하지 않은 일들이 있었고 한 가지 중대한 사건이 일어났다.

먼저 중요하지 않은 몇 가지 일들이란 이런 것들이었다.

할아버지가 고향 어른 세 분을 불러들였다. 여든여덟 살의 할아버지 육촌 형님, 아흔두 살의 할아버지 숙부, 그리고 여든 네 살의 할아버지 사촌 동생이 찾아와 우리 집 현관문을 활짝 열었다. 과연 의학의 눈부신 발전으로 진정한 100세 시대가 도래한 것인지 세 분 모두 그 나이에도 정정한 편이셨다. 두 분은 여전히 부여에서 두루마기를 입고 다니는 조선의 마지막 선비들이셨고 할아버지의 사촌 동생 어른이신 최종우 박사님은 서울에서 교장 선생님으로 퇴직한 후 20여 년째 부여 향토사를 집필하고 계신 분이었다. 세 분이 등장하자 할머니는 내 방문을 잠그고 숨어버렸다. 세 노인은 거실을 점령하고 어머니와 고모를 불러 불호령을 내렸다.

절대 있을 수 없는 일이다. 가문의 수치이자 민족의 치부인 계집이 다시 우리 집안에 발을 들여놓다니.

그까짓 돈 몇 푼 때문에 저것에게 절을 하다니. 달자, 네가 정녕 우리 집안의 여식이더냐.

동석 어미, 너도 그렇다. 어떻게 집안 어른이 반대하는데 네 멋대로 저것을 받아들일 수 있단 말이냐. 아무리 세상이 어지럽다고 해도 이게 있을 수 있는 일이냐?

고모와 어머니는 연신 노인들에게 고개를 조아렸다. 그러나 그뿐이었다. 고개는 숙였지만 고모에게도 어머니에게도 노인들의 호통은 옆집 개가 짖는 소리와 다를 바 없었다. 죄송하다고 하면서도 둘은 끝내 할머니를 내쫓겠다는 소리는 하지 않았다. 둘은 똑같이 아버지를 팔았고 아버지는 벌써 어디론가 몸을 감추고 전화도 받지 않았다. 노인들 호통이 잦아들자 고모가 반격을 했다.

받아들인 게 아닙니다. 며칠 내로 일본으로 돌아간답니다. 아무리 가문의 수치라 해도 제 생모입니다. 어떻게 핏줄 앞에 매정할 수 있겠습니까? 이 점을 헤아려 주십시오. 그리고 어머니도 자신의 잘못을 잘 알고 있습니다. 일본으로 돌아가시기 전에 속죄의 뜻으로 고향 노인회관을 수리해 주고 싶답니다.

다 쓰러져 가는 마을 입구 노인회관은 두 노인이 하루의 대부분을 보내는 장소였고 전직 교장 선생님이 고향을 찾으면 머무르는 장소였다. 세 노인은 약 한 시간 동안 호통을 되풀이하다가 되돌아갔다. 할아버지는 그 후 어떤 도발도 하지 않았다.

고모가 찾아와 어머니와 묘한 신경전을 펼쳤다.

동석이 피시방을 차려준다고 했다면서요?

잘 모르겠어요.

피시방 차리려면 돈깨나 들 텐데. 그 돈에 왜 하필이면 피시방이래요?

난 몰라요. 어머님과 동석이 사이 일이니까.

그나저나 엄마는 왜 갑자기 부여 여행을 취소한 거죠?

글쎄요.

혹시 언니가 가지 말라고 한 건 아니에요?

고모, 내가 왜 그런 짓을 해요? 이유가 없잖아요.

그거야 모르죠. 부여 갈 때도 동석이가 안내를 해야 한다고
했는지도.

동석이 지금 바빠요. 이것저것 알아보느라.

당연히 그러겠죠. 아무튼 오늘은 엄마 모시고 가려고요. 우리
집에도 며칠 머무르셔야 하지 않겠어요? 언니는 괜찮죠?

어머니가 안 가시려고 해서요.

그건 내가 알아서 할 일이고. 언니는 괜찮죠? 그것만 얘기
해요.

난 괜찮지만 몸살 기운도 있으신데.

그래요? 그러면 우선 병원에 모시고 가야겠다. 종합검진부터
받으셔야지.

그건 벌써 동석 아빠가 예약 다 해놨어요.

오빠가 예약한 병원이 오죽하겠어요. 취소하라고 해요. 내가
모시고 갈 테니.

고모, 듣기가 좀 그러네요. 그이가 예약한 병원이 뭐가 어떻
단 말이에요?

보나마나 노동자 병원, 뭐 이런 곳 아니겠어요? 그런 곳 의사
가 무슨 실력이 있겠고 시설은 또 어떻겠어요. 차라리 동네 보
건소가 낫지.

고모, 오늘 이상하네요. 내가 뭘 섭섭하게 했어요? 말끝마다

시비로 들리네요.

시비라니, 언니야말로 무슨 말을 그렇게 해요? 엄마가 갑자기 부여에 안 가신다고 하니까 이상하잖아요. 그리고 기껏 엄마가 도와주겠다는데 동석이가 피시방이나 차린다는 게 한심하지 않아요? 동석이나 오빠는 그렇다 치고 언니는 아무리 슈퍼에 파묻혀 산다고 해도 세상일을 그렇게 몰라요? 요즘 장사되는 피시방이 어디 있다고. 그냥 돈 버리는 거지.

두 사람의 티격태격은 끝이 없었고 대화에 서로를 자극하는 단어가 점점 늘어나면서 심각한 상황으로 발전해 갔다. 두 사람의 묘한 다툼이 절정에 이를 무렵 할머니가 나섰다. 할머니가 명쾌하게 교통정리를 했다. 일본으로 돌아갈 때까지 아들 집에서 한 발자국도 움직이지 않겠다는 말로 어머니 손을 들어주며 고모 염장을 질렀고 고민 끝에 부여엔 가지 않기로 했지만 대신 당장 고모네 가족과 저녁 식사를 하자는 말로 얼굴 붉어진 고모를 달랬다.

할머니가 며느리 손을 들어줘서 어머닌 아주 잠깐 행복에 젖었다. 아주 잠깐.

고모가 돌아간 다음 날, 할머니는 꼭두새벽에 일어나 가족들을 집합시켰다. 할아버지를 제외한 모든 가족이 어리둥절한 표정으로 거실에 모여 앉아 하품을 하며 눈을 비볐다. 어느 틈인가로 스며든 새벽 공기가 거실 바닥에 가라앉아 물안개처럼 천천히 왼편으로 흘렀다. 제일 왼쪽에 앉은 아버지는, 동지들과 술자리를 갖고 새벽 2시에 귀가한 아버지는 꾸벅꾸벅 졸았다.

이 이른 시간에 무슨 일이지?

할머니를 살폈다. 할머니 붉은 뺨에 결연한 무언가가 똘똘 뭉쳐 있었다.

도저히 더는 두고 볼 수가 없구나. 아무리 여자가 밖에서 일한다고 해도 집안 꼴이 이게 뭐냐? 정리도 정리지만 구석구석에 먼지가, 아휴. 앞으로 일주일에 한 번은 대청소를 해야겠다.

아버지가 벌떡 고개를 들고 빨간 눈을 껌뻑이며 어머니를 쳐다봤다. 나도 아버지처럼 어머니를 봤다. 동생은 고개를 숙였다. 어머니는 참 복잡한 표정을 짓다가 아주 잠깐 입을 한일자로 만들더니 한마디 했다.

이만하면 깨끗한 편인데요.

기다렸다는 듯 할머니의 잔소리가 터졌다. 마치 속사포를 쏘아 대듯 잔소리는 멈출 줄을 몰랐다. 난 놀랐다.

86세 노인이 저렇게 빨리 말을 할 수도 있구나.

할머니는 빠른 속도와 현란한 수사로 문제점을 하나씩 지적해 나갔다.

제일 먼저 현관 입구 신발장. 신발이 엉망으로 엉켜 있고 신는 신발과 안 신는 신발 구분이 없다. 현관은 사람의 얼굴과 마찬가지인데 저런 신발장을 보면 손님들이 이 집을 뭐라고 생각하겠냐는 말씀이었다.

다음은 거실. 소파에 앉을 때마다 먼지가 펄펄 난다. 도대체 언제 소파를 청소했는지. 소파 뒤에도 먼지가 몰려 처음엔 털실 뭉치인 줄 알았단다. 털실 뭉치가 둥둥 떠다니고 있는 비참한 현실을 아느냐고 할머니는 목에 살짝 핏대를 세우며 어머니를 몰아세웠다. 잠시 호흡을 고른 할머니. 또 터졌다.

다음 순서는 목욕탕. 원래 타일 색이 똥색인 줄 알았는데 빡빡 밀어보니 하얀색이더라. 하도 기가 막혀서 목욕하다 넘어가는 줄 알았다.

화장실에 대해선 나도 할머니의 금빛 머리카락과 말라붙은 타액, 다이어트용 살구 비누 무단 사용 등등 할 말이 많았지만 왠지 할머니의 독주를 방해하면 뭔가 손해를 볼 것 같은 기분에 잠자코 부지런히 움직이는 할머니의 입만 바라봤다.

할머니가 오전 내내 부엌 개수대에 쌓여 있는 설거지 등등을 열거할 때 어머니가 더는 못 참겠다는 듯 벌떡 일어섰다. 할머니가 말을 멈추고 어머니를 올려다봤다. 왜? 기분 나빠? 뭐 이런 눈빛이었다. 팽팽한 기 싸움 속에서 잠시 움찔했던 어머니는 그러나 마지막 용기를 냈다.

슈퍼 하면서 이 정도 치우고 사는 사람, 솔직히 저밖에 없어요.

어머니는 다섯 식구가 살지만 치우는 사람은 밖에서 일하는 어머니뿐이라는 걸 강조하며 아주 작게 '흥' 소리를 냈다. 침묵이 흘렀다. 거실 공기에 서서히 긴장이 올랐다.

아버지는 엉덩이를 들썩였다. 도망치고 싶은 모양이었다. 동주는 계속 고개를 숙이고 있었고 난 재수 없게도 할머니와 눈이 마주쳤다. 할머니 눈알이 살짝 옆으로 움직였다. 너도 그렇게 생각하느냐는 눈짓인 듯했다. 그냥 어설프게 웃고 고개를 돌렸는데 이번엔 어머니의 형형한 눈빛과 마주쳤다. 좀 거들라는 강렬한 압박이 느껴졌다. 역시 희미하게 웃곤 동생을 따라 고개를 숙이고 말았다.

그래, 혼자 다 하려면 힘들겠다. 그러면 이건 어떻겠냐? 일주일에 한 번씩 가족 모두 대청소를 하는 거야.

아버지가 웃었다. 좀 애매한 웃음은 찬성의 뜻으로 읽혔다. 아버지는 아마도 가족 모두에서 자신은 열외라고 생각하는 듯했다. 가장이 집안 청소라니, 뭐 이런 뜻이겠지. 아버진 상황 파악을 못 한 것이다. 이미 대세는 여인 천하라는 걸.

그래 주면 저는 고맙죠. 아버님이야 당연히 쉬시고 동석 아빠와 아이들이 도와주면 얼마나 쉽겠어요.

동생이 얼굴을 들더니 좋은 생각이라며 활짝 웃었다. 나도 따라 웃어야 했다. 아버지는, 내 기억에 집에서 허리를 숙여 본 경험이 없는 아버지는 처음엔 말도 안 된다는 표정으로 눈을 크게 뜨고 어머니와 할머니를 번갈아 보다가 여인 천하의 뜻을 읽고는 고개를 숙였다.

이왕 말이 나온 김에 지금 당장 대청소를 하고 다음 주부턴 일요일 아침에 가족 모두 함께 대청소를 하자꾸나.

할머니가 손수 대청소를 진두지휘했다. 동생은 현관을 정리했다. 비교적 손쉬워 보이는 신발장 정리는 내가 하고 싶었는데 재빠른 동생이 먼저 현관을 장악했다. 난 목욕탕을 맡았다. 좀 억울했다. 평소에도 난 집 청소를 자주 했다. 사실 목욕탕 청소는 거의 내 차지였다. 이럴 땐 오히려 손쉬운 일을 해야 공평한 거 아닌가? 하지만 난 집에서 거의 발언권이 없는 존재였고 피시방 이후 더더욱 모든 일에 솔선수범해야 한다는 걸 누가 얘기해 주지 않아도 잘 알아서 아무 소리 없이 목욕탕에 쭈그리고 앉아 땀을 뻘뻘 흘리며 타일을 닦았다.

닦아도, 또 닦아도 똥색 타일은 누런빛을 버리지 않았다.

이거 원래 똥색 타일 아닌가?

허리가 쑤셨다. 물 한 잔이라도 마시려고 나와 보니 어머니는 부엌에서 설거지 중이었고 아버지는 소파 뒤에서 청소기를 돌리고 있었다. 할머니가 아버지 바로 옆에서 이런저런 지시를 했다.

아버지는 엉덩이를 약간 뺀 자세로 불만을 나타내고 있는 듯했다. 그 모습이, 뻣뻣하고 엉성한 자세와 청소기 돌리는 서툰 솜씨가, 이것도 저것도 아닌 아버지 표정이 너무 웃겼다. 결국 참지 못하고 웃음이 터졌다.

할머니가 제일 먼저 날 보더니 왜 웃는지 알아차리고 '하' 하는 짧은 웃음으로 동참했다. 어머니도 부엌에서 나와 아버지 폼을 보더니 큰 웃음으로 합류했고 동생도 쪼르르 달려와선 과장된 웃음으로 끼어들었다. 놀라운 건 슬그머니 방에서 나온 할아버지도 너털웃음을 지으며 슬쩍 '우리' 안으로 들어왔다는 사실.

모두의 시선과 웃음을 받은 아버지는 조금 더 엉덩이를 빼며 수줍은 미소를 지었다. 정치인이란 참.

어머니가 차리는 밥상에 대해서도 할머니는 할 말이 많았다. 대청소로 한껏 기분이 오른 어머니는 일찍 슈퍼를 닫고 들어와 진수성찬을 차렸다. 갈비찜, 삼계탕, 굴비 구이와 어머니의 필살기인 잡채까지. 그리 크지 않은 식탁을 꽉 채우고도 남은 육해공 종합 군단의 위용은 장엄함을 넘어 비장함을 연출했다. 모락모락 김이 오르는 식탁 앞에서 우리 가족 모두 잠시 정지 모드가 되어 입을 딱 벌리지 않을 수 없었다. 서로 말은 안 했지만 아버지도 동생도 나도 어머니가 왜 이런 무리를 했는지 알았다. 집안일을 가족과 함께한 기쁨, 내 피시방에 대한 고마움, 그리고 다음 날 고모와 함께할 식사에 대한 견제 등등. 긴 목욕 때문에 조금 늦게 식탁에 온 할머니는 이마에 세 줄짜리 주름이 잡히더니 곧 어머니를 불렀다.

어미야.

목소리가 좀 수상했다. 높고 날카로운.

네, 어머니?

고개를 돌리는 어머니 표정은 밝았고 목소리는 높았다. 하지만 할머니 목소리완 완연하게 다른 색깔이었다.

진작 하고 싶은 얘기였는데 말이다.

네, 뭐든 말씀하세요, 어머니.

꼭 이렇게 돼지처럼 먹어야겠니?

네? 아! 그동안 제가 슈퍼 일 한다고 어머니께 제대로 된 밥상 한번 차려드리지 못해서 오늘 하루 시간을 냈어요.

돼지라는 단어를 아주 싫어하는 어머니였지만 전혀 내색하지 않고 공손하게 대꾸했다. 아버지와 난 수저를 들었다. 그러나 둘 다 다시 멈춰야 했다.

이건 정말 숨넘어가는 밥상이구나. 밥이란 게 그렇다. 무작정 이것저것 많이 해서 식구들이 많이 먹는다고 좋은 게 절대 아니란다.

침묵, 그리고 긴장. 어머니 요리 솜씨는 좋은 편이 아니었다. 어머니는 게다가 요리에 정성을 들이지도 않았다. 모두 느끼는 바지만 어머니 슈퍼를 생각해서 그동안 입 다물고 살아왔는데. 결국 어머니 목소리에도 힘이 들어갔다. 예의 슈퍼가 다시 나왔고 그럼에도 불구하고 할머니는 또박또박 자기 할 말을 했다.

하나, 음식은 요리하는 어머니 자신이 배고플 때 아무 때나 대충 차려 먹는 게 아니라 시간을 정해서 규칙적으로 먹어야 하고.

둘, 음식은 배가 터질 때까지 먹고 트림을 하는 게 아니라 약간 배고플 정도로 소량을 먹어야 하며.

셋, 음식은 상다리가 부러질 듯 차리는 것보다는 보기 좋게 정갈하게 차려야 하고.

넷, 음식은 이런저런 고기류를 들이밀기보다는 매달 영양을 생각하며 마련한 식단에 의해 야채 중심으로 나와야 한다는 것.

그리고 어머니의 뺨을 부들부들 떨게 한 마지막 말씀.

화학조미료만 퍼 넣는다고 맛이 나는 게 아니다. 네가 끓이는 찌개는 그렇더구나. 된장찌개도 김치찌개도 다 조미료 맛이야. 음식은 연구를 해야 해. 정성을 들이고 맛을 공부하면 비로소 진짜 김치찌개도 되고 된장찌개도 되는 거야. 네가 하는 찌개는, 뭐라고 할까?

제발 돼지라는 말만 하지 말았으면.

꼭 돼지 밥 같다고나 할까?

할머니 말씀은 지나침을 넘어 사뭇 폭력적이었다. 어머니는 뺨을 떨었고 아버지와 나와 동생은 두 분의 시선을 피하고 꼼짝도 하지 않았다. 뜻밖에도 어머니가 일찍 백기를 들었다.

잘 알겠습니다. 앞으로 주의하겠습니다.

휴, 아버지와 나와 동생은 똑같이 숨을 토하곤 식사를 시작했다. 식사 중에도 할머니의 공격은 끊임없이 계속되었다. 연이어 튀어나오는 돼지 소리. 그때마다 어머니는 빰을 떨었으나 계속 네, 네 소리만 연발하며 내린 꼬리를 올리지 않았다. 그러나 난 알 수 있었다. 할머니의 돼지 소리 한 번 한 번이 다 어머니 가슴에 차곡차곡 쌓이고 있다는 것. 어머니는 뒤끝이 매우 긴 사람이었다.

대청소와 돼지 밥 사건 다음 날 고모와 고종사촌 내외는 강북에선 누구나 제일로 꼽는다는 고급 호텔 한식당을 예약하고 할머니에게 전화를 했다. 할머니는 두 자리를 더 마련하라는 말로 고모를 어리둥절하게 했다.

누굴 부르시게요?

아범과 동석이도 함께 갈 거다.

고모는 잠시 말이 없다가 순순히 그러겠다고 하곤 전화를 끊었다. 아버지는 할아버지도 함께 가셨으면 좋겠다는 빈말을 했고 할머니는 당연히 그 말을 무시했다. 잠시 눈을 반짝였던 할아버지는 괜히 가래를 끓이더니 방문을 세게 닫았다. 동주와 어머니 표정도 떨떠름했다. 하지만 할머니는 전혀 개의치 않았다.

넌 슈퍼 때문에 어렵겠지? 요새 거의 매일 일찍 닫고 들어왔잖아. 그러다가 단골손님 떨어진다. 그리고 동주는, 동주까지 데리고 가면 달자에게 좀 미안하구나.

어머니는 충분히 시간을 낼 수 있었지만 말없이 고개를 숙였다. 아버지와 내가 함께 가는 것만으로도 만족한다는 뜻인 듯했다. 동주는 입을 비죽 내밀었다. 하지만 평소 늘 동주 우선이던 아버지와 어머니도 동주의 불참에 이의가 없어 보였다. 하긴 동주까지 가면 미안한 거지.

셋이 아버지 차를 타고 호텔 식당으로 가서 고모 가족과 식사를 했다. 높고 크고 육중한 황금빛 호텔 현관을 밀고 들어가면서부터 역시 높고 크고 육중해 보이는 로비를 지나 똑같은 황금색으로 빛나는 엘리베이터를 타고 스카이라운지, 그러니까 건물 꼭대기에 오를 때까지 내내 오줌이 마려웠다. 긴장으로 어깨가 결렸다. 아버지에게 화장실부터 들르자고 속삭였다. 아버지는 그냥 참으라면서 눈을 흘겼다. 아버지 이마에 작은 땀방울이 가득했다.

스카이라운지 식당은 어떻게 설명해야 할지. 우선 방광을 압박하던 액체가 어디론가 저절로 스르르 사라졌고 찜질방에 들어온 것처럼 어깨도 가벼워졌다. 뱅뱅 돌릴 수도 있을 만큼. 아버지 이마의 작은 땀방울들도 벌써 자취를 감추었다.

식당은 우선 안락했다. 노란빛, 화사한 빛. 어디선가 봤던 그림. 맞다, 바로 고흐가 그렸다는 〈해바라기〉. 그림엔 아무 관심이 없었지만 현애가 알려준 고흐와 해바라기 그림은 기억하고 있었다.

고흐의 해바라기는 자연 그대로를 재현한 게 아니라 거기에

89

빛과 색채를 통한 감각과 감정을 표현한 그림이야.

빛과 색채를 통한 감각과 감정의 표현. 식당이 딱 그랬다. 크지도 작지도 않은 은은한 음악이 흘렀고 향기가, 딸기향 비슷한 향기가 식당에 넓게 퍼졌다. 음식은 송아지 스테이크였다. 한식당 분위기가 별로라서 이곳으로 예약을 바꿨다며 고모가 할머니 눈치를 봤다. 눈치는 봤지만 자신만만한 고모의 미소. 할머니는 짧게 답했다. 상관없다. 식당이 다 그렇지 뭐.

고종사촌이 할머니가 외삼촌 집에서 한식만 드셔서 메뉴를 바꾸기도 했다는 쓸데없는 소릴 덧붙였다. 할머니는 역시 짧게 받았다.

상관없다니까. 음식이 다 그게 그거지 뭐.

음식은 다 그게 그것이 아니었다. 스테이크는 혀 안에서 아이스크림처럼 녹아내렸다. 기분이 점점 좋아졌다. 아버지도 흥겨운지 작게 콧노래를 불렀다. 노동자, 농민의 친구인 아버지가 이런 식당에서 밥을 먹는 게 좀 그랬지만 난 그런 건 나중에 생각하고 음식에 집중하기로 했다.

이런 건 얼마나 할까?

궁금함을 참지 못해 고종사촌에게 이런 건 얼마나 하냐고 물어봤다. 고종사촌은 어색하게 웃으며 고모를 봤고 고모는 환하게 웃으며 살짝 할머니를 살폈다.

67년 만에 생모를 모시고 식사를 하는데 가격이 무슨 문제겠니. 그냥 꽤 한다.

아버지와 난 긴장을 풀고 신나게 먹었다. 아버지와 내가 음식에 집중하는 동안 고모와 고종사촌은 할머니에게 이런저런 얘기를 했다. 고모부가 지병으로 일찍 돌아가신 후 고모가 보험 외판부터 시작해서 억척같이 돈을 모았던 과거, 눈물과 충분한 시간 없이는 도저히 들을 수 없는 그 긴 사연을 고모와 고종사촌은 아주 깔끔하게 정리해서 중요 사건 위주로 요약본을 내놓았다.

요약본의 요지는 고모의 투혼, 쓰러지고 또 쓰러져도 다시 일어난 의지와 고종사촌의 분투, 어려운 살림 속에서도 1등을 놓치지 않았던 학창 시절과 대형 은행 입사 후에도 한결같았던 효심이었다.

마무리는? 이젠 살 만하다는, 노력의 대가로 이젠 그럭저럭 대한민국 상류층의 일원으로 잘 지낸다는 해피엔딩. 할머니가 얘기 중간에 한 번 짚었다.

그렇게 잘사는데 네 아버지나 하나밖에 없는 오빠 좀 도와주지 그랬냐?

열심히 식사를 하던 아버지가 갑자기 치고 들어갔다.

달자가 많이 도와줬어요. 아직도 갚지 못한 빚도 많아요.

아버지가 왜 여기서 치고 들어갔을까? 난 알았다. 구체적인 액수가 나오는 걸 막으려는 의도가 분명했다. 주위에서 눈치 없다고 매번 핀잔을 듣는 내가 왜 아버지 속은 이렇게 잘 아는지 모르겠다. 아마도 아버지를 쏙 빼닮아서? 일리가 있다. 아버지는 인정하지 않지만 어머니와 동생은 아버지와 내가 참 많이 닮았다는 소릴 했다. 할아버지는? 할아버지는 좀 달랐다. 할아버지와 할머니는 어떻게 될까? 두 분은 화해를 하실까? 등등을 공상하고 있는데 쭉 얘기를 듣고만 있던 할머니가 짧은 기침을 했다. 아버지가 긴장했다. 그게 느껴졌다.

이제 할머니가 된 네게 할 말은 아니지만 그래도 참 대견하구나. 헤어질 때 빽빽 울기만 하는 아기였는데 이렇게 훌륭하게 일가를 이뤘구나. 고맙다, 달자야. 솔직히 네가 네 오라비보다 백배는 더 잘 산 것으로 보인다.

고모 얼굴에 해바라기가 활짝 피어났다. 고종사촌은 괜히 감격한 표정을 지었고 아버지는 예의 희미한 얼굴이었지만 손가락을 살짝 떨었다. 고모가 자기 사업 얘기를 꺼냈다. 주식과 부동산 현황을 열심히 설명했다. 지금은 세계적 불황으로 주식이 불안정하고 부동산은 끝없이 추락하는 듯 보이지만 대한민국 주식은 아직도 최고점에 이르려면 멀고도 멀었으며 지금이야말로 바로 투자할 시점이라는 것과 또 미국 서브프라임 이후 국내에 불어닥친 부동산 붕괴 현상은 겉으로 보기엔 망조로 보이지만 대한민국 자체가 바로 부동산이기에 한국이 망하지 않는 한 어떻게든 반드시 회복될 것이며 더욱이 남북 화해 무드는 어느 정권이든 피할 수 없는 과제이기에 아직도 북부 지역 부동산은 가능성이 많은 노다지라는 고모의 지론이 화려하게 펼쳐졌다. 할머니가 고모의 브리핑을 끊었다.

참 장하다, 우리 달자. 그러면 넌 내 도움은 필요하지 않겠구나.

고모가 입을 닫았다. 아니, 정확히 표현하자면 입을 벌린 채 정지 상태에 돌입했다. 고종사촌이 그게 아니라 이제야말로 현금 투자가 필요한 때라고 이미 떠난 버스를 애써 잡으려 했지만 고모는 곧 냉정을 찾았고 벌렸던 입을 닫고 침묵했다. 아버지 콧노래가 다시 들렸다. 디저트 주문을 할 시간. 할머니의 디저트는?

너 때문에 내가 마음이 한결 가벼워졌다. 난 달수네만 도와주면 되겠다. 고맙다, 달자야. 정말 고맙구나.

난 오렌지 셔벗을 시켰다. 셔벗은 스테이크처럼 풍부하고 상쾌하고 또 후련한 맛이었다. 괜히 나도 기분이 좋았다. 호텔을 나서는데 엘리베이터에도 로비에도 현관에도 심지어 아버지의 낡은 승용차에도 노란 해바라기가 활짝 피었다. 자연 그대로를 재현하기보다는 빛과 색채로 감각과 감정을 표현했다는 고흐. 내겐 늘 음험했던 노란색이 이렇게 부드럽고 풍부하다니. 위대한 화가, 고흐 만세!

중요하지 않은 마지막 얘기의 주인공은 할아버지였다. 어르신들 방문 후 완전히 기가 꺾인 할아버지. 야밤에 방에서 몰래 소주 한 병을 다 드시고 잠들더니 새벽 3시에 다급한 비명을 지르시며 거실을 때굴때굴 굴렀다. 제일 먼저 소파에서 자던 내가 깨어났다.

할아버지, 왜 그러세요?

오줌이, 오줌이.

어머니와 동생이 동시에 뛰어왔다.

오줌이 뭐요?

오줌이 안 나온다. 오줌보가 터지려는데 오줌이 안 나와.

아버지가 깨어나 상황을 정리했다.

전립선이 막혔나 보다. 노인들에게 일어날 수 있는 일이야. 빨리 구급차를 불러야 해. 여보, 어서 전화해.

오줌보가 터지도록 오줌이 마려운데 오줌이 안 나오는 기분은 어떤 것일까? 비명을 지르며 거실을 구르는 할아버지를 내려다보면서 80의 나이를 지나 살아간다는 건 참 슬픈 일일 수도 있겠다는 생각을 했다.

할머니가 방에서 나왔다. 생난리를 부리는 할아버지를 바라보던 할머니가 팔을 걷어붙이고 나섰다. 거침없이 할아버지에게 다가서는 할머니를 아버지가 말렸다.

뭘 하려는 겁니까?

옛날에도 엄살이 심하더니. 얼마나 괴롭겠냐? 내가 마사지라도 해서 고통을 덜어주려는 거야. 비켜라. 왜? 네가 대신 하겠냐?

아버지가 어찌할 바를 모르고 우물쭈물하는 동안 할머니는 누워 있는 할아버지 바로 앞에 책상다리를 하고 앉았다.

비켜라, 더러운 년, 뭘 하려고. 내 몸에 더러운 손 대지 마라.

할아버지의 마지막 저항은 참으로 서글펐다.

시끄러워, 이 짝불이 자식아, 누군 뭐 네 조그만 잠지 만지고 싶어서 그러는 줄 알아? 가만히 있어.

짝불이. 이런저런 은밀한 루트를 통해 그것이 할아버지 어릴 적 별명이란 걸 모두 알았지만 감히 어느 누구도 감히 입으로 발설할 수 없었던 짝불이. 그리고 부록으로 드러난 할아버지의 조그만 그것.

할아버지는 필사적으로 몸을 돌리며 할머니 손을 피하려 했다. 최악의 상황이 발생했다. 급해진 할아버지가 용을 쓰다가 그만 뭔가를 지린 것. 할아버지의 얇은 바지 위에 노란빛이 퍼져갔다.

아휴, 똥까지 지렸네, 더러운 새끼. 어멈아, 응급차 오기 전에 갈아입혀야겠다.

할머니는 할아버지 바지와 팬티를 벗기고 엉덩이를 물수건으로 깨끗이 닦더니 사타구니에 쓱 손을 집어넣어 짝불이와 조그만 그것을 마사지하기 시작했다. 모두 고개를 돌려야 했다. 할아버지는 그저 파르르 몸을 떨 뿐이었다.

백파(白波) 최종태 선생. 고결한 흰 물결처럼 평생 하늘을 우러러 부끄러움 없는 인생을 산, 이 시대 인텔리였고 독립운동가였으며 전쟁 후 사업 실패 뒤에도 다른 나약한 지식인들과는 달리 가족의 생계를 위해 온갖 잡일을 마다하지 않았던 성실하고 강직한 사내. 늘 책과 사색을 가까이했던, 어느 동네에 살든 지역에서 존경을 받았던 고매한 인품의 그가 85세 나이에 한밤중 전립선이 막혀 가족들 앞에서 때굴때굴 구르다가 무른 똥을 지렸고 민족을 배반한 더러운 계집에게 짝불이와 조그만 그것을 마사지당했다. 난 그때 깨달았다, 인생이란 결코 정의롭지도 않고 인자하지도 않다는 것을.

이제 중대한 사건을 얘기할 차례다. 피시방과 송아지 스테이크 이후 경쟁에서 불리한 입장에 놓인 고모는 할머니의 60억에 대해 부정적 생각을 했던 것 같다. 고모는 할머니의 과거에 의심을 품었고 그래서 그녀의 지난 67년을 집요하게 추적했다.

할머니 등장 일주일째, 고모가 찌는 더위를 한주먹에 쥐고 아침부터 들이닥쳤다. 그녀의 서슬이 퍼렜는데 웬일인지 잠재적 경쟁자인 어머니가 고모의 우편에, 그리고 동생이 고모의 좌편에 섰다. 응급차 사건 이후 급격하게 세가 꺾인 할아버지와 이런 일은 우선 관망하는 게 습관이 된 노회한 아버지, 그리고 있어도 그만 없어도 그만이며 이미 피시방 하나로 경쟁에서 제외된 나는 나란히 소파에 앉아 여자들의 시퍼런 대담을 관람했다. 고모가 포문을 열었다.

"일본에서 택시 사업을 했다는 게 맞나요?"

할머니의 대답은 늘 그렇듯 한 치의 머뭇거림도 없이 시원시원했다.

"그렇다."

"그러면 일본에서 오신 건가요?"

여기서 할머니는 잠시 큰 눈동자를 위아래로 굴렸다. 그러나 그 시간은 그렇게 길지 않았다. 그것은 일본어 사건으로 할머니와 뭔가를 공유했던 나만이 느낄 수 있었던 시간이었을 수도 있다. 할머니 답변이 이어졌다.

"그건 아니야."

"그러면 어디서 오셨나요?"

"그게 왜 궁금한데?"

어머니가 고모 대신 나섰다. 아무래도 논리에는 어머니가 적임이었다.

"궁금한 게 당연하죠. 가족이니까 어머니의 지난 생활을 알고 싶은 거죠."

"난 너희들 지난 세월을 묻지 않았다."

"그래도 우리는 다 들려드렸잖아요."

"그건 너희들이 그런 거지. 내가 물은 건 아니지."

"가족이라면 당연히 얘기하는 게 맞지 않나요? 안 그래요, 여보?"

　아버지가 말없이 고개만 끄덕였다. 아버지도 할머니의 과거가 궁금한 모양이었다. 나도 그랬다. 말은 없었지만 할아버지도 다를 바 없었다. 우린 모두 궁금했다, 할머니의 과거.

　"너희가 궁금한 건 내 재산이겠지."

　할머니가 너무 노골적인 반격을 해서 고모도 어머니도 말문이 막혔다. 이번엔 눈치 빠른 동생이 재빨리 나섰다.

　"할머니, 그건 오해예요. 조금 섭섭하네요. 할머니가 지난 세월 어떻게 보내셨는지, 새로운 가족은 없으셨는지, 가족이기 때문에, 후손이기 때문에 그게 알고 싶은 거죠. 재산은 이미 말씀하셨잖아요. 우린 궁금한 겁니다, 왜 지난 세월에 대해 한 말씀도 안 하시는지."

　할머니는 속지 않았다.

　"아니다, 너희는 내 재산이 궁금할 뿐이다. 그래서 달자가 여기저기 안 알아본 곳이 없다. 내게 너희들 소식을 들려준 샌프란시스코 한인 교회 이준용 목사, 바로 부여에서 우리 아랫집 살던 꼬마 아이 말이다. 어제 그 아이와 통화를 했다. 달자가 거기까지 연락해서 내가 미국에서 한국으로 온 것을 알아냈지. 그리고 달자는 다른 건 안 물어보고 택시 회사만 물어봤더군."

　고모도 어머니도 동생도 할머니 시선을 피했다. 승기를 잡은 할머니 목소리가 거실에 울려 퍼졌다, 마치 승전가처럼.

"난 너희에게 거짓말한 적 없다. 일본에서 택시 회사로 돈 번 것은 맞다. 거기서 미국으로 갔다. 노스캐롤라이나주 샤롯데시에 정착해서 살다가 부흥 설교를 하러 온 이 목사를 만나 너희 소식을 들었고 무려 3년을 고민하다 이번에 찾아왔다. 함께 산 남자는 둘이 있다. 일본인 하나, 미국인 하나. 일본인과는 이별했고 미국인과는 사별했다. 자식은 없었다. 너희 둘이 다야. 달자야, 넌 이런 것은 전혀 궁금하지 않았지?"

고모가 무슨 말을 할 수 있겠는가? 괜히 고모 편에 섰던 어머니와 동생도 고모와 함께 고개를 숙여야 했다.

"이해한다. 돈이 얼마나 중요한지 너희보다 내가 더 잘 아니까. 내가 일주일째 돈 얘기를 안 하니까 혹시 내가 속이는 게 아닌지 불안해하는 것도 이해한다. 내가 약속하마. 이번 여름이 가기 전에 유산을 물려주겠다. 그러나 누구에게 얼마를 주느냐는 순전히 내 마음이다. 가족 중에 날 사심 없이 대하는 건 동석이 하나뿐이어서 우선 손자에게 피시방 차릴 돈 1억을 주기로 한 거다. 동석이가 집안의 장손이니 당연한 것이지. 그렇지 않냐, 달수야?"

아버지는 크게 고개를 끄덕였다. 옆에 있던 나도 덩달아 고개를 끄덕였다. 할머니는 과거를 의심하는 세력을 완벽하게 진압하는 동시에 할머니에 대한 충성 경쟁에 불을 지폈다. 할머니는 고모에 대한 응징도 잊지 않았다. 내 방에 들어가서 뭔가를 들고 나온 할머니. 동생에게 살짝 물어봤다. 동주는 수표책이라고 속삭이며 침을 꼴깍 삼켰다.

"내 수표책이다. 거래 은행 얘기로는 내가 여기에 액수만 적어 넣으면 한국의 은행에서 현찰을 내준다고 했으니 틀림없을 거다."

할머니가 수표책에 액수를 쓰고 사인을 하더니 쭉 찢어 메모지 한 장과 함께 고모에게 내밀었다. 고모가 눈을 깜박였다.

"10만 불 적었다. 수수료하고 이것저것 떼면 요즘 시세로 한 1억 천 되나? 아무튼 이걸로 달자, 네가 은행 심부름 좀 해라. 수표는 네가 찾아 쓰고 현찰로 1억을 입금하면 된다. 어제 여기 은행 구좌를 개설했다. 이 구좌로 사흘 내에 1억을 송금하면 된다. 피시방은 당장 급한데 수표는 한 달 정도 걸린다고 하니 그걸 기다릴 순 없지 않겠니? 그러니 우선 네가 현찰로 1억을 내놓고 나머지 천은 네가 이자 삼아 가져라. 어때, 계주도 오래 했다니까 잘 알겠지? 한 달 이자가 1할이니 꽤 괜찮은 장사 아니냐?"

눈치 없고 돈에 느린 내가 봐도 고모는 참 어려운 상황에 빠졌다. 할머니가 내민 종이를 은행에 넣고 무려 한 달을 기다려야 현금이 된다는 소리 같은데, 한 달은 이 상황에선 정말 긴 시간이었고 67년 만에 나타나 딱 일주일 동안 함께한 할머니를 믿고 현금 1억을 내놓기는 결코 쉬운 결정이 아니었다. 더군다

나 고모같이 돈에 확실한 사람이, 여자의 몸으로 산전수전을 다 겪으며 일가를 이룬 고모가 이런 불확실한 종이 한 장에 1억을 내놓는 것은 아예 말 자체가 안 되는 일이었다.

그러나 그 배경에 60억이 있었다. 여기서 수표를 받지 않고 1억 내놓기를 거부하면 그것은 할머니를 믿지 않는다는 걸 증명하는 것이고 그 경우 60억 경쟁에서 확실하게 탈락하는 것은 불을 보듯 빤한 일이었다. 내 생각엔 이건 할머니의 응징이었다. 의심했으니 그 대가를 내라, 이거였다.

난 괜찮았다. 그게 할머니 수표든 고모 현금이든 아무튼 사흘 이내에 1억이 생겨 피시방을 정말 오픈할 수 있다는 게 아닌가? 아버지도 어머니도 동생도 괜찮은 모양이었다. 모두 고모를 주시할 뿐.

고모가 조금 불쌍했다. 고모부라도 살아 있었다면. 고종사촌이나 며느리라도 좀 데려오지. 외로운 고모는 마침내 고독한 결단을 내렸다. 부들부들 떨리는 손으로 할머니의 수표를 받아들었다. 고모는 역시 여장부였다.

중대 사건은 그것으로 막을 내렸지만 의미 있는 뒤풀이가 있었다. 아버지가, 절은 올렸지만 그 이후 가능한 한 할머니와의 대면을 피했던 아버지가 할머니에게 다가가 그녀의 손을 잡았다. 할머니는, 언제나 담대하지만 오직 아버지 앞에만 서면 큰 눈에 눈물이 고이는 할머니는 아버지가 스스로 다가와 손을 잡자 곧바로 온몸을 떨며 오열에 들어갔다.

"어머니, 죄송합니다. 그리고 감사합니다."

무엇이 죄송하고 무엇이 감사한지 구체적인 언급은 하나도 없었다. 어머니를 의심한 고모와 어머니, 동생을 미리 막지 못한 것이 미안하다는 것이고 내게 1억을 주기로 한 것이 감사하다는 뜻인 것 같았지만 확실하지는 않았다. 정치를 시작한 후 바뀐 아버지의 어법이었다. 하지만 누구도 그걸 이상하게 생각하지 않았다.

아버지와 할머니의 감동적인 장면이 끝나자 고모가 또 한 번 실수를 했다. 이른바 짝퉁 연출이었다. 고모도 눈물범벅이 되어 할머니를 껴안고 죄송하단 말과 감사하단 말을 전했다. 아마도 미심쩍은 종이 쪼가리를 받고 피 같은 1억을 내놓기로 했으니 눈물은 저절로 흘러내렸을 것이고 아무튼 이것으로 면죄부를 받았다고 생각했던 것 같다. 그러나 할머니 표정은 얼음처럼 차갑기만 했다.

고모가 떠나고 어머니와 아버지 그리고 동생도 제 방으로 들어간 시간, 거실엔 할머니와 나와 할아버지만 남은 어정쩡한 순간, 난 또 목격했다. 할아버지 손이, 그의 하얀 오른손이 허공에서 잠시 뒤틀리는, 뭔가 할머니에게 메시지를 전하는 듯한, 아주 많은 의미가 들어 있는 것도 같고 아무런 뜻 없는 손짓 같기도 한 짧고 약한 한순간의 움직임을. 할머니는 할아버지의 손짓을 무시하고 내 방으로 들어갔고 할아버지도 곧바로 자기 방으로 들어갔지만 두 분 사이 분명한 무엇인가가 전해졌다. 나만 알아챈 중대한 변화라고 생각한다.

그러나 난 그 변화가 어떤 의미인지 더 이상 파고들진 않았다. 내 머릿속은 복잡했다. 고모는 약속대로 사흘 내에 1억을 입금할까? 그래서 난 정말 피시방을 시작할 수 있을까? 불경기라는데 피시방은 잘될까? 난 60억에서 1억만 받고 경쟁에서 탈락하는 건 아니겠지? 할머니의 수표는 한 달 뒤에 정말로 현찰로 바뀔 수 있을까? 할머니의 60억은 사실일까? 이런저런 궁리를 하다가 한쪽으로 생각이 쏠렸다.

피시방 상호는 뭐라고 하지? 피시방 내부 인테리어는 무슨 색으로 할까? 개업식은 어떻게 하지? 동네 양아치들이 몰려오면 어쩌지? 수입은 얼마나 될까? 수입이 생기면 어머니에게 매달 얼마를 내놓아야 하나? 내놓아야 한다면 얼마나 내야 하지? 상우는 내 피시방을 보며 어떤 기분이 들까? 상우가 혼자 올까? 혹시 상희를 데려오지 않을까? 혹시 상희와 현애를 같이 데려오지 않을까? 상우가 데려오지 않는다 해도 상희는 혼자서라도 한번 휴지 같은 걸 사 가지고 찾아오지 않을까? 상희는 혼자 올까? 혹시 현애와 함께 오진 않을까? 상희가 함께 오지 않는다 해도 혹시 현애 혼자서 손에 휴지라도 들고 찾아오지 않을까? 정말 현애가 와볼까? 혹시 와볼까? 만약 현애가 온다면 난 무슨 옷을 입어야 하지? 처음에 뭐라고 해야 하지? 그런데 혹시 안 오면 어떻게 하지?

모든 사랑은 쓰다

◎◎◎◎

　　　　연인. 이 단어엔 여러 가지 의미가 있다. 보통 뜻
으로는 단순하게 사랑하는 사람이지만 숨 막히게 황홀한 성애
장면이 나오는, 태국의 끈적끈적한 무더위를 배경으로 한, 롤리
타신드롬을 자극하는 어린 여배우가 열연을 펼친, 지금까지 열
세 번 봤지만 볼 때마다 새로운 느낌을 주는, 내 평가론 금세기
최고 아름다운 영상의, 바로 그 영화 제목이기도 하다.

　　연인. 성북구 정릉동엔 '연인'이란 이름의 카페가 있고 서대
문구 남가좌동엔 '연인'이란 이름이 다소 어울리지 않는 맛없
는 떡볶이집이 있고 부산 괴정동, 술집 골목엔 붉은색 '연인' 간
판을 단 값싸고 질 떨어지는 룸살롱이 있다. 멀리 중국 청도엔

무려 100여 개의 룸을 보유한 거대 기업 노래방 '연인'이 우리나라 관광객으로 사시사철 붐빈다.

내게 연인이란 '비밀'을 의미한다. 내가 할아버지의 작은 손짓하나를 놓치지 않고 잡아낸 데에는 다 이유가 있다는 말이다.

현애는, 내가 사랑했던 현애는, 내가 사랑하는 현애는 1970년대 우리나라 최고의 배우 정윤희를 꼭 빼닮았다. 어려서부터 내게 연인이라고는 정윤희뿐이었다. 다른 아이들이 소피니 피비니 하는 외국 여배우들에 빠져 떠들어댈 때도 내 신토불이 애정, 시대를 넘어선 불같은 사랑은 흔들림이 없었다. 다른 아이들이 이미연이니 김희선이니 핑클이니 SES니 또래 여자들에게 미쳐 날뛸 때도 영화 〈시월애〉를 뛰어넘은 일편단심 내 열정은 한순간도 변함이 없었다.

대학 입학식 날, 바로 그 정윤희가 내 옆에 서 있었다. 거짓말처럼, 마술처럼, 환각처럼, 연극처럼, 정윤희와 똑같이 생긴 소녀가 '뻐꾸기도 밤에 우는가'의 백색 미소를 간간이 보여주며 '앵무새 몸으로 울었다'의 보라색 눈빛으로 날 기웃거리며 바로 내 옆에 서서 노란 구두코로 흙바닥을 톡톡 찍었다.

흔들리는 시야, 상승하는 혈압, 터질 듯한 심장, 그리고 저리는 오금. 그 만남은 아무리 다시 생각해 봐도 운명이란 말, 계시라는 단어 외에는 달리 표현할 게 없었다. 물론 다른 사람들은, 나를 제외한 모두는 내가 대학 입학식에서 정윤희를 만났다는 진실을 믿지 못했고 현애가 사실은 또 하나의 정윤희라는 불변의 진리를 결코 받아들이지 못했다.

시선의 차이였다. 어떤 시각에서 사물을 바라보느냐 바로 그 차이였다. 그저 그런 사물이라면 시각의 차이는 그리 크지 않다. 그러나 예술품의 경우, 천재 예술인이 자신의 뼈와 살을 깎아 필생의 작으로 탄생시킨 시대를 대표하는 예술품의 경우, 시각의 차이는 마치 맨유의 경기력과 노원구 개인택시 조합 산하 조기 축구회의 열정, 그 이상의 격차가 난다. 안타깝게도 나를 제외한 모두는, 심지어 상우마저도 현애가 가장 빛나는, 그 매혹적인 각도를 찾지 못했다. 그래서 현애는 나만의 것, 내 시선에서만 가장 화려한 빛이 되는 여자였다.

현애와 나는 꼬박 10년을 연인으로 지냈다. 그 10년은 보는 관점에 따라 100년의 세월을 능가하는 알차고 밀도 높은 기간일 수도 있었고 열 시간보다 보잘것없는 시시한 나날일 수도 있었다. 나에게 그 10년은 내 인생의 전부였다. 100년 가지고는 어림도 없는, 적어도 찬란하게 빛났던 신라 1000년의 역사에 버금가는 절정의 시간이었다. 물론 동주를 비롯한 가족들에겐 당연히 나와 현애의 10년은 열 시간은커녕 10분보다도 하잘것없는 최씨 집안의 치욕스러운 과거였을지도 모른다. 그들에겐 오직 결과만 중요할 뿐, 그 10년을 꼬박 채운 하루하루의 떨림과 눈부심, 치열함과 순수는 전혀 고려 대상이 아니었다.

상우에게도 현애와 나의 10년은 아무 의미 없는 과거의 시간이었다. 상우는 현애와 나의 10년을, 촘촘하게 짜인 대하 장편 러브 스토리를 바로 옆에서 보고 듣고 추측하고 느끼면서 우리와 함께 한 시대를 공유했건만 막상 선택의 순간이 오자 피식거리는 웃음 한 방으로 그 모든 것을 깡그리 무시하고 마치 처음 만난 소녀를 대하는 표정으로 현애의 손을 맞잡았다. 일그러진 미소로 축하해 주는 내게 상우가 남긴 말은 이랬다.

'인간에게 과거란 환영일 뿐이야. 과거란 지금은 어디에도 존재하지 않는 것이지. 실체가 없는 무의미한 것이란 소리야. 과거는 단지 기억으로만 남아 있어. 기억이란 건 절대 정확할 수 없는 것이고 또 생각하기에 따라서 언제든지 변할 수 있는 거야. 난 벌써 너와 현애의 일을 다 잊었다. 그런 건 이미 존재하지 않아. 그러니까 너도 잊어라. 지금 현애는 내 연인이고 앞으로도 그렇다. 바로 지금 네가 내 친구고 앞으로도 그렇듯이.'

과연 그럴까? 과거란 그렇게 하찮은 것에 불과한 걸까? 현애와 헤어진 후, 엄밀히 얘기해서 현애가 상우와 연인이 된 후, 난 알고 싶었다. 현애에게 우리가 함께했던 10년은 무엇인지, 어떤 의미인지. 나는 그게 알고 싶어 미칠 것 같았다. 그러나 이별 후 현애에게 그걸 물어볼 기회는 없었다. 단둘이 함께할 시간도 전혀 없었다. 난 알게 모르게 그런 시간을 만들어보려고 노력했지만 현애는 완벽하게 내 시선을 피했다.

현애가 내 곁을 떠난 지 5년 만에, 상우와 결혼한 지 4년 만에, 할머니가 나타난 지 9일 만에 나는 마침내 현애의 연락을 받아냈다. 지난 5년 휴대폰 번호도 바꾸지 않고 내내 기다리고 또 기다렸던 현애의 문자메시지, 그게 정확하게 259주 만에, 1811일 만에, 4만 3473시간 만에 내 휴대폰 액정에 떠올랐다.

'오후 2시, 거기. 상우 씨에게 얘기하지 말고.'

여기에서 거기란 바로 정릉 아리랑 고개 아래 삼거리에 위치한 조그만 카페 '연인'을 뜻한다. 상가 건물 지하, 늘 퀴퀴한 냄새가 배어 있고 어둡고 테이블 간 칸막이가 높은, 언제나 잘 알려지지 않은 재즈 음악이 흘러나오는, 몽환적 분위기의 깡마른 50대 카페 여주인이 홀로 운영하는.

연인은 비밀을 의미한다. 현애와 나는 10년의 세월 후반전 5년 동안 적어도 한 주에 세 번은 '연인' 카페를 찾았다. 카페엔 우리들의 지정석이 있었다. 가장 후미진 구석, 가장 높은 칸막이로 가려진 곳. 그 자리에서 현애와 나는 수백 번, 수천 번, 아니 수만 번 입을 맞췄다. 그 자리에서 현애와 나는 수백 번, 수천 번, 아니 수만 번 사랑한다는 말을 나누었다. 그 모든 것은 비밀이었다.

현애와 나는 10년의 세월 후반전 5년 동안 우리 사이에 중대한 일이 일어날 때마다 '연인' 카페를 찾았다. 끝없이 반복되던 낙방의 시간들, 그때마다 현애는 우리들의 지정석에서 날 꼭 안아주며 용기를 북돋아주었다. 고백하건대 나는 20연패의 대기록을 수립하고 나서 절대로 정상적인 방법으로는 번듯한 직장에 합격할 수 없다는 걸 깨달았다. 그것은 어떤 운명 같은 것이어서 당연히 희미하지만 확실하게 느낄 수 있는 계시 비슷한 걸 내게 보여주었고 그래서 그 시점에서 난 취직을 포기했다.

그러나 현애는 달랐다. 현애는 내가 반드시 그럴듯한 직장에 취직되리라고 굳게 믿고 있었다. 지금 생각해 보면 참 대단한 집착이었다. 현애가 아니었다면, '연인'이 아니었다면 훗날 88연패라는, 대한민국 실업인 사이에 아직도 전설로 남아 있는 빛나는 대기록은 결코 달성되지 못했을 것이다. 우리들의 생일. 작은 생일 케이크를 앞에 두고 서로를 위해 생일 축하 노래를 부르던 곳도 바로 '연인'이었다. 다이어리데이, 밸런타인데이, 화이트데이, 키스데이, 빼빼로데이, 데이, 데이, 데이. 수많은 기념일들. 그날마다 만나 지쳐가는 사랑에 힘을 주고 묽어지는 믿음에 양념을 치는 장소도 늘 '연인'이었다. 현애가 날 떠나겠다는 통보를 한 곳도 '연인'이었고 상우와 결혼하게 되었다는 소식을 전한 곳도 '연인'이었다. 현애가 결혼식 날짜를 잡고 마지막으로 만나 우리들의 10년을 영원히 멀리 떠나보낸 곳도 바로 '연인'이었다.

이렇게 내게 '연인'은 비밀이었다. 그런데 현애가 바로 그 우리들의 비밀이 가득한 '연인'에서 만나자고 했다. 아무 생각 없이 그냥 편하게 거길 약속 장소로 정했겠지 하면서도 한편으로는 어떤 묘한 느낌이 뱅뱅 돌면서 자꾸만 머릿속을 어지럽혔다.

'하필이면 왜 거기?'

자기나 나나 집에서 가까운 노원역에 카페와 음식점이 무수히 있는데, 자기 친정집도 정릉에서 태릉으로 이사한 지 3년이 지났는데, 하필이면 왜 전철을 타고 가기에도 그렇고 버스를 타고 가기에도 불편한 그 후미진 곳으로 오라는 것일까?

일찌감치 12시 30분에 집을 나섰다. 어머니에겐 피시방 자리를 알아보러 간다고 거짓말을 했다. 상우에게서 문자가 왔다. 오늘은 일이 일찍 끝날 것 같으니 오후 2시에 만나 영종도에 가서 오랜만에 조개구이 먹으며 바닷바람이나 맞다가 오자는 소리였다. 피시방 자리가 나서 오늘은 안 된다고 상우에게도 거짓 문자를 보냈다. 상우는 엿이나 먹으라는 답신을 보내왔다.

하늘도 오늘의 만남을 아는지 부슬부슬 비를 내려주었다. 한여름 무더위가 가라앉았다. 나는 현애가 좋아하는 노란색 우산, 동주 것을 슬쩍해 들고 나왔다. 시간 여유가 충분했지만 1분 간격으로 소변이 마려웠다.

택시를 잡아타고 곧바로 정릉으로 향했다. 택시 기사가 무슨 좋은 일이 있느냐고 물었다. 난 그에게도 애인을 만나 프러포즈를 할 계획이라고 거짓말을 했다.

오후 1시, 약속 장소에 도착했다. 택시 기사가 행운을 빈다면서 경적을 두 번 울려주었다.

'연인' 카페.

내 모든 기대는 일순간 사라지고 무너지고 부서지고 깨져버렸다. 10년의 과거가, 그 오랜 세월이, 현애와 나의 비밀이, 연인이, 분명히 작년까지도 그 앞을 지나면서 간판을 확인했는데, 거짓말처럼, 속임수처럼, 사기처럼, 마술처럼 사라져버렸다. 자취를 감춰버렸다.

'연인' 자리에 대신 들어선 블랙 워리어 피시방 간판을 들여다보며 담배에 불을 붙였다. 담배에 빗방울이 묻었다. 빗물이 밴 담배 맛은 참 비릿했다. 상우 말이 옳은지도 몰랐다. 현애와 나의 10년은 이미 없어졌다. 처음부터 존재하지 않았던 것과 그렇게 다르지 않았다. 과거는 환영에 불과했다.

그때였다. 어떤 환영이 빗줄기 사이에서 어른거렸다. 그럴 리가, 현애가 나타나려면 아직 한 시간이나 남았는데. 현애일 리는 없었다. 10년의 연애 기간 동안 현애가 약속 시간을 지키거나 일찍 나온 적은 한 손으로 꼽을 정도였다. 그런데 현애였다. 현애가, 사랑했던 현애가, 사랑하는 현애가 무려 259주 만에, 1811일 만에, 4만 3477시간 만에 부슬부슬 내리는 빗줄기 속에서 갑자기 나타나서 한 번 나를 힐끗 보더니 태연하게 내 옆에 나란히 섰다.

이 순간을 상상했었다. 수없이 많은 밤, 이 순간을 그리고 또 그렸었다. 만에 하나, 이런 시간이 찾아온다면 나는 어떻게 대응해야 할까? 어떤 표정을 짓고 어떤 말을 해야 할까? 무수한 밤, 차근차근 많은 준비를 했는데 정작 그 순간이 찾아오자 난 그냥 빗줄기 속에 서 있는 못생긴 장승처럼 아무런 표정도 지을 수 없었고 아무런 말도 할 수 없었다. 그저 피우던 담배를 힘없이 떨어뜨렸을 뿐.

현애는, 얇은 여름용 노란색 코트를 걸치고 하얀 우산을 받쳐 든 현애는 지난 5년의 공백이란 환영에 불과하다는 걸 증명하려는 듯 아주 평범한 웃음을 지으며 첫마디를 뗐다.

"오랜만이야. 잘 지냈지?"

그녀의 첫마디가 얼마나 자연스러웠는지 나는 나도 모르게 그만 굵은 눈물방울을 떨어뜨리고 말았다. 다행히도 그 커다란 방울은 빗물에 묻혀 씻겨 내렸다. 현애가 계속 말을 이었다. 빗소리 때문인지 그녀의 음성에 길게 에코가 달렸다.

"언제나 그랬듯이 한 시간 이상 먼저 나와서 기다릴 줄 알았어. 그래서 미리 와봤는데 어김없구나, 넌. 5년이 지났는데 하나도 변한 게 없어. 하긴 변하면 최동석이 아니지. 재벌 할머니가 갑자기 나타나서 피시방을 차려주기로 했다면서? 정말 잘됐다. 이젠 최동석의 제 모습을 찾길 바랄게. 진심이야."

난 아무런 할 말이 없었다. 그렇게 많은 연습을 했는데 현애는 예상했던 모든 경우와는 다른 시간에 다른 모습으로 나타나 다른 음성과 다른 표정으로 다른 얘기를 했다. 꿀 먹은 벙어리가 되어 멍청하게 '연인'의 옛터를 바라보고 있는데 현애가 고개를 돌려 내 눈을 봤다. 그리고 현애의 시선도 사라진 '연인'을 향했다. 현애는 피식 웃음을 지었다. 어디선가 많이 본 웃음, 바로 상우의 웃음이었다.

"없어졌네. 아빠네 이사 갈 때만 해도 있었는데. 너도 몰랐나봐? 결국 이렇게 우리 추억이 다 사라져버렸어."

그렇지 않다고, 모든 시간이 이 가슴에 있다고 소리치고 싶었다.

"부탁이 있어서 연락했어."

부탁이 무엇이든 다 들어줄 테니까 우선 좀 가만히 있으라고, 난 아직 한마디도 못 했으니 기다려달라고, 그동안 준비했던 게 너무 많다고 하고 싶었지만 내 입은 여전히 떨어지지 않았다.

"난 네가 상우 씨 만나는 걸 이해는 해. 다른 남자 같으면 내게 복수를 하려고 하거나 내게 저주를 퍼붓거나 아니면 날 잊거나 그랬을 거야. 하지만 넌 정말 착한 사람이지. 너 혼자 아픔을 다 가지고 상우와 날 용서했겠지."

현애는 아주 큰 오해를 하고 있었다. 난 단 한 번도 날 떠난 현애와 그 현애와 결혼한 상우를 용서한 적이 없었다. 그리고 난 결코 착한 사람이 아니었다. 난 그냥 사람이었다. 굳이 얘기하자면 성장이 멈춘 벌레 같은 인간이었다.

"상우 씨가 널 만나 술 마시고 들어오는 날은 내겐 지옥이야. 넌 그걸 이해할 수 없을 거야."

왜 지옥일까? 아직도 내게 뭔가가 남아 있지 않다면 그게 왜 지옥일까?

"난 그런 네가 이젠 싫어."

눈앞 사물이 한꺼번에 하얗게 부서졌다.

"기다렸어. 네가 그만둘 때까지. 그렇게 5년이 흘렀어. 난, 정말 미안하지만 이젠 네게 죄책감이 없어. 난 그냥 너를 잊고 싶어. 동석아, 우리 이제 정말 그만하자. 혹시 이게 네 방식의 복수라면, 그럴 리는 없겠지만 혹시 그렇다 해도 이젠 날 용서해줘. 5년이야. 그동안 난 애 둘을 낳았어. 나이 서른넷 먹은 아줌마가 된 거야. 이젠 그만 끝내고 너도 새 인생을 찾았으면 좋겠어. 부탁이야."

머릿속이 멍멍했다. 도대체 이 여자는 날 무엇으로 생각하기에 이렇게 쉽게 또 한 번의 모욕을, 상처를, 아픔을, 절망을 주는 것일까? 5년 전의 이별과 4년 전의 배신에도 모자라 술집 거리에서 달라붙는 삐끼를 떼어내듯 휴대폰 영업 사원 손길을 떨쳐내듯 왜 이렇게 간단하게 이렇게 시시하게 다시 한 번 나를 죽이는 걸까?

"부탁할게. 상우 씨와 더 이상 만나지 마. 이젠 제발 너는 너의 인생을, 우리는 우리의 인생을 살자. 그만 갈게. 건강하고 사업 잘되고 좋은 여자 만나길 빌어. 진심이야. 동석아, 그리고 정말 미안해. 안녕."

현애가 빗줄기 속으로 사라져갔다. 그녀의 노란색 코트와 하얀 우산이 점점 작아졌다. 결국 난 그녀에게 한마디도 하지 못했다.

현애가 떠나고 몇 분이 흘렀다. 몇 분이나 지났을까? 갑자기 작은 불빛이 눈앞에서 여러 번 튀겼다. 눈에 빗물이 들어가서 앞의 물체가 희미하게 보였다. 목소리가 들렸다, 조금 얇은, 조금 불량스러운 목소리.

"형님, 우리가 불은 있는데 담배가 없어서요. 이해하시죠? 담배 좀 빌립시다."

가슴에서 불길이 활활 타올랐다. 불길은 신경을 타고 온몸으로 퍼져갔다. 온몸의 세포가 크게 부풀어 오르더니 마침내 터져버렸다.

'새파랗게 어린놈들이, 아무리 내가 실업자고 성장이 멈춘 벌레라고 해도 감히 해주 최씨 장손에게.'

희미하게 보이는 물체에게 주먹을 날렸다. 나도 모르게 튀어나간 주먹이었다. 덜컥, 그 주먹에 뭔가 단단한 게 걸렸다. 연이어 두 번째 주먹을 날렸다. 그 주먹은 멋지게 허공을 갈랐다. 그리고 빗소리에 섞여 잡다한 소음이 이어졌다.

"뭐야, 이 새끼, 미친 새끼 아니야? 죽여, 밟아."

머릿속이 멍멍했다. 시야는 점점 어두워졌고 귀에 길게 이명이 들렸다.

'난 그런 네가 이젠 싫어.'

인근 주민의 신고로 경찰이 달려왔을 땐 어린 친구들은 모두 사라지고 나만 길바닥에 길게 뻗어 부슬부슬 내리는 비를 맞고 있었다. 갈비뼈가 부러졌다. 별것 아닌 것 같았는데 꼬박 일주일을 병원에 있었다.

아버지는 딱 한 번 찾아와 '차라리 죽어라'라는 말을 남겼고 어머니는 새벽마다 슈퍼 가는 길에 들러 '도대체 왜 정릉까지 가서 매를 맞았느냐'고 묻고 또 물었고 고모는 퇴원 전날 고종사촌 내외에 아이까지 데리고 찾아와 혀만 끌끌 차다가 머리맡에 10만 원이 든 봉투를 남기고는 총총히 사라졌다. 상우도 한 번 병원을 찾았다. 상우는 낄낄대며 어쩌다가 고딩하고 붙었느냐고 놀려댔지만 왜 정릉에 갔냐는 질문은 하지 않았다. 이상했다.

머리 좋은 동주는 역시 눈치가 빨랐다.

현애지? 정릉이라면 현애 집이 있던 곳이잖아. 아리랑 고개 밑에서 살다시피 했잖아. 이번 일, 현애랑 관련 있지? 계속 말 안 하면 내가 현애를 만날 거야.

절대 아니라고, 그냥 옛 생각에 가끔 거길 가는데 하필이면 그때 어린 불량배들을 만나 시비가 붙었다고, 현애네 집은 벌써 다른 곳으로 이사를 갔다고 최선을 다해 동생을 달래고 설득했다. 동생은 언제나 그렇듯 나보다 한 수 위였다.

지난 35년 동안 싸움이라곤 말싸움도 거의 해본 적 없는 사람이잖아. 학교 다닐 때 후배 불량배들에게도 순순히 비상금을 내주던 오빠가, 중학교 때 내가 깡패한테 봉변당하게 됐을 때도 울면서 빌기만 했지 주먹 한번 날리지 못했던 오빠가 왜 갑자기 어린애들과 시비가 붙었을까? 오빠를 그렇게 화나게 하는 일이 무엇이었을까? 현애야. 현애 말고는 오빠를 그렇게까지 미치게 할 게 없어. 두고 봐. 내가 가만두지 않을 거야.

동생은 화가 끝까지 나면 얼굴이 새파랗게 변하는 아이였다. 남편의 외도 현장을 잡아 남편과 여자를 경찰서에 집어넣고 곧장 집으로 달려왔을 때도 동생 얼굴은 짙은 청색으로 물들어 있었다. 동생은 실로 오랜만에 스머페트가 되어 당장 현애에게 달려갈 태세였다. 말리고 말리다가 나는 결국 포기해버렸다. 자포자기의 심정이었다. 하긴 뭐 이제 와서 동생이 현애 머리카락을 잡아챈다고 해서 달라질 건 아무것도 없었다.

병원 생활은 생지옥이었다. 할머니 때문이었다. 어머니는 슈퍼 때문에 내 병간호를 할 수 없었다. 난감한 상황에서 할머니가 나섰다. 장손이니 자기가 병간호를 해주겠다는 것이었다. 그래서 나는 꼬박 일주일을 할머니와 함께 병원 생활을 했다.

할머니는 애초에 내 병간호 따위에는 뜻이 없는 사람이었다. 부러진 갈비뼈 때문에 밥 먹는 것도 화장실 가는 것도 불편하기 이를 데 없었는데 할머니는 도대체 병실에 붙어 있질 않았다. 그녀는 하루 종일 병원 구석구석을 쏘다니며 의사, 간호사, 병원 직원, 환자, 보호자, 방문객을 가리지 않고 실로 오만 종류의 사람들과 만나 참으로 다양한 분야의 이야기꽃을 피우느라 시간 가는 줄 몰랐다. 그녀는 만나는 사람에 따라 카멜레온처럼 변신했다. 어떤 이에겐 재일교포였고 어떤 이에겐 재미교포였으며 또 어떤 이에겐 조선족이었고 심지어 어떤 이에겐 고려인이 되기도 했다. 어느 땐 할아버지와 백년해로한 행복한 여인이었고 어느 땐 바람난 할아버지에게 소박맞아 쫓겨난 한 많은 어머니였으며 또 어느 땐 첫사랑을 찾아 67년 만에 귀국한 비련의 주인공이 되기도 했다.

제일 참기 힘든 얘기는 바로 60억에 대한 스토리였다. 할머니는 누구를 만나든지 자신의 재산을 꼭 열 배 부풀려서 600억이라고 밝히면서 얘기를 시작했다. 그걸 가족에게 물려줘야 하는데 누구에게 얼마를 물려줘야 하는지 고민이라면서 상대를 대화에 끌어들였다. 하루는 그걸 몽땅 내게 주겠다고 했다가 그 다음 날엔 아버지, 그다음다음 날엔 동생, 그러다가 아무에게도 물려주지 않겠다고 하기도 했고 어느 날은 고모가 제일 마음에 든다고 고모에게 전액을 주겠다고 했다. 병원 어디에 가도 정 끝순 여사의 유산 600억 얘기였다. 인턴과 간호사, 방사선 기 사가 환자와 보호자와 함께 삼삼오오 모여 앉아 과연 누구에게 얼마를 물려주는 게 가장 최선인가를 놓고 병원 여기저기에서 격론을 벌이는 모습이란 참. 웃지도 울지도 못할 기막힌 광경이 었다.

나는 내 뜻과 전혀 관계없이 병원에서 유명 인사가 되었다. 600억을 눈앞에 둔 상속자. 과연 저 갈비뼈가 유산을 얼마나 받을 수 있을까? 병원 사람들이 내게 던지는 묘한 시선과 쑥덕 거림. 사람들의 흥밋거리가 되어 자근자근 씹혀본 경험이 없는 사람은, 그걸 당해보지 않은 사람은 모른다. 어색함과 불편함, 그리고 황당한 오해와 편견. 일주일의 입원으로 내 갈비뼈는 무 사히 붙었는지 모르겠지만 할머니로 인해 내 정서는 급속도로 황폐해졌다. 그러나 그게 병원에서 겪어야 했던 고통의 전부는 아니었다. 생지옥의 나머지 분량을 채워준 것은 일주일 내내 하 루도 거르지 않고 이어진 할아버지의 방문이었다.

할아버지는, 야릇한 손짓 하나로 할머니에게 뭔가 신호를 보 낸 할아버지는 가족이 없는 병원에서는 할머니에게 접근하기 위해 노골적으로 온갖 수단과 방법을 다 동원했다. 할아버지는 갈비뼈가 부러져서 병실에 누워 있는 손자 따위는 전혀 안중에 도 없었다. 아침 일찍 병원으로 출근한 할아버지는 내게 시선조 차 주지 않고 '괜찮으냐?'는 의례적인 인사만 불쑥 던지고는 병 원 어딘가에서 누군가를 잡고 이야기꽃을 피우고 있을 할머니 를 찾아 부리나케 병실을 나가버렸다. 할아버지가 주는 스트레 스의 내용은 할머니의 '뻥'과는 달랐지만 그 무게는 할머니의 그것과 결코 다르지 않았다.

첫날, 금연이라는 빨간 글씨가 선명한 병원 계단 아래에서 담배를 태우다가 고르고 골라서 내 담당 간호사에게 걸린 할아 버지.

둘째 날, 복도에 가래를 뱉었다가 청소하는 아줌마에게 개망 신을 당한 할아버지.

셋째 날, 화장실에서 큰 것을 보고 물을 안 내리고 나오다가 하필이면 전날 개망신을 줬던 그 아줌마에게 또 걸려서 온 병 원에 매너 없는 무식한 노인네라고 소문이 난 할아버지.

넷째 날, 마침내 할머니와 마주쳐 잠깐만 할 얘기가 있다면 서 버티는 할머니의 팔을 잡아끌며 실랑이를 벌이다가 할머니 가 살려달라면서 고함을 지르자 다급했던 나머지 그녀의 입을 막고 레슬링 헤드록 자세로 할머니의 목을 감아 지나가던 사람 들의 오해를 사고 결국 젊은 병원 직원에게 완력으로 제압당한 할아버지.

다섯째 날, 개떡 같은 병원, 엿이나 먹으라면서 아무도 없는 병원 복도 후미진 곳에 소변 줄기를 뿌렸다가 그게 CCTV 화면에 잡혀 병원의 강력한 경고를 받아야 했던 할아버지.

여섯째 날, 뒤에서 보호자 할머니들이 키득대며 수군대는 짝불이 소리를 85세 노인의 약한 청력으로 어떻게 들었는지 대번에 눈을 번뜩이며 할머니들의 먹살을 잡았다가 또다시 할아버지를 완력으로 제압했던 젊은 병원 직원의 눈에 띠어 다시 한번 보기 좋게 제압당한 할아버지.

난 이해할 수 없었다. 할아버지는 할머니가 나타나기 전에는 누가 봐도 근엄하고 중후한, 교양과 기품을 갖춘 해주 최씨 가문의 어른이었다. 고희를 맞이해서 열여섯 살 때부터 피웠다는 담배를 단칼에 끊었던 분, 결코 화장실 물을 내리지 않는 실수 따위를 해본 적이 없는 분, 남들 앞에선 가래는 고사하고 큰기침도 조심하는 사려 깊은 분, 쌍욕을 하거나 실내에 노상 방뇨를 하는 사람과는 말도 섞지 않던 분, 누가 욕을 하거나 희롱을 해도 눈만 한 번 끔벅거리곤 슬쩍 자리를 피해 버리는 분이었다. 도대체 무엇이 할아버지를 이렇게 망가뜨리는 것인지. 난 속상했다. 안 그래도 속이 타 죽을 지경이었는데 거기에 기름을 붓는 할아버지 때문에 거의 돌아버릴 지경이었다. 짝불이 파동이 나고 나서 할아버지와 병실에서 얘기를 나누었다.

"도대체 왜 이러세요?"

"나도 모르겠다, 내가 왜 이러는지."

"내일 퇴원하니까 내일은 오지 마세요."

"나도 오고 싶어 오는 게 아니다."

"할머니 때문에 오시는 거 다 알아요. 할머니와 하실 말씀이 있으면 병원 밖에서 하세요. 제발 더 이상 문제를 일으키지 않으셨으면 좋겠어요."

"저년이 도통 나하고는 말을 안 한다."

"그런 욕도 하지 마세요. 제가 아는 할아버지는 쌍소리를 입에 담는 분이 아니었어요. 요즘 할아버지는 제가 알던 분이 아닌 것 같아 괴로워요."

"그러면 개잡년을 보고 뭐라고 해야 하는겨? 정 여사라고 불러야 하간디?"

"할머니랑 무슨 얘기를 하고 싶으세요? 제가 도와드릴게요."

"그냥……."

"솔직히 할머니와 화해하고 싶으신 거죠?"

"웃기지 말어. 저년은 민족을 배신하고 고향 사람을 배신하고 낭군을 배신하고 자식을 배신하고 자기 자신도 배신한 개잡년이여. 화해라니. 나는 단지, 나는 그냥 알고 싶을 뿐이야. 그때 도대체 왜 그랬는지 그걸 알고 싶은 거야."

할아버지 눈 주위가 다시 새빨개졌다.

할머니에게 할아버지와 대화를 해보라고, 기회를 달라고 부탁을 하고 싶었다. 그러나 나는 퇴원 때까지 할머니에게 그 부탁을 할 기회가 없었다. 할머니는 병원의 스타로 눈코 뜰 새 없이 바빴고 다른 고민 때문에 할아버지 일에 신경 쓸 여유가 없었다.

다른 고민은 바로 고모 때문이었다. 할머니에게 일격을 당한 후에도 고모는 여전히 할머니의 정체를 파악하기 위해, 정확히 표현하면 60억의 실체를 알아내기 위해 그야말로 동분서주했고, 여기에 어머니와 동생이 합류했고, 팀을 이루고 난 뒤엔 더 치밀하고 더 집요하게 할머니를 파헤치기 시작했다. 그리고 끈질기게 이어진 세 여자의 팀플레이로 새로운 사실들이, 베일에 싸여 있던 할머니의 정체가, 그녀의 지난 67년이 마침내 하나둘씩 그 모습을 드러내기 시작했다.

고모가 수표와 현금 교환이라는 예상치 못한 할머니의 카운터펀치를 맞고 난 후, 60억에 대한 무한 도전이 선포된 뒤, 아버지와 나는 노골적으로 할머니에게 충성을 맹세하는 모양새를 취했다.

이미 피시방으로 1억을 확보한 나와는 달리 확실한 그 무엇도 확인받지 못한 아버지는 할머니를 모시고 자신의 정당 당사를 방문해 잃어버린 67년 감동 드라마를 재현했다. 평소 딱히 바쁜 일이 없던 아버지의 동지들, 이른바 늙은 진보들은 한껏 과장된 모션으로 할머니의 귀환에 감격해 주었다. 할머니는 내내 눈물을 뿌렸다고 했다. 할머니는, 내가 지금까지 파악한 바로는 매우 강하고 뻔뻔한 성격으로 보였지만 아버지 앞에만 서면 늙고 서러운 86세 노파의 모습으로 변신해 하염없는 눈물을 쏟아냈다. 그러나 그뿐이었다. 할머니는 아버지의 손을 꼭 잡고 흥분과 감격의 도가니에서 화려한 왈츠를 추듯 하루를 보냈으나 끝내 아버지와 그의 동지들이 원하는 선거 자금이나 정당 기부금에 대해선 입도 뻥긋하지 않았다.

아버지는 매우 실망한 듯했다. 그러나 정치를 시작하고 나서 산전수전 공중전까지 안 겪어본 일이 없는 불굴의 투사, 최달수 선생은 그렇다고 절망하거나 포기하지는 않았다. 아버지는 오히려 더 전의를 불태우며 60억에 대한 열망에 사로잡혔다. 할머니의 당사 방문 이후 아버지는 겉으로는 아무런 움직임도 보여주지 않았다. 아마도 장기적인, 치밀한, 아버지가 좋아하는 확실한 한 방, 그것을 준비하고 있는 듯했다.

아버지가 60억 전략을 세우는 동안 나는 할머니 마음이 변하기 전에 피시방을 시작하기 위해 열심히 인터넷과 지역 정보지를 뒤졌다. 하루 만에 노원구에서만 팔려고 내놓은 피시방 여섯 군데를 찾아냈다. 할머니와 함께 그 여섯 곳을 다 방문해 봤다. 나는 단 한 군데, 장소가 너무 외진 피시방만 빼곤 다 괜찮아 보였는데 할머니는 여섯 곳 모두에 가위표를 그었다. 어디는 목이 안 좋고 어디는 실내가 너무 좁고, 어디는 건물이 너무 낡았고.

그런 식으로 보면 피시방 시작 못 해요.

그렇다고 돈이 들어가는 사업을 아무렇게나 시작할 수는 없다. 더 찾아봐.

할머니가 정말 자금을 투자할 의사가 있는 것인지 순간 의심이 갔지만 여기까지 와서 중단할 수는 없는 일인지라 나는 솟아나는 의심을 애써 누르고 정릉 혈투 사건이 터질 때까지 뛰고 또 뛰었다.

실속이 없는 편인 아버지와 내가 할머니에게 충성을 다하고 있는 동안 어머니와 동생은 잠시 팔짱을 끼고 한 걸음 물러나 있었다. 그들은 할머니의 수표가 정말 현금 1억이 되는지 일단 지켜보기로 한 것이었다. 수표가 한국의 은행을 거쳐 미국의 대형 은행, 그리고 수표가 발행된 노스캐롤라이나주 햄버거 조합 은행에 도착, 그것이 다시 현금으로 돌아올 때까지 꼬박 한 달을 뒷짐 지고 기다리기만 하기로 한 것은 물론 아니었다. 어머니와 동생은 고모를 믿었다. 그리고 고모는 그들의 기대를 저버리지 않았다. 대형 시중은행에 과장으로 근무하는 고종사촌이 열심히 뛰었다. 그동안 고모는 현금 1억 입금을 차일피일 미뤘다. 사흘이 지나고 닷새가 지나자 할머니가 최후통첩을 했다.

딱 이틀이다. 앞으로 이틀이 지나면 없던 일로 하겠다. 그 후론 달자 너는 나와 돈 문제론 할 얘기가 없는 거다. 잘 알겠지?

이틀이 지나고 고종사촌은 할머니의 1억짜리 수표가 잔액 부족으로 현금화가 불가능하다는 최후통첩을 받아냈다. 고모는 서두르지 않았다. 우선 고모는 이 문제를 어머니와 상의했고 어머니는 돈 문제론 집안에서 유일하게 믿을 수 있는 동생에게 이 사실을 알렸다. 세 여자는 이 일을 조용히 처리하기로 합의했다.

고모는 어머니를 통해 현금 1억 마련이 쉽지 않으니 수표가 처리되면 입금하겠다고 할머니에게 일방적 통보를 했다. 할머니는 이에 대해 가타부타 말이 없었다.

고모와 어머니와 동생은 은밀하고 섬세한 작전을 세우고 할머니의 과거에 대한 본격적인 수사에 돌입했다. 수사에서 가장 중요한 건 정보력. 그래서 세 여자는 할머니에 대한 정보 수집에 몰두했다. 할머니가 내 병간호를 하겠다고 나선 진짜 이유는 아마도 고모와 어머니와 동생의 교묘한 질문 공세, 집요한 정보 캐기를 피해보려는 의도였던 것 같다. 그러나 할머니가 집을 비운 사이, 세 여자는 아예 내놓고 행동에 돌입해 결코 무시할 수 없는 질과 양의 정보를 수집하는 데 성공했다.

세 여자에 따르면 할머니는 광복 때 도주하는 일본인들을 따라 동경으로 갔다. 할아버지와 아버지 말대로 부여와 만주를 잇는 독립군의 비밀 조직을 밀고한 죄 때문에 보복이 두려워 도망친 것이 확실했다. 그러나 세 여자에 따르면 할머니는 동경에선 채 2년을 체류하지 않고 미국으로 건너갔다. 백인 미군 병사와 결혼해 미국 땅에서 정착했다고 하는데 그 병사와도 또 2년을 살지 못하고 이혼했다가 노스캐롤라이나주 샤롯데시에서 흑인 햄버거 가게 주인과 다시 결합해 아이 셋을 낳고 3년 전까지 무려 61년을 그곳에서 '암스트롱 햄버거' 가게 안주인으로 평탄하고 행복한 생활을 했다고 한다. 세 여자에 따르면 흑인 남편이 죽고 난 뒤 할머니는 큰아들이 살고 있던 샌프란시스코의 한 양로원으로 이주했고 최근까지 그곳에서 말 많고 거짓말 잘하고 연애도 잘하는 아주 시끄러운 할머니로 명성을 떨쳤다고 한다. 세 여자는 할머니와 할아버지와 내가 병원에 있을 동안 이런 막대한 정보를 얻기 위해 무려 43차례나 국제전화를 사용했고 고향 부여와 이준용 목사의 귀국 부흥회가 열린 부산과 대구, 그리고 샤롯데에서 할머니와 한 동네에 살았다는 재미교포의 동생 집이 있는 전남 장성까지 온 천지를 누비며 무려 1500킬로미터의 주행거리를 돌파했다고 한다. 정보는 수집만 해서는 재산이 되지 못한다. 수집된 정보를 가지고 분석과 종합 단계를 거쳐 판단과 예측을 완수해야 하는 것이다. 세 여자는 비싼 대가를 지불하고 얻은 정보를 통해 비교적 정확하고 알찬 결론을 끌어냈다. 그녀들의 결론은?

'할머니의 60억은 뻥이다.'

퇴원한 날 저녁, 온 가족이 다시 거실에 모였다. 할머니가 나타나기 전엔 명절 때 잠깐 얼굴만 보는 사이였지만 할머니 사건으로 어머니, 동생과 의기투합한 뒤 어느새 가족의 범위에 자연스럽게 끼게 된 고모와 고종사촌 내외도 당연하단 듯 자리를 함께했다. 한여름인데도 부슬부슬 비가 내렸다. 위용을 떨치던 열대야는 어디론가 숨어버리고 으슬으슬한 공기가 창문 틈을 파고들어 거실을 서늘하게 바꿔놓았다. 나를 포함한 가족들은 모두 바닥에 앉았고 오직 할머니만 자신이 좋아하는 소파에 책상다리를 하고는 도대체 뭘 그리 열심히 보는지 시선을 창밖 빗줄기에 두었다. 이번에도 역시 고모가 포문을 열었다.

"이 목사님과 통화했지요? 우리가 다 안다는 얘기도 들었지요?"

"들어오다가 전화 받았다."

"휴대폰은 왜 숨겼어요?"

"숨긴 적 없다. 언제 숨겼는데?"

"내가 휴대폰 사드린다고 했을 때 왜 아무 얘기도 안 했어요?"

"아무 말 안 했을 뿐이지 내가 휴대폰이 있다 없다 하진 않았다."

어머니가 나섰다. 내가 보기엔 조금 이른 행보였다.

"고모, 지금 그런 게 중요한 게 아니잖아요? 어머니, 왜 거짓말을 하셨어요?"

"너는 요리도 밉게 하더니 말도 참 밉게 하는구나. 시어머니한테 앞뒤 다 자르고 대뜸 거짓말이라니."

"이젠 화내도 소용없어요. 다 알았다니까요."

"뭘 다 알았다는 거냐?"

고모와 어머니와 고종사촌 내외와 동생이 일제히 혀를 찼다. 동생의 혀 차는 소리가 제일 컸다. 그리고 이번엔 동생이 나섰다. 역시 내가 보기엔 너무 서두르는 감이 없지 않았다.

"이것 보세요. 부여에서 도망친 후 남자가 둘이 아니라 셋이라는 것, 없다는 자식이 셋이나 있고 그 밑에 손자 손녀가 무려 아홉이라는 것, 그리고 60억이 새빨간 거짓말이란 것, 다 탄로 났어요. 샤롯데에서 했다는 햄버거 가게가 60억짜리 택시 회사인가요? 아니면 양로원에서 지내다가 로또라도 맞았나요? 거기 자식들이 첫째는 전기 제품 수리공에, 둘째는 햄버거 요리사, 막내딸 남편은 트럭 운전을 한다던데. 참 영리한 분이에요. 어쩌면 금액도 참 절묘하게 책정했어요. 600억이라면 우리가 쉽게 믿지 않았을 테고 6억이라고 했으면 아무도 신경 쓰지 않을 것 같으니 우리 같은 중산층이 딱 끌려들 만한 60억이라. 참 대단한 할머니예요."

동생의 무례하고 차가운, 솔직히 참 싸가지 없는 공격에도 할머니는 눈 하나 깜빡이지 않았다. 할머니의 미세한 변화도 놓치지 않기 위해 집중하고 또 집중했지만 할머니는 바늘만 한 흔들림도 없이 나무처럼, 바위처럼, 산처럼 소파 위에 앉아 있을 뿐이었다. 다시 고모가 나섰다.

"참 뻔뻔하군요. 그냥 들어오겠다면 우리가 받아주지 않을 것 같으니까 온 가족을 상대로 사기를 쳐요? 우리 애 아범이 이미 1억짜리 수표가 엉터리라는 것도 확인했어요. 당신 같은 사람이 내 생모라는 게 정말 부끄러워요. 왜 이제 나타나서 핏덩이일 때 이미 생못을 박은 가슴에 또다시 못을 박나요? 도대체 내가 무슨 죄를 지어서 당신에게 이런 고통을 받아야 하나요?"

고모는 자신의 생모에게 당신이란 호칭을 썼다. 충분히 그럴 수 있다고 생각하면서도 마음이 무거웠다. 할머니와 함께 보낸 보름, 겨우 그 시간에 정이 들었는지 나는 할머니를 지켜주고 싶었다. 민족의 배신자든, 잡년이든 사기꾼이든 아무튼 피를 나눈 가족이 아닌가? 그리고 나는 60억이 사기라는 사실이 쉽게 믿기지 않았다. 아니 믿고 싶지 않았다. 만약 그게 뺑이라면 내 피시방은? 내 새로운 인생은 어디에서 찾는단 말인가?

그러나 나는 집에선 있으나 없으나 마찬가지인, 존재감 전무인 실업자, 입을 다물고 관전만 하는 최하 등급, 인터넷 카페로 치면 읽기만 가능한 새내기 회원일 뿐이었다. 드디어 고모가 최후통첩을 했다.

"오늘은 너무 늦었으니 내일 아침 당장 이 집에서 나가주세요. 더 이상 아무 말도 하지 말고 그냥 나가주세요. 나가서 다시는 찾아오지 마세요. 전화도 편지도 하지 마세요. 아셨죠?"

순간이란 참으로 강렬한 것이었다. 잠시만 한눈을 팔아도 놓쳐버리게 되는 어느 한순간. 그러나 그 순간을 놓치면 어떤 경우엔 전체의 의미를 다 오해하게 될 수도 있다. 하긴 바로 그 때문에 세상엔 끝없는 오해와 불통이 일어나고 그 와중에 다툼과 증오가 태어나는 것이겠지만. 집중에 집중을 하고 있었던 까닭에 나는 한순간 할머니 얼굴을 스쳐간 표정을 잡아낼 수 있었다. 큰 눈과 우뚝한 코, 발간 볼, 작은 입술. 86세 노인이라는 걸 도저히 믿기 힘든 깨끗한 피부와 엷은 주름, 그리고 화려한 금발. 할머니는 이 모든 것들을 아주 조금씩 재빨리 움직여서 순간의 표정을 만들어냈다. 그게 한마디로 무엇인지 정의하기엔 너무 작고 빠른 반응이었다. 다만 논리를 제외하고 순간의 느낌만 가지고 굳이 말로 표현한다면 그것은 '자신감'에 제일 가까웠다. 그런데 이 상황에서 할머니가 무슨 자신감을 내비칠 수 있을까? 아무리 생각해도 그건 아닌 것 같아서 나는 잠시 딴생각에 접어들었다. 할머니의 고운 외모. 찬찬히 들여다보니 동주가 할머니를 쏘옥 빼닮았다. 이런저런 생각을 하고 있는데 벽에 걸린 정물화처럼 꼼짝 않던 할머니가 결국 무거운 입을 열었다.

"우선 참 열심히도 알아봤구나. 샌프란시스코 양로원에서 나와 다시 샤롯데로 옮겼다. 그것 빼곤 다 맞다."

"거기서도 큰아들에게 뭔가 사기 치려다 쫓겨났나 보네요."

누가 이렇게 고약한 소릴 하나 보니 동주였다. 찬바람 쌩쌩 부는 목소리. 동생은 이 정도로 지독한 아이는 아니었다. 바람 피우다 걸린 전남편에게나 보여주었던 독기를 거침없이 뿜어내는 동생. 그만큼 화가 났다는 건데. 그렇다면 동생은 60억이 무지하게 탐이 났다는 얘기였다. 도대체 아쉬울 게 없는 동주가 왜?

"가족을 알리지 않은 것은."

할머니가 잠깐 멈췄다. 말을 멈추곤 왼손으로 가슴을 두드렸다.

"많은 생각을 했다. 나 때문에 핏줄로 연결이 되었지만 오랜 시간 모르고 살다가 갑자기 핏줄이니 뭐니 하는 게 서로에게 부담만 되겠다고 결론을 내렸다. 그래서 숨겼다. 돈은."

여기서 또 할머니는 잠시 눈을 감고 뜸을 들였다.

"60억은 거짓말이 아니다. 하지만 너희들이 믿지 못한다면 그건 내가 어쩔 수 없지. 왜 수표에 문제가 생겼는지 모르겠지만."

할머니는 우리들 얼굴을 차례로 돌아봤다. 아버지와 난 고개를 숙이고 있었고 고모와 고종사촌 내외, 어머니와 동생은 싸늘하게 할머니의 시선을 받았다. 할머니는 할아버지에겐 시선을 주지 않았다. 그래서 새빨개진 할아버지의 눈동자는 상대를 찾지 못하고 허공에 머물렀다. 할머니가 짧게 대답을 끝냈다.

"알았다. 내일 떠나마."

어머니와 고모와 고종사촌 내외와 동생은 그 말을 항복으로 받아들이는 눈치였다. 할머니의 항복이 너무나 급작스럽게 일어나서 세 여자를 포함한 모든 가족은 속으로 다 김빠지는 소리를 냈다. 보름간에 걸친 할머니 소동이 살짝 끝을 보여주었다. 광복 직전에 염병에 걸려 죽었다던 할머니가 갑자기 나타나 온 집안을 흔들어놓고, 할아버지를 패닉 상태로 몰아넣고, 내 인생을 뒤죽박죽으로 만들어놓고, 아버지에게 괜한 희망을 주었던 해프닝이 마침내 막을 내리게 되었다. 모두 그렇게 될 줄 알았다. 그런데 아니었다.

"누구 마음대로 떠난단 말이에요?"

느닷없이 터진 아버지의 고함 소리. 모든 눈이 아버지를 향했다. 할머니도 창밖을 보다가 급히 고개를 돌렸다. 이어지는 아버지의 울먹이는 목소리.

"핏덩이 때 버려놓고, 수십 년을 기다렸는데, 미국에서 아들딸 낳고 잘 산단 소릴 듣고 나서야 완전히 마음을 정리하고 이젠 잊자 하고는 살고 있었는데 이제 와서 갑자기 나타나 사람 마음을 믹서기로 갈듯 잔뜩 갈아놓고는, 아주 반죽을 만들어놓 고는. 뭐요? 이제 또 떠난다니. 지금 장난합니까? 내가 뭡니까? 내가 대체 어머니의 뭡니까?"

아버지의 목소리는 점점 더 커졌고 점점 더 물기에 젖었다. 고함을 다 지른 아버지가 머리를 앞으로 숙였다. 책상다리를 한 채로 고개를 바닥에 닿을 정도로 숙였다. 그 자세로 아버지는 오열하기 시작했다. 떨리는 아버지의 등짝을 보며 할아버지도 눈물을 터뜨렸다. 아버지는 아예 어린아이처럼 엉엉 울기 시작했다. 할아버지와 아버지의 울음을 쳐다보기만 하던 나도 찔끔 눈물을 흘렸고 할머니가 따라서 홀쩍이기 시작했다. 고모와 고종사촌 내외와 어머니와 동생은 사색이 되어 우리들의 집단 통곡을 방관할 뿐이었다. 아버지의 오열이, 좀처럼 보기 힘든 아버지의 눈물이 그들의 입을 꽉 막아버렸다. 얼마 후 할머니의 작은 목소리가 들렸다.

"네가 원한다면 있으마. 아들이 원한다면 있으라고 할 때까지 여기 있으마."

어느 정도 눈물을 그치고 진정한 아버지의 굵은 음성이 온 거실에 쩌렁쩌렁 울려 퍼졌다.

"앞으로 아버지를 빼고 누구든지 내 어머니보고 나가라 마라 하는 것들은 다 내쫓아버리고 다신 보지 않겠다. 여긴 내 아버지, 백파 최종태 선생과 나 최달수의 집이야. 다 알아들었으면 더 할 말이 없다. 각자 방으로 들어가라. 달자 너도 빨리 집에 가라."

사건은 그렇게 극적인 반전으로 종결되었다.

난 궁금했다. 첫 선거에 떨어진 이후 단 한 번도 멋진 아비의 모습을 보여준 적이 없는 아버지가, 사람이 결코 변할 수 없다는 70을 눈앞에 둔 나이에 왜 하루아침에 카리스마 넘치는 진짜 아비의 모습으로 복귀했을까? 일제 회칼로도 끊을 수 없다는 질긴 핏줄 때문이었을까? 갑자기 세 여자의 돈 얘기에 나처럼 분노해서 가장의 권위를 세웠던 것일까? 아버지에겐 좀 미안한 얘기지만 아버지의 눈물은 그런 것이 전부는 아니라는, 가장 중요한 이유는 따로 있다는 생각을 했다.

아버지도 그 한순간을 놓치지 않은 것이다. 말로 표현하거나 논리적으로 정리하기엔 좀 뭣했지만 확실하게 느껴지던 할머니의 자신감. 아버지나 나처럼 수도 없이 실패를 맛본 사람들은, 살기 위해 하루에도 몇 번씩 눈치를 바짝 세워야 하는 사람들은 그것을 느낄 수 있고 오랜 경험으로 그것을 믿었다. 고모 가족이나 어머니, 그리고 동생은 확실한 증거만을 믿겠지만 우린 달랐다. 더 정확히 표현하자면 아버지와 나는 60억의 꿈에서 깨어나기 싫은 것이고 또한 할머니의 자신감으로 그것을 확신했다. 차라리 처음부터 없었다면 모르겠지만 이미 존재했는데 갑자기 그게 없어진다면. 내 결론은 확실했다.

'60억은 있다. 분명히 있다.'

아버지도 나와 똑같은 생각이 아니었을까?

아버지가 극적인 반전을 연출한 뒤 사흘이 지났다. 동생이 이번엔 강남역에서 제일 유명하다는 스파게티집으로 날 불러냈다. 잉그리드 버그먼이나 비비언 리, 제임스 딘 같은 1950~1960년대 유명 미국 영화배우 흑백 사진을 일렬로 전시한, 어찌 보면 단순한 인테리어 아이디어 하나로 유명세를 탄 집이었는데 음식 맛도 강남의 베스트로 소문났고 테이블과 의자도 참 깜찍하고 앙증맞은 식당이어서 동생과 나는 행복한 미소를 주고받으며 구석 자리에 마주 앉았다.

나는 돼지고기 스파게티, 맛이 풍성하고 부드러운 아마트리치아나를 시켰고 동생은 깔끔한 해산물 스파게티를 주문했다.

음식은 말 그대로 예술이었다. 입에서 저절로 녹아내리는 마늘빵에서부터 처음 맛보는 독특한 소스의 샐러드, 그리고 입 안을 가득 채우는 풍요로운 스파게티의 맛과 향. 나는 현애도 피시방도 다 잊어버리고 기막힌 음식 맛에 푹 빠져버렸다. 독하면서도 은근히 단맛이 나는 멕시코 커피도 입에 딱 맞았다. 동생은 이번에도 커피와 함께 본론을 꺼냈다.

"이번 일을 겪으며 오빠 생각 많이 했어."

커피 맛이 갑자기 더 달아졌다. 동생은 아마도 60억 때문에 잠시나마 오빠인 날 경쟁 상대로 여겼던 일이 걸리는 모양이었다. 그때는 눈앞의 현금 때문에 욕심만 앞섰겠지만 이제 60억이 날아간 시점에서 돌이켜보니 자신의 속내가 부끄러워진 것이고 내게 괜히 미안한 마음이 들었겠지. 동생은 그런 아이였다.

시선을 내렸다. 내린 시선에 동생 발이 잡혔다. 동생은 발도 참 예쁜 놈이었다. 이혼 실패만 없었다면 참 좋았을 뻔했는데.

동생은 지난 이틀 동안 피시방 사업에 대해 알아봤다고 했다. 알아봤는데 피시방은 이 불경기에 도저히 승산이 없고 아주 크게 차린다고 해도 어떻게 될지 모르는 내리막길 사업이 분명하다고 했다. 난 커피를 마시며 이미 포기했다고 답했고 그러자 동생은 그렇다면 다음 계획은 있냐고 물었다.

나는 냉정해졌다. 동생에 대한 감상에서 벗어나 비즈니스 마인드로 상황을 파악했다. 혹시 동생은 이번엔 진정으로 뭔가 내게 주려는 게 아닐까? 그 뭔가는 분명 동생의 청계천 건물과 관련 있을 테고 그 크기는 내가 어떻게 하느냐에 달려 있지 않을까? 할머니의 피시방에 대한 내 희망이 아직 죽진 않고 산소호

흡기를 통해 생명을 연장하고 있었지만 그렇다고 그것만 기다리며 세월을 보낼 순 없었다. 이건 내게 기회였다. 그다지 크진 않겠지만 기회는 확실했다. 이 순간 최대한 불쌍하고 나약하게 보여야 했다. 실업자 생활 10년이 가르쳐준 소중한 경험이었다. 그래서 일단 한 발을 살짝 빼봤다.

"뭘?"

동생이 쉽게 따라왔다.

"계속 그렇게 지낼 거야?"

좀 더 뜸을 들일 필요가 있었다. 난 그렇게 판단했다.

"방법이 없잖아. 피시방도 그래. 처음부터 이상했어. 나 같은 놈한테 그런 행운이 떨어질 리 없잖아. 난 내 무능함을 인정해. 아버지 말대로 난 벌레야."

동생은 그러지 말고 진짜 하고 싶은 걸 얘기해 보라고 했다. 난 예전엔 하고 싶은 게 있었던 것 같은데 이젠 다 잊어버렸다고 발을 더 빼봤다.

"내 걱정은 이제 그만해. 내가 알아서 할게."

요런 멘트도 덧붙였다. 덧붙인 멘트는 효과가 좋지 못했다. 동생이 발끈했다.

"어떻게 걱정을 안 해? 솔직히 오빠, 내가 소개한 회사나 고모가 연결해 준 회사, 오빠가 마음만 먹었으면 충분히 다닐 수 있었어. 그런데 오빠가 면접에 가서 싫다고 했지. 아니야? 내가

모를 줄 알았어? 뭐야? 일하기 싫어? 현애가 떠나니까 만사가
다 귀찮은 거야? 그런 거야?"

딱딱딱딱. 동생은 참 예쁜 놈인데 너무 빡빡한 게 치명적인
단점이었다. 바로 이것 때문에 매제였던 인간도 외도를 했고 동
생 제자들도 뒤에선 원성이 높았다. 그걸 똑똑한 동생만 몰랐
다. 동생의 딱딱이가 이어졌다.

"처음에 교사 임용고시 떨어질 때만 하더라도 오빤 어떻게든
직장을 구하려고 했어. 그러다가 대기업에 조그만 중소기업 시
험까지 다 떨어지고 나니까 그때부터 아예 취직 생각이 없어진
거지. 현애가 떠난 뒤엔 모든 의욕이 사라졌고."

다 맞는 얘기였다. 난 조용히 커피 잔을 내려놨다. 동생은 여
기서 멈췄다. 화를 삼키려 애쓰는 모습이 보였다. 화를 멈춘 동
생은 살짝 미소를 보여주었다.

"그만할게. 과거 얘기하자는 건 아니니까. 난 지금 오빠를 도
와주려는 거야."

가슴 아래 부위가 찌릿했다. 동생이 정말 날 도와주려 한다.
바로 얼마 전까지만 해도 날 경쟁자로 생각했던 동생이 스스로
뉘우치고 하나밖에 없는 오빠를 위해 뭔가를 해주려고 한다. 가
슴 아래 부위가 따듯해졌다.

동생은 내가 끝까지 교사에 도전하길 원했지만 내가 포기했
다는 걸 눈치채곤 내가 엄마 슈퍼를 맡아서 해주면 어떨까 했

다고 했다. 그러나 난 할아버지, 아버지, 어머니의 강력한 압력에도 절대로 슈퍼엔 발길도 하지 않았다. 동생은 내가 자길 믿고 버틴다고 생각했다고 했다. 자기가 끝까지 안 도와주면 내가 결국 슈퍼 일을 하겠지 믿었단다.

반은 맞고 반은 틀린 얘기였다. 처음 학교 졸업 후 2년 동안은 교사 시험만 생각했고 더 해보고 싶었지만 매년 허리 통증이 깊어가는 어머니를 생각해서 포기했다. 지금 생각하면 웃긴 일이었지만 그땐 정말 그랬다. 대기업 입사 시험에 연속으로 낙방하자 자신감을 잃었고 고모와 동생이 연결해 준 중소기업은, 누가 들으면 참 배부른 소리 한다고 하겠지만 장래성도 보이지 않는 그런 주먹구구식 구멍가게에 다니느니 차라리 우리 슈퍼를 물려받는 게 낫다는 생각으로 가족 몰래 포기했고, 원래는 현애가 죽어도 슈퍼마켓 안주인은 싫다고 해서, 현애가 떠난 뒤엔 상우와 현애에게 슈퍼에서 일하는 모습은 도저히 보여줄 수 없어서 결국 어머니의 슈퍼도 외면했으며 피시방에서 고스톱을 치며 세월을 보내다 보니 그 생활에 익숙해졌고, 그러면서 땅 부자 아들에게 시집간 동생에게 뭔가를 기대했고 동생의 이혼 뒤에도 동생의 3층 건물에 또 막연한 희망을 품었던 것도 사실이었다. 하지만, 동생을 믿은 건 사실이지만 그걸 믿고 버텼다기보다는 그냥 시간이 흐른 것뿐이었다.

"이젠 나도 포기했어. 오빠가 원하는 걸 하겠다면 군소리 안

하고 밀어줄게. 그러니까 얘기해 봐, 오빠의 솔직한 마음을. 어쩌면 마지막 기회일지도 몰라."

마지막 기회? 무슨 얘기인가 궁금했지만 지금 그걸 따질 상황이 아니었다. 솔직하게라. 말로는 참 쉽다. 하지만 난 솔직하게 얘기했을 때 동생이 할 대답을 이미 알았다. 솔직히 얘기해서 내게도 남들처럼 절실한 꿈이 있었다.

나의 꿈. 어렸을 땐 다른 아이들처럼 대통령이나 장군, 축구 선수가 꿈이었다. 누가 물으면 그냥 그렇게 상황에 맞춰 셋 중 하나로 대답했다. 그 당시 속에 감춰 두었던 내 진정한 꿈은 하루라도 빨리 어른이 되어 더 이상 공부하지 않아도 되는 것, 그리고 대한민국 역대 최고의 스타 정윤희와 서른 살 넘는 나이 차이를 극복하고 이미 유부녀였던 그녀와 불같은 사랑으로 불륜을 넘어 극적인 결혼을 하는 것이었다. 내가 꿨던 가장 아름답고 순수했던 꿈들.

중학교에 입학하면서 정치에 뜻을 두었다. 정치를 하겠다는 것엔 관심이 없었으나 정치인이 되어 사람들의 박수를 받고 싶었다. 손으로 '브이' 자를 그리며 티브이에 나오고 싶었고 신문이나 인터넷에도 이름이 오르내리는 스타 정치인이 되고 싶었다. 그게 참 폼 나 보였다. 아버지 영향이 컸다. 그러나 그 꿈은 역시 아버지 때문에 멀리멀리 날아가 버렸다.

고교 때부터, 먹고사는 일이 결코 만만한 게 아니란 걸 깨달고 나서부터 막연하게 교사를 생각했다. 할아버지도 아버지도 그 길을 걸었기에 나도 그래야만 한다고 생각했다. 삼류 대학이었지만 국문과에 가서도 교직 과목만은 바짝 신경을 썼고, 별 어려움 없이 서울 변두리 어느 중학교나 고등학교 국어 교사가 될 줄 알았다.

아이엠에프라는 게 터졌다. 금 모으기에 동참할 때만 해도 이것 때문에 내가 교사가 되지 못할 줄은 꿈에도 생각지 못했다. 사람들은 아이엠에프를 쉽게 잊었으나 그놈은 매우 독종이라 세상에 처음 나온 신입들을 아주 오랫동안 괴롭혔다.

사립학교 교사가 되려면 알게 모르게 관습적으로 학교 재단에 상납해야 하는 액수가 무려 세 배나 뛰어버렸다. 부모님께는 말씀드리지 않고 조용히 사립학교를 포기했다. 그리고 공립학교 교사 시험을 2년 동안 준비했다. 이것도 쉽지 않았다. 경쟁률이 꼭 다섯 배 늘어났고 쟁쟁한 대학의 실력자들이 교사 시험으로 몰려들었다. 변명이 아니었다. 아이엠에프라는 괴물의 실체가 그랬다. 본격적인 실업자 생활로 접어들면서 내가 정말 이 세상에서 하고 싶은 일은 뭘까 고민해 보는 시간을 가졌다. 있긴 있었다. 있긴 있었는데 내 입으로 꺼내기가 쉽지 않은 일이었다.

내가 고등학교 1학년 때, 어머니에게 갱년기가 찾아왔다. 월경이 사라진 모양이었다. 아버지가 정치를 시작하신 이후 할아버지에게서 가업을 이어받아 매일 슈퍼 일에만 매달렸던 어머니가 눈을 딴 데로 돌렸다. 변화는 하루아침에 이루어졌다.

어머니는 동네 아줌마들을 따라 지역 문화센터에 다녀오더니 시 창작반, 요가반, 합창반, 공예반, 서예반, 사진반 등을 차례로 등록했다. 어머니는 일주일에 한두 번 센터 사람들과 어울려 만취가 되어 귀가했다. 아버지는 아무 말이 없었지만 할아버지는 노골적으로 불편한 심기를 드러냈다. 그러나 어머니는 콧방귀도 뀌지 않고 거침없는 행보를 계속했다. 난 그때 두려웠던 것 같다. 어머니가 저러다가 아버지처럼 딴사람이 될까 봐. 어머니 주정을 들으며 나는 밤잠을 설쳤다.

서른을 넘기면서 그때 어머니를 이해했다. 믿을 수 없는 남편, 자신만 바라보고 있는 남매, 점점 불어 오르는 몸, 쳐다보기도 싫은 콩나물, 양배추, 양파링, 컵라면, 담배, 사이다, 맥주, 온갖 슈퍼 일. 이 반 저 반을 떠돌며 술을 마시고 노래방에서 히프를 흔들던 어머니는 딱 2년 만에 문화센터와 결별했다.

엉뚱하게도 그것과 결별하지 못한 것은 나였다. 어머니가 다니던 공예반, 그중에서 종이공예. 어머니는 재주도 없었고 관심도 그저 그랬지만 종이공예는 내게 새로운 세상을 열어주었다.

종이의 매끈한 감촉과 극도의 미니멀리즘, 그리고 정교한 작업에 완벽하게 매료당한 나는 단 하루도 종이를 만지작거리지 않으면 손이 떨리는 중독 현상을 겪어야 했다. 종이에서는 순백의 냄새가 났다. 지금 당장 종이를 찾아 손바닥에 한 번 쓸어보면, 하찮은 종이라는 선입견을 버리고 한 번 그 감촉을 느껴보면 어떤 이라도 쉽게 맡을 수 있는 냄새였다. 실제론 나무껍질에 수많은 화학제품을 덮어 만든 종이겠지만 일단 종이가 되어 누군가의 손길에 쓸리면 종이는 종이만의, 이 세상 단 하나밖에 없는 종이로서의 향, 그 아무것도 없는 순정의 냄새를 아주 여릿하게 피워냈다. 그때 그 냄새를 맡았다. 그 시절 그 나이엔 그것의 정의가 무엇인지 확실하게 몰랐지만 이제 와 돌아보면 그 순간 나는 태어나 처음으로 예술을 만난 것이었다. 난 순백, 순정의 예술을 만나 화려하진 않지만 유일한, 성공과는 거리가 멀겠지만 뭔가를 성취하는 진정한 예술가가 되고 싶었다.

학교에서 돌아오자마자 나는 방에 처박혀 종이와 씨름을 했다. 누구도 뭐라 하는 사람이 없었다. 어머니는 다시 바쁜 슈퍼 일로 돌아갔고 아버지는 원래 내겐 관심이 없었고 할아버지는 내가 방에만 있으면 공부를 한다고 믿었기에 내가 종이공예와 치열한 연애를 하는 동안 우리 사이를 방해하는 그 무엇도 존재하지 않았다. 나는 급속도로 종이공예의 마력에 빠져들었다. 종이공예도 내가 마음에 드는지 하나하나 자신의 기기묘묘한 속살을 보여주었다. 내 세밀한 손끝으로 종이가 접혔다. 접힌 종이의 모습에 난 전율했고 내가 전율하면 종이는 또 다른 변화를 보여주었다. 수십 억 인구가 사는 지구의 한 귀퉁이에서 벌레 같은 내가 하찮은 종이를 접고 비틀고 자르고 말며 만들어낸, 일반적인 시선으로 보면 누구에게도 주목받지 못하는 한 평범한 인간이 무료한 시간을 때우기 위해 만들어낸 무가치한 시간과 작품이었겠지만 아무리 다시 생각해 봐도 내겐 참으로 아름답던 그 시간과 그 작품은 핏빛보다 더 선명한, 세상에 대한 하나의 창조였으며 지금도 어딘가에, 역사의 어딘가에 분명히 단 한 줄이라도, 단 한 장면이라도 그 창조가 남아 있을 것이라고 나는 확신하고 있다.

조금 더 용기를 내서 어머니가 남겨 놓은 수강증을 들고 문화센터를 찾았다. 어머니가 다니다 만 기간만 내가 대신 다니겠다고, 내성적인 내가 강사를 똑바로 쳐다보며 당당하게 부탁했다. 어디에 그런 용기가 숨어 있었는지 지금 생각해도 미스터리였다. 처음엔 귀찮다는 표정을 숨기지 않으며 안 된다고 딱 잡아떼던 강사가 슬며시 내놓은 내 작품을 보더니 눈을 가늘게 떴다.

센터의 수강생이 된 지 3개월 만에 지역 신인 작품전에 응모해 장려상을 받았다. 가슴이 한껏 부풀었다. 누구에겐가 자랑을 하지 않고서는 도저히 견딜 수가 없어서 동생에게만 상패와 상장을 살짝 보여주었다. 나이는 나보다 어려도 영악하기가 이루 말로 다 할 수 없었던 동생은 나를 위한답시고 우리 가정을 생각한답시고 곧장 어머니에게 고자질을 했다. 그리고 그날로 나는 종이공예와 영원한 이별을 했다.

공부가 하기 싫으면 차라리 밖에 나가서 연애질을 하든가 술을 처먹어라. 못난 놈 눈엔 뭐만 보인다고 사내자식이 하필이면 종이공예가 뭐냐, 응, 종이공예가? 그렇게 종이나 주물럭대면 고추 떨어져, 이놈아. 당장 그만둬. 아무튼 넌 참 못난 놈이고 희한한 놈이다. 잘 들어. 엄마는 네가 계집애처럼 종이나 만지라고 이 고생을 하는 게 아니야. 한 번만 더 종이 만지작대면 너 죽고 나 죽는 거야.

그 시대가 그랬다. 남자가 할 일이 따로 있었고 여자에겐 또 여자의 길이 있었다. 불행히도 종이공예는 여성의 전유물이었고 밥벌이가 되기엔 너무 빈약한 소일거리에 지나지 않았다. 그때나 지금이나 어머니는 내게 하늘이었기에, 다른 건 몰라도 고추의 소중함은 잘 알았기에 난 순종해야만 했다. 종이에 베어본 사람은 그 아픔을 안다. 그날 나는 수백 장의 종이가 가슴을 긋는 아픔에 잇몸이 모두 떠버렸고 혀에 긴 금이 쭉쭉 그어졌다.

동생에게 이제라도 다시 종이공예를 하고 싶다고 솔직하게 얘기하고 싶었다. 대답을 알더라도 단 한 번이라도 속 시원하게 내가 진정으로 하고 싶은 일을 고백하고 싶었다. 망설이고 있는데 동생 목소리가 들렸다. 평소완 조금 다른 말랑말랑하고 달콤하고 작고 높은 목소리였다.

"김상우 회사는 어때?"

무슨 소리? 뭐가 어떻다는 소리? 상우 회사에 취직을 하라는 말인가? 상우 회사 사정이 어떤가 하는 얘긴가? 동생을 살폈다. 동생의 예쁜 얼굴엔 아무런 표정도 없었다. 자세히 보면 볼수록 동생은 할머니를 참 많이 닮았다. 내가 눈만 깜박거리자 동생이 잠시 한쪽 볼을 씰룩대더니 다시 작은 입을 열었다.

"김상우 회사가 뭐 하는 곳이야? 요즘 어렵다면서?"

왜 이런 걸 물어보는지 궁금했다. 궁금해하면서 이것저것 회사 얘기를 했다.

상우네 회사는 프로그래머 서너 명 데리고 대기업에서 발주하는 회사 회계 및 관리 프로그램을 짜주는 일을 한다는 것, 상우가 처음에 잘나간 건 S전자에서 밀어줘서 그랬는데 S전자라는 데가 워낙 철저해서 상우네 이문도 적었고 또 S전자 출신 후배 경쟁자가 생기면서 사업이 어려워졌다는 것, 경쟁력을 갖추려면 2~3억 이상 투자가 이루어져야 하는데 돈 나올 때는 눈 씻고 봐도 어디에도 없고, 차선책으로 다른 거래처라도 뚫어야 하는데 요즘 같은 장기 불황에 쉽지 않은 일, 아니 솔직히 불가능한 일이고, 그래서 할 수 없이 전에 짜줬던 프로그램 수정이나 하면서 근근이 버티는데 벌이가 영 시원치 않아 빚은 점점 늘어나고 있다는 것.

"빚이 얼만데?"

"총자본이 11억이야. 빚이 9억이고."

여기에서 나는 멈췄다. 뭔가가 내 머리를 툭 치고 지나가는 듯했다. 뭘까?

"회사를 팔려고 한다면서?"

난 대답하지 않았다. 설마? 동생은 시선을 내 가슴 쪽에 두고 천천히 속을 드러내기 시작했다.

"돈은 별로 안 들겠다. 한 1억 정도? 빚을 안고 조금 네고하면 말이야."

"빚을 안고 사서 9억이나 되는 빚을 어떻게 갚으려고?"

"돈 내고 사는데 9억 빚을 우리가 다 안을 순 없지. 김상우가 3억쯤 부담하고 우리가 6억 정도 안고. 새로운 거래처를 뚫어야겠지."

나는 다시 입을 닫았다. 동생도 그랬다. 왜 둘이 동시에 입을 닫았는지 동생도 알고 나도 알았다. 아니 동생은 내가 안다는 걸 몰랐다.

동생은 새로운 거래처로 L전자를 염두에 두고 있는 듯했다. 거기 상무가 요즘 동생과 이른바 정신적 교감을 나누는 남자의 형이었다. 동생 카톡을 훔쳐보는 까닭에 난 그와 그가 종종 언급했던 그의 형을 잘 알았다.

동생이 다시 입을 열었다. 동생 이마에 푸른 힘줄이 돋았다.

"결심했어. 우리 김상우 회사를 인수해 버리자. 김상우 회사를 인수하면 초기 투자비용도 절감되고 인도에서 왔다는 프로

그래머도 확보할 수 있고 김상우 회사 기존 프로그램을 사용할 수 있잖아. 분명 이득이야. 그리고 벌써부터 보고 싶다, 회사를 인수한 후에 완벽하게 살려내면 이현애가 어떤 표정을 지을까? 오빠, 우리 이거 꼭 하자."

동생이 행복한 표정을 지었다. 동생을 보며 생각을 정리했다.

난 상우네 회사 프로그래머가 인도에서 왔단 얘길 한 기억이 없었다. 난 상우네 기존 프로그램이, 상우가 연수를 핑계로 미국 유타주까지 날아가서 몰래 카피해 온 프로그램이 그럭저럭 괜찮다는 평이 나 있다는 소리도 한 적이 없었다. 동생은 왜 이런 걸 알아본 걸까? 이유는 알 수 없었지만 동생이 이미 많은 준비를 한 것은 분명해 보였다.

또 머릿속을 정리했다. 이게 나한테 좋은 일인지 나쁜 일인지. 어떤 경우에도 내게 나쁠 건 없을 것 같았다. 상우를 위해서도 좋은 일이었다. 어차피 어떻게든 팔려고 하는데 사려는 사람이 나서지 않는 최악의 상황이었다. 맹세코 복수는 아니었지만 나도 현애 표정은 꼭 보고 싶었다.

동생이 오늘의 자리를 마련한 것은, 동생답지 않게 상우네 회사를 인수하는 모험을 하기로 작정한 것은, 아마도 내가 병원에 있는 동안 현애를 만나 그녀가 내 가슴에 또 대못질을 했다는 것을 확인했기 때문일 것이다. 현애와 친자매만큼 가까웠던 동생은 현애가 날 떠난 후 나보다 더 지독한 배신감에 치를 떨었다. 자존심이라면 목숨 걸기도 마다 않는 내 동생, 최동주.

현애는 동생에게 무슨 말을 한 것일까? 정말 동생이 상우 회사를 인수한다면, 그래서 회사가 잘 운영된다면, 그렇다면 상우는 견디지 못할 것이다. 현애는? 잘 모르겠지만 현애 얼굴도 어두워지리라고 확신할 수 있었다.

그걸 알면서도, 나는 동생의 장단에 맞춰 춤을 추기로 결심했다. 다시 생각해 봐도 분명히 복수심은 아니었다. 자존심은 더욱 아니었다. 그러면 무엇일까?

빨리 상우에게 전화를 걸고 싶었다. 하지만 참아야 했다. 동생은 제일 먼저 내 입단속부터 시켰다. 자신이 자세히 더 알아볼 테니 그때까지 절대로 상우에게 얘기하지 말라면서 강한 눈빛으로 내게 약속을 구했다. 얼떨결에 난 고개를 끄덕였다.

초기 투자비용이 빚을 끌어안고 네고를 한다 해도 1억 가까이 필요할 텐데 동생이 선뜻 투자를 하겠다는 것은 의외였다. 회사 주인은 물론 내가 아니라 동생이 될 것이다. '우리 이거 인수하자'의 주체는 분명히 나는 아니었다. 괜찮았다. 동생 밑에서 일하는 건 전혀 문제가 되지 않았다. 새로운 거래처가 L전자인지 확인하지 못했다. J가 이 일에 끼어드는지 그것도 알 수 없었다. 괜찮았다. 그런 건 나보다 똑똑한 동생이, 제 일은 무슨 일이든 야무지게 처리하는 동생이 알아서 할 일이었다. 그래도 가슴 제일 밑바닥에서 서늘한 바람 같은 게 지나갔다.

'종이공예 얘길 해볼 걸 그랬나?'

마지막 기회라고 했는데. 지나가는 얘기처럼 슬쩍 말은 꺼내볼걸. 그것도 괜찮았다. 현애 표정을 볼 수만 있다면 사장이란 타이틀은, J와 동생 관계는, 심지어 종이공예 같은 것은 내 남은 인생에서 영원히 등장하지 않아도 그만이었다.

마지막으로 확인차 동생에게 물었다. 청계천 건물 담보 잡고 돈 빌릴 거냐고. 동생은 이 대목에서 눈을 깜빡였다. 무슨 의미인지 전혀 감이 잡히지 않았다. 동생이 잠시 머뭇거리더니 결심한 듯 입을 앙다물었다. 동생이 상체를 앞으로 숙이고 목소리를 낮췄다.

"할머니한테 투자금을 받아낼 거야."

이번엔 내가 눈을 깜빡였다. 1억 수표도 처리되지 않는 상황에 투자금이라니. 초기 비용이 1억 이상 들 테고 시스템 새로 깔려면 또 한 2~3억 들 테고 새 거래처 뚫고 초반에 견디려면 운영자금이 한 1~2억 들어갈 텐데 그걸 순전히 할머니 투자금으로 충당하겠다는 뜻인지.

내가 눈만 깜빡이자 동생이 상체를 더 숙이고 목소리를 더 낮췄다. 동생 눈동자가 카멜레온 피부처럼 색을 바꿨다. 동생의 눈동자는 잠시 보라색에 머물다가 점차 자줏빛으로 변해갔다. 이 변화의 의미가 뭔지는 알 길이 없었으나 뭔가 어둡고 무거운 것이, 음험하고 농도 짙은 끈적끈적한 느낌이 온몸을 싸고도는 기분이었다. 동생이 꼴깍 소리를 내며 침을 삼켰다.

"어차피 오빠완 하나가 되기로 했으니까 얘기하는 거야. 이건 절대 비밀이야. 고모는 물론이고 아빠 엄마한테도 비밀이야. 약속 지킬 수 있지?"

어머니에겐 자신 없었지만, 꼭 그래야 하는지 망설여졌지만 어쨌든 고개를 끄덕였다. 동생이 입을 동그랗게 말았다.

"할머니 60억은 사실인 것 같아."

맙소사. 동생도 할머니의 자신감을 봤단 말인가? 그 짧은 찰나의 시간을 아버지와 나와 동생이 다 봤단 말인가? 그렇다 하더라도 증거 없인 절대 확신이란 걸 하지 않는 동생 같은 부류가 그 순간만 믿고 일을 이렇게 벌인다는 것은?

내 혼란과 상관없이 동생은 다시 한번 더 내 입단속을 하고 자리에서 일어났다. 그래서 나도 따라 일어서야 했다.

집으로 가는 내내 동생 생각만 했다. 결론은? 분명했다. 동생은 집안 식구가 모르는 어떤 증거를 확보한 것이 틀림없었다. 그게 뭘까? 궁금해 미칠 지경이었지만 그게 뭐든 동생이 확실하다고 믿을 만한 것일 테고 그렇다면 동생과 난 상우 회사를 인수할 가능성이 클 테고 그렇다면 난 피시방과는 비교도 할 수 없는 새로운 인생을 시작할 수 있을 테고 상우와 현애는 그런 내 성공을 지켜보게 될 테고.

휘파람을 불었다. 처음엔 작게 불다가 점점 크게 불었다. 지나가던 사람들이 쳐다봤지만 무시하고 더 크게 불었다. 자신감이, 아주 오래전 영영 이별했다고 생각했던 자신감이, 일이 잘될 것 같다는 희망이 휘파람 소리에 맞춰 점점 더 불어났다.

60억만 있다면, 그것만 사실이라면 난 무서울 게 없을 것 같았다.

언젠가 나 그 벽을 넘고서
저 하늘을 높이 날을 수 있어요.
이 무거운 세상도 나를 묶을 순 없죠.
내 삶의 끝에서 나 웃을 그날을 함께해요.

피 끓는 67년

○○○○

    60억은 있다. 꼭 있어야만 한다. 그게 아니라면 절대 핸들을 잡지 않았을 것이다. 실로 오랜만에 잡은 핸들, 매끌매끌한 핸들 커버. 아버지는 이 핸들 커버를 도대체 몇 년 동안 사용한 것일까? 혹시 지난 9년 동안 단 한 번도 교체하지 않은 것은 아닐까? 아버지의 애마, 9년 된 소나타 핸들을 잡으니 비로소 속이 좀 가라앉았다. 운전석에 앉기 전까진 부글대는 위장 때문에 눈썹이 심하게 떨렸다.

    부슬부슬 내리던 여름비가 그치자 마지막 무더위가 본격적으로 기승을 부렸다. 뙤약볕 아래 대지는 불타오르듯 이글댔고 거리엔 바람 한 점 날지 않았다. 이렇게 더울 땐, 피서를 떠날 형편이 못 되면 이른바 방콕이 최선의 선택이었다. 나는 여름잠을 자는 듯 집 안에서 꼼짝도 하지 않고 수일을 버텼다. 내 방에 숨어 있을 형편이 되었으면 그나마 가족들 눈에 띄지 않았을 텐데 내 방은 여전히 할머니 소유였기에 난 거실에서 가족들의 온갖 구박을 다 받아가면서 동주가 모든 준비를 끝내고 큐 신호를 보내기만 기다렸다.

새벽녘 전화가 울렸다. 부여에서 온 전화였다. 이홍갑이라는 다소 촌스러운 이름을 가진 할아버지 어린 시절 친구의 부인이 곧 세상을 뜨게 생겼다는, 그렇게 중요하진 않은 소식이었다. 전화를 받은 어머니가 할아버지에게 내용을 전하는 걸 소파에 누워 잠결에 들었을 때만 해도 이것 때문에 내 여름잠이 깨질 것이라곤 생각도 하지 못했다. 아침 식사를 하면서 어머니가 아버지에게 이홍갑 노인 부인 소식을 전했다. 옆에서 수저로 미역국을 휘휘 젓고 있던 할머니가 이홍갑이란 이름을 듣자마자 얼음처럼, 화석처럼 굳어버렸다. 나만 알아챈 할머니의 반응. 아버지는 무심한 표정으로 혼잣말을 했다.

일제 때 순사질을 했다는 분이군.

어머니가 똑같이 별 생각 없이 아버지 말을 받았다.

일제 때 순사질 했으면 욕 많이 먹었겠네.

아버지가 또 성의 없이 받았다.

그렇지도 않아. 일제 때 우리 최씨 문중을 지켜주었다지, 아

마. 그래서 해방 후에도 고향 땅에서 별 탈 없이 농사짓고 잘 지 낸 모양이야.

아버님하고는 친한 사이였나? 아버님은 독립운동하셨는데?

그분 아버지가 타향에서 부여로 들어와 우리 집 머슴살이를 했나 봐. 그러니까 그분도 우리 집에서 태어난 거지. 아버지하 고 동갑이라던가, 한 살이 많다던가.

이 대목에서 할머니가 수저를 내려놓고 자리에서 일어났다.

아버지와 어머니는 여전히 할머니의 변화를 눈치채지 못했 다. 두 사람이 주거니 받거니 이홍갑 노인과 부인에 대해 무심 한 대화를 주고받는 동안, 할머니는 특유의 바퀴벌레 같은 걸음 으로 내 방을 향했다. 막 거실을 지나는 순간 할머니가 휘청거 렸다. 짧은 시간이었지만 분명히 중심을 잃고 기우뚱했다. 할머 니는 그러곤 내 방으로 들어가 문을 닫았다.

할아버지가 오랜만에 두루마기를 걸치고 여행길에 나섰다. 같은 시간 할머니가 깃털 달린 기괴한 밤색 벙거지 모자를 쓰 고 동전만 한 은빛 반짝이가 잔뜩 달린 요상한 원피스를 입고 내 방문을 열었다. 할머니가 할아버지 앞을 가로막자 당황한 할 아버지가 고함을 질렀다.

뭐여?

부엌에 있던 아버지와 어머니가 뛰어나왔다. 할머니 음성이 굉장히 낮고 강했다.

같이 가자.

할아버지가 아버지에게 눈길을 돌렸다.

달수야, 이것이 못 먹을 걸 처먹었나 보다. 이게 지금 무슨 얘기 하는 거냐? 감히 고향을 배신한 개잡년이 어딜 나서겠다고.

아버지가 약간 몸을 움직이며 할머니를 만류하는 동작을 보이자 할머니가 가느다란 팔을 들어 아버지의 만류를 사전 차단했다.

이홍갭이에게 꼭 확인할 게 있어서 그려, 일단 가서 보면 왜 그런지 알게 될 테니 나랑 같이 가능겨. 안 그러면 너도 못 보내니 그리 알어.

처음 들어본 할머니의 사투리. 실랑이가 길어졌다. 할아버지는 고래고래 고함을 질렀지만 처음 자신에게 말을 붙인 할머니가 싫지 않은지 어떤 구체적인 액션을 취하진 않았다. 어쩌면 속으로는 반가움에 들떠 있을지도 모를 일이었다. 아버지의 중재 아닌 중재로 할아버지와 할머니는 함께 부여로 내려가게 되었다.

괜히 갔다가 맞아 죽을 텐디, 저것이 자기 죽는 줄도 모르고, 에라 모르겄다. 죽어도 지가 죽지 내가 죽었어? 저 개잡년이 가든 말든.

할아버지 빈정거림도 할머니에 대한 걱정으로 들렸다.

처음 우리 집에 왔을 때 부여에 가려다가 결국 포기한 할머니. 아직도 눈을 시퍼렇게 뜨고 정정한 몸으로 마을 입구 노인 회관에서 진을 치고 있는 어른들에게 맞아 죽을까 겁이 났던 게 분명했다. 그런데 그랬던 할머니가, 한 번 포기한 후 다시는 꺼내지 않던 부여행을, 그것도 짝불이 사건 이후 전혀 말을 섞지 않던 할아버지와 함께 내려간다는 것이었다.

나는 궁금했다. 혹시 '개잡년'의 단서? 서서히 흥분이 일었다. 기다리고 기다리며 시간을 보내던 내겐 피시방에서 추임새를 높이며 몰두하던 고스톱보다 훨씬 흥미로운 사건이었다. 적어도 거북이처럼 느릿느릿 걸으며 애를 태우는 시간이란 얄미운 놈을 며칠은 깔끔하게 죽여 줄 수 있는.

이홍갑이 누굴까?

정말 '개잡년'의 단서라면 할아버지는 왜 아무 반응이 없을까? 계속 소변이 마려웠다. 궁금한 탓이었다. 그러나 아무리 궁금하다고 해도 이 뙤약볕 아래 무려 세 시간 이상 운전하며 할아버지와 할머니를 모시고 부여에 갈 생각은 추호도 없었다. 할아버지가 내려간다고 할 땐 당연히 기차를 이용하겠지 믿으며 차 타고 가시겠냐고 한 번 물어보지도 않던 아버지가 할머니도 간다고 하자 나를 불렀다.

모시고 다녀와라.

왜 우리 집 불똥은 늘 내게만 튀는지. 난 쉽게 대답하지 않고 나름대로 강경하게 내 의사를 표시했다. 아무리 할머니 일이라도 이 뙤약볕에 장거리 여행이란. 오랫동안 운전을 하지 않아 고속도로 주행이 불안하기도 했다. 아버지가 지갑에서 10만 원짜리 수표 세 장을 내밀었다. 어머니가 바로 옆에서 눈을 치떴지만 아버지는 어머니 쪽은 쳐다보지도 않았다.

이걸로 기름도 넣고 할아버지, 할머니 식사도 사드리고. 부여에 가면 꼭 노인회관에 들러서 어르신들께 먼저 인사하는 것 잊지 말고. 취직했냐고 물으시면 이미 소문이 났을 테니 그냥 피시방 시작했다고 하고. 회관에 소주하고 막걸리 한 박스씩 넣어드리고. 알겠지?

머리가 복잡했다. 대충 계산해도 잘만 하면 수표 한 장, 적어도 반은 확실히 떨어질 같았다. 아버지가 이렇게 무리를 하는 까닭은? 당연히 60억 때문이었다. 큰 것을 얻으려면 작은 손실이나 수고쯤은 각오해야 한다. 아버지가 옳았다. 공손하게 '네' 하고 대답했다. 대충 준비하고 집을 나서는데 휴대폰이 울렸다. 아무 생각 없이 전화를 받았다.

– 여보세요?

– ……

– 여보세요? 누구세요?

– 나야.

또 소변이 마려웠다. 화장실에 들어가 소변을 보며 계속 전화를 받았다.

- 응.

- 놀랬나 봐?

- 아니, 그게, 어디 좀 가려다가, 다시 들어와서, 아니, 그냥.

이런 머저리, 바보. 왜 허둥대는 거냐? 나는 차라리 아무 말 안 하기로 했다.

- 우리 만나자. 할 말이 있어.

속이 이상했다. 변기에 앉았지만 아무것도 나오지 않았다. 일어나 바지를 올리는데 다시 속이 이상했다. 현애는 분명히 서로 잊자고 했다. 상우도 다신 만나지 말라고 했다. 이젠 이런 내가 싫다고 했다. 도대체 무슨 일로 날 만나자는 걸까? 이유는 하나밖에 없었다. 상우 회사.

우선 부여에 다녀와야 했다. 부글대는 속 때문에 할아버지, 할머니, 아버지, 어머니, 모두에게 욕을 먹으며 다시 한 번 화장실에 들어갔지만 역시 아무것도 나오지 않았다.

다소 복잡한 시내를 지나 소나타는 부드럽게 경부고속도로에 진입했다. 평일 오전 경부고속도로는 텅 비어 있는 상황은 아니었지만 그럭저럭 속도를 높이며 달릴 만했다. 다행스럽게도 9년 된 소나타의 에어컨 상태는 만족할 만했고 두 노인이 에어컨 바람을 싫어해서 나는 모든 바람을 독점하며 쾌적한 드라이브를 즐길 수 있었다.

출발할 때 약간의 소동이 있었다. 할머니가 뒷좌석에 앉은 후 할아버지가 누가 말릴 새도 없이 그 옆에 앉아버린 것이었다. 할머니는 앞에 앉으라고 날카롭게 쏘아붙였지만 할아버지는 '너는 짖어라, 난 내 마음대로 한다'고 마음먹었는지 뒷좌석에서 바위처럼 꿈쩍도 하지 않았다.

그렇게 출발했으면 좋으련만 할머니가 냉큼 문을 열고 내려버렸다. 할머니가 슬금슬금 바퀴벌레 걸음으로 앞좌석 문으로 옮겨가자 할아버지도 도저히 85세 노인이라고는 믿을 수 없는 잽싼 동작으로 문에서 튀어나와 소나타 앞에 우뚝 버티고 섰다. 약 5분가량 차 앞을 가로막고 선 할아버지와 앞문을 잡고 선 할머니의 대치가 이어졌다. 더 이상 뭘 하기엔 지친 아버지와 어머니가 그 옆에서 팔짱을 끼고 두 노인의 대치를 말없이 관전했고 나도 운전석에서 매끄러운 핸들만 만지며 현애의 전화 생각에 골똘했다. 의외로 할머니가 백기를 들었다.

우여곡절 끝에 나란히 앉아 출발한 길이건만 경부고속도로에 진입할 때까지 두 노인은 아무 말이 없었다. 거울로 훔쳐봤더니 두 사람은 각자 시선을 창밖에 두고 움직임이 없었다. 아마도 부여까지 그 먼 길을 저 상태로 갈 모양이었다.

한밤 거실 소파에 누워 있으면 밤공기를 타고 가볍게 날아오르는 온갖 종류의 소음이 귓가를 어지럽혔다. 위층 부부의 뜨겁고 짧은 정사, 창밖 9층 아래 주차장에서 취객이 부르는 노랫소리, 그걸 말리는 경비 아저씨의 작은 목소리까지.

할머니의 잔류가 결정된 뒤 아버지는 아무리 술에 취해도 꼬박꼬박 집에 들어와 잠을 잤다. 어머니는 그게 좋은 모양이었다. 한밤 가끔씩 두 사람이 긴 시간 속닥댔다. 주로 어머니가 말을 걸었고 아버지가 잠결에 대꾸하는 식이었다.

두 분 사이가 좋았다면서? 몰라. 통매네 할머니한테 다 들었어. 원래 어머니네가 당신 집 소작농이어서 당신 집에서 거의 머슴처럼 하녀처럼 부렸는데 서울에서 휘문 학교 다니던 아버님이 그 집 막내딸에게 첫눈에 반해서 혼인하겠다고 난리 부리고, 당신 할아버지가 쓰러지고. 시끄러워, 그만 자자. 알았어.

······

자? 자? 이 사람아, 일찍 일 나갈 사람이 왜 안 자는 거야? 빨리 자. 낮에 눈 좀 붙였더니 잠이 통 안 오네. 그래도 자라. 아버님이 약을 먹고 거의 죽다 살아나서 할 수 없이 혼인을 했다면서? 자라니까. 부여는 물론 논산까지 소문이 쫙 났다던데? 야, 너 안 잘 거야? 왜 소리는 지르고 그래? 아버님 깨시겠다. 자라고, 이 여편네야.

······

자? 자? 미치겠네. 딱 하나만 물어봐. 그리고 제발 자자. 그렇게 금실이 좋았는데 왜 저렇게 된 거야? 진짜 어머님이 바람이 난 거야? 그건······. 통매네 할머니 얘기로는 아버님 잡으려고 부여 고향집에서 잠복하던 왜놈하고 바람이 났다던데, 맞아?

다 들었으면서 나한테 물어보는 이유가 뭐야? 너 지금 나 집에 들어오지 말라고 일부러 염장 지르는 거냐? 소리 지르지 말라니까. 알았어. 자자.

......

자? 자? 잔다. 자는 사람이 대답은 어떻게 해. 진짜 자? 그래서 아버님이 전주 어머니하고 사이가 안 좋았구나. 그래서 전주 어머니가 쫓겨나신 거야? 그게 아냐. 그럼 뭐야? 계모였지만 그분, 참 좋은 분이었어. 나하고 달자를 잘 키워주셨지. 달자나 나는 어머니에 대한 기억이 전혀 없으니 그분이 친어머니인 줄 알고 컸지. 아버지하고도 뭐 그저 그랬지만 딱히 문제는 없었어. 그런데 왜 두 분 사이에 애가 없었어? 아버지가 우리 때문에 아이를 원치 않았어. 그 시대에 애 둘로 만족했단 말이야? 그러니까 잘해드려. 내 아버지지만 정말 대단하신 분이야. 아무튼 그래서? 뭐가? 왜 전주 어머니와 헤어지셨냐고? 그냥. 나이 집에 시집온 지 40년 다 돼 가거든. 그런데도 모르는 게 너무 많아. 뭐가 그렇게 다 비밀이야? 이 사람아, 창피해서 그래. 더 궁금하잖아. 말을 시작을 말든가. 알았다. 대신 이거 듣고 진짜 자는 거다. 어떻게 너는 육십 줄 들어서고 나이를 거꾸로 먹는 것 같다. 보채는 어린애가 따로 없군. 그래도 내가 벌어서 우리 다 먹고산다. 알았다, 알았어. 그 소리가 왜 지금 나와? 왜 헤어졌는데? 허허, 참. 그것만 듣고 진짜 잘게. 전주 어머니는 굉장히 활달한 분이었어. 노는 걸 아주 좋아했지. 그때 우리가 살던 인왕산 꼭대기, 행촌동에 최무룡이 뜬 거야. 최무룡? 최민수 아버지? 맞아, 왜 그 판자촌을 찾았는지는 지금도 모르겠어. 아무튼 최무룡 왔다는 소식 듣고 신발도 신지 않고 뛰어나간 어머니가 저녁때가 지났는데도 돌아오지 않은 거야. 나하고 달자는 쫄쫄 굶고 있었지. 그날따라 연탄 가게가 일찍 문을 닫아서 어머니보다 아버지가 먼저 돌아왔어. 난 꾹 참았는데 달자가 배고프다고 울고 난리를 부렸지. 그래서? 그다음 날 바로 전주 어머니와 갈라섰어. 말도 안 돼. 우리 아버지한테 나와 달자는 전부였어. 기가 막혀. 이젠 제발 진짜 자자.

소나타는 달리고 또 달렸다. 일부러 휴게소에 들러 자리를 비워줬는데도 두 사람의 침묵은 깨지지 않았다. 병원에서 말 좀 하자고 막무가내로 달려들던 할아버지는 어디로 갔는지, 의외로 함께 부여에 가자며 나섰던 할머니는 벙어리가 되었는지 두 사람의 침묵 대결은 좀체 무너질 기미가 보이지 않았다. 침묵이 깨진 것은 뜻밖에도 내 방귀 한 방 때문이었다.

오산을 지났다. 현애 생각을 할 때마다 나오는 것 없이 속만 부글대더니 어이없게도 뒤로 소리 없는 기체가 새 나왔다. 냄새는 쾌적한 에어컨 바람을 타고 뒤로 날아갔고 할아버지가 할머니를 째려보며 창문을 열었다. 얼굴이 새빨개진 할머니.

"나 아니여."

할아버지의 무지막지한 대꾸가 이어졌다.

"아니긴 뭐가 아니여. 개잡년아."

"나 아니라니까."

"이것이 또 거짓부렁이여."

사태가 악화되기 전에 빨리 자수를 해야 했다.

"전데요."

할아버지는 조용히 창문을 닫았고 할머니는 입을 앙다물고 눈을 감았다. 다시 침묵이 이어졌다. 약 3분 뒤 할머니가 드디어 침묵 대결을 깨뜨렸다.

"넌 그때도 날 믿지 않았어."

할아버지가 느리게 반응했다.

"뭔 말이여?"

"그때 짝불이, 너하고 숙부님하고 박종세가 통매네 헛간에 숨어 있다고 밀고한 거 말이여. 그거 나 아니었어."

"이번엔 또 뭔 수작이여. 천하가 다 아는 일을 아니라고?"

"그거 밀고한 거 홍갭이여, 홍갭이. 순사보 하던 홍갭이 말이여. 그래 놓고 그놈이 나한테 뒤집어씌운겨."

할아버지는 다시 창밖으로 시선을 돌렸다. 백미러로 할아버지를 찬찬히 살폈다. 할아버지의 어깨가 약간 기울어진 듯했다.

"난 억울혔어. 하지만 아무도 날 믿어주지 않았어. 홍갭이, 그 엉큼한 놈이 평소 마을 어른들에게 잘혔지. 겉으로만 말이여.

난 최가들이 속으로는 다 잡아먹지 못혀서 안달하는 며느리 아닌 종년이었고."

"거짓부렁 말어."

할아버지 목소리가 현저하게 가라앉았다. 난 귀를 바짝 세우고 할머니의 다음 말을 기다렸다. 갈수록 흥미진진해졌다.

"넌 서울서 휘문 핵교 다니느라 몰랐지만 홍갭이는 원래 내 짝으로 정해져 있었어. 그래서 우리가 혼인한 뒤에 너하고 나한테 앙심을 품은겨. 너 만주로 떠나고 그눔이 얼마나 지분대든지. 그래두 난 허튼 짓 한 번 안 혔어. 내가 안 넘어가니까 눔이 너네들이 몰래 마을에 들어왔을 때 왜놈들헌테 찔러버리고 마을 사람들헌테는 내가 밀고혔다고 한 거여."

"그런 년이 왜 도망을 쳤누?"

"내가 분명히 그때 종우 도련님 통해서 너한테 내가 그런 게 아니라고 기별을 넣었지?"

"몰러. 기억 안 나."

"그런데 네 대답은, 기막혀서, 날 개잡년이라고 하면서 세상이 바뀌면 반드시 돌아와서 맷돌로 갈아버리겠다고 혔어, 안 혔어?"

"민족을 배신하고 지아비를 배신한 년인데 당연히 그래야 혔지."

"넌 마누라 말을 믿어주지 않았어."

"네 년이 먼저 후지오카인가 후리오카인가 하는 쪽발이하고 붙어먹었잖여."

"내가 붙어먹는 거 네가 봤간디?"

"다 들었어, 이년아. 67년이여, 이제 67년 세월을 보내고 그걸 뒤집으려 하면 안 되는 거여. 지난 67년이 내겐 하루도 빼지 않고 피가 끓는 세월이었지만 끝순이, 네가 그냥 잘못혔다고 하면 죽을 때 다 되었으니 받아주진 못혀도 용서할 마음은 있어. 그러니까 괜한 소리 지껄이지 말고 잘못혔다고 한마디만 혀라."

"너한테만 피 끓는 세월이었간디? 아무튼 가서 보자고, 가서 홍갭이 앞에서 따져보자고. 지도 오랜 세월 속이 편치 않았을 테니 이젠 바른말을 할 거구먼."

"맘대로 혀. 만에 하나, 밀고자가 홍갭이라 하더라도 네 년이 날 배신허고 쪽발이 헌병 새끼하고 붙어먹은 건 변하지 않어. 알어?"

"그럼, 맷돌에 갈아 죽인다고 하는디, 마을 사람 모두 날 믿지 않아도 너만 날 믿으믄 버틸라구 했는디, 니가 죽인다고 했잖여. 그러면 내가 어떻게 할 수 있었어? 할 수 없이 살려고, 맞아 죽지 않으려고 그 사람 따라간 거여."

두 사람의 대화는 매우 심각한 내용을 담고 있었다. 할머니는 누명을 썼다는 소리였고 할아버지는 그걸 절대 못 믿겠다는 것

이었다. 만에 하나, 그 말이 사실이라면 두 사람의 피 끓는 67년
은 진정 억울한 일이었다.

피가 끓는다. 난 그 말을 너무도 잘 알았다. 지난 4년의 밤이
내겐 피 끓는 시간이었다.

할머니 말이 진실일까? 믿기 어려웠다. 할머니의 지난 20여
일을 돌아보면 할머니 말은 60억 빼곤 쉽게 믿어줄 말이 하나
도 없었다. 그러나 두려워했던 부여행도 마다하지 않고 나서서
이홍갑 노인 앞에서 진실을 밝히겠다고 나오는 건 정말 진실이
아니라면 대단히 무모한 도박이 아닐 수 없었다. 난 할머니를
믿고 싶었다.

두 사람의 대화는 그러고도 계속 이어졌다. 그러나 어떤 진
전도 보이지 않았다. 할머니는 계속 누명을 썼다고 했고 할아버
지는 끝까지 개수작 말고 그냥 용서를 빌라고 했다. 마치 우리
나라 국회 방청석에 앉아 있는 듯 답답했다.

소나타가 공주행 고속도로에 접어들었을 때 할아버지 휴대
폰이 울렸다.

"무슨 전화예요?"

"홍갭이 처가 방금 죽었다는구먼."

강경에 도착했다. 막상 고향 입구 황산 다리 앞에 서자 발을
내밀 자신을 잃었는지 할머니는 한참 동안 꼼짝도 하지 않았다.
보다 못한 할아버지가 우선 강경 시내부터 한번 돌아보자고 해

서 차를 논산 경찰서 앞 주차장에 세우고 할아버지 할머니를 따라 강경을 하염없이 거닐었다.

강경은 여기에 가도 젓갈 가게, 저기에 가도 젓갈 가게였다. 논산 경찰서에서 강경역을 지나 황산 다리 앞까지 쭉 뻗어 있는 대로를 벗어나 젓갈 냄새 진동하는 비좁고 구불구불한 골목길을 두 노인은 하릴없이 걷고 또 걸었다. 그래서 나도 할아버지, 할머니와 약 2미터 간격을 유지하며 이 골목 저 골목을 따라다녀야 했다. 점차 내 몸에 젓갈 냄새가 스며들었다. 거의 내 몸이 젓갈이 될 때쯤 앞서 걷던 할아버지와 할머니가 멈춰 섰다.

"이 자리가 양조장 자리 아닌가?"

"아녀, 그건 다음 골목이여."

다시 걷는 할아버지와 할머니. 강경은 참 낡고 오래된 거리인데도 할머니 시절의 흔적은 찾지 못하는 듯했다. 67년의 세월이 굉장히 오래된 시간인지 아니면 우리가 변하는 게 너무 빠른 것인지.

물론 이런 시사적 상상을 하며 두 노인의 꽁무니를 잡고 따라다닌 건 아니었다. 난 계속 부글거리는 아랫배, 현애 생각, 그리고 끝없는 짜증에 거의 돌아버릴 지경이었다. 하지만 그렇다고 할아버지나 할머니에게 이제 그만 강경 구경을 끝내고 다리를 건너자고 할 수는 없었다. 분위기가 괜히 그랬다.

할아버지와 할머니가 또 멈춰 섰다. 잠시 시선을 나눈 두 노인. 할아버지가 먼저 말문을 열었다.

"안 되겠지?"

아주 작은 할머니의 대답.

"안 되겠어."

할머니 큰 눈에 물방울이 맺혔다. 할아버지는 역 앞 강경 모텔에 할머니 방을 잡아주고서 나만 데리고 황산 다리를 건넜다.

상가를 찾아 문상을 하고 마을 어른들 한 스무 명에게 인사를 하고, 비닐하우스 안으로 들어가 밥을 먹었다. 할아버지는 고인의 남편, 이홍갑 노인이 분명해 보이는 노인과 아주 오랫동안 얘기를 나누었다. 조심스럽게 물어보는 것이겠지. 날이 어두워서 비닐하우스에선 이홍갑 노인의 얼굴은 잘 알아볼 수 없었지만 돌아선 할아버지의 낭패한 표정은 확실하게 읽을 수 있었다.

마을 입구 노인회관에서 하룻밤을 지냈다. 아버지가 당부한 대로 소주 한 박스와 막걸리 한 박스를 회관에 넣어주고 취직을 물어보는 어른들에게 피시방을 시작했다는 거짓말을 했다.

할아버지는 늦은 시간까지 마을 어른들의 할머니 성토를 들어주어야 했다. 마을 어른들은 고모를 통해 마을회관 수리가 사기인 것 같다는 소식을 듣곤 완전히 이성을 잃은 듯했다. 할아버지는 마을 어른들의 지독한 성토에 한마디도 대꾸하지 않았다. 당장 쫓아내든지 고향에 데려와 주리를 틀자는 압력에도 침묵으로 꿋꿋하게 맞섰다.

앉아 있기가 불편했다. 살짝 밖으로 나와 담배를 물었다. 담배에 불을 붙이다가 깜짝 놀라 담배를 떨어뜨렸다. 회관 앞 느티나무 앞에 커다란 그림자가 어른거렸다. 멧돼지라도 내려왔나? 다리에 힘이 쭉 빠지는데 그림자가 나무에서 앞으로 나왔다. 다시 다리에 힘이 들어갔다. 상가에서 할아버지와 한참 얘기를 나누던 노인, 오늘 돌아가신 할머니의 남편, 바로 이홍갑 노인이었다.

담배를 집어넣는데 노인이 다가와 내 어깨를 두드렸다.

"달수 아들이냐?"

"네."

그게 다였다. 노인은 말없이 한참 동안 날 바라봤다. 마치 눈으로 내 얼굴과 몸을 핥는 것 같아 기분이 좋지 않았다. 나도 노인을 찬찬히 살폈다. 노인 얼굴에서 아련한 연기 같은 게 피어오르는 느낌이었다. 이게 뭘까? 노인의 눈이 흔들렸다. 천천히 아주 작게 흔들리는 눈. 슬퍼 보이기도 했다. 이게 뭘까? 노인은 다시 한 번 내 어깨를 두드리곤 어둠 속으로 사라져갔다. 그가 사라지자 뭔가가 느껴졌다. 이홍갑 노인의 표정에서 피어 나온 아련함은 그리움이었다. 그의 눈엔 아쉬움이 가득했다. 그 그리움과 아쉬움이 어떤 의미인진 도무지 알 길이 없었다.

다음 날 아침, 역 앞에서 할머니를 태웠다. 괜히 할머니가 더 작아 보였다. 강경에서의 할머니는 서울에서의 그 괴기스럽고 당찬 노파가 아니었다. 잔뜩 주눅이 든 작은 노인에 불과했다. 짜디짠 젓갈 냄새 때문인지, 뭐든지 낮은 주변 때문인지 아무튼 할머니는 전체적으로 좀 졸아든 느낌이었다. 서울로 돌아오는 길에 두 사람은 단 두 마디를 했다.

"무슨 말 없었어?"

"개뿔이, 뭐가 있간디?"

두 사람은 다시 긴 침묵 대결을 펼쳤다. 할아버지는 내내 눈을 감고 있었고 할머니는 소리 없이 끝없는 눈물을 흘렸다. 조그만 몸 어디에 그런 엄청난 양의 수분이 들어 있었는지, 할머니는 소나타가 신갈을 지날 때까지 한 번의 멈춤도 없이 눈물을 흘리고 또 흘렸다. 신갈에 이르자 할머니가 한마디를 더 했다. "내가 들어갔어야 하는 건디. 내가 직접 만나서 요절을 냈어야 하는 건디."

할아버지는 여전히 눈을 감고 있었고 할머니는 다시 눈물만 흘렸다.

난 눈물이 없다. 아주 없다는 게 아니라 별로 없다는 거다. 어린 시절 깡패에게서 동생을 구하기 위해 펑펑 울었던 적은 있지만 그건 그땐 몰랐으나 곰곰이 돌이켜보면 극심한 공포 속에서도 상대의 동정을 끌어내기 위한 무의식 속 교활함 때문이었지 슬픔이나 수치, 분노에 의한 울음은 아니었던 것 같다.

초딩 때 어른들 몰래 상우와 〈영웅본색〉을 볼 때도 주윤발이 수십 발 총알을 맞고 죽는 순간 상우는 눈 주위가 새빨개졌지만 난 무덤덤했고 캔이 부른 '내 생애 봄날은 간다'란 노래로 유명했던 드라마 〈피아노〉에서 경호가 도대체 왜 그러냐며 한억관에게 악을 바락바락 썼을 때 한억관이가 '사랑하니까'라고 답했을 때도 우리 집에 놀러와 함께 보던 현애는 손수건으로 눈물을 찍어냈지만 난 그 손수건을 낚아채 겨드랑이를 닦는 척하며 현애를 놀려대느라 바빴다.

웬만해선 난 울지 않았다. 입사 시험 88연패 대기록 작성 와중에 현애와 이별했을 때도 현애가 상우와 결혼했을 때도 난 울지 않았다. 현애 결혼식 날 난 피시방에서 하루 종일 고스톱을 쳤다.

동생은 그런 날 보며 밸도 없는 인간이라 했지만 가만히 아랫배를 만져보면 배알이 잡히는 것도 같았다. 아버지의 벌레 시리즈와 어머니의 한심한 놈 종합 세트야 뭐. 도대체 울지 않는다고 이런 무지막지한 비난을 받아야 한다는 게 솔직히 좀 웃겼다. 한때 나도 스스로 왜 이리 눈물이 없나 고민해 본 적도 있었다.

그런 것 같았다. 눈물이란 슬픔이나 수치, 분노를 밖으로 분출하는 하나의 표현일 뿐 그 전부가 될 순 없었다. 눈물이 아니더라도 마음을 표현하는 수단은 수없이 많았다. 어떤 이는 쉴 틈 없이 피부를 긁어대기도 하고 어떤 이는 술에 취해 고래고래 소리를 지르기도 하고 또 어떤 이는 얌전하게 잠을 청하기도 한다. 눈물 대신 난 슬프거나 수치를 느끼거나 화가 났을 때 주로 양 손가락을 가슴 앞쪽에서 오므리고 다섯 손가락 끝을 서로 맞부딪치는 증세를 보인다.

　그런데 현애를 만나러 가면서 도대체 뭐가 슬프고 부끄럽고 화가 난다고 시종 손가락 끝을 두드려대는지 도무지 난 나를 이해할 수 없었다.

　현애가 만나자고 했을 때 오만 가지 경우가 다 떠올랐다. 할아버지와 할머니 대화를 들으면서도, 부여에서 문상을 할 때도 머릿속은 온통 그 생각뿐이었다. 수없이 많은 경우 중에 하필이면 최악의 상황만 머릿속을 맴돌았고 그래서 난 초조해졌다. 제발 할머니의 60억만 아니었으면.

　종로 빈대떡에 도착했다. 많이 늦었다. 약속 시간보다 무려 두 시간 늦었다. 현애는 3분의 2 정도 넘어간 소설책을 덮으며 한숨을 내쉬었다. 그래도 난 미안하단 말은 하지 않았다. 현애도 거기에 대해 아무 말 없었다. 현애는 대신 어색한 웃음을 지으며 어딜 다녀온 건지 물었고 난 심드렁한 표정으로 할아버지

고향분이 돌아가셔서 할아버지, 할머니 모시고 부여에 다녀왔다고 했다. 현애는 피곤하지 않느냐 또 물었고 난 괜찮다고 짧게 대답했다.

물잔을 들어 살짝 입을 축인 현애는 이번엔 할아버지 할머니 사이가 안 좋다고 들었는데 어떻게 함께 다니느냐 물었다. 현애는 별일을 다 알았다. 현애에게 우리 집 일을 일일이 얘기할 필요는 없었다.

"그냥 그래."

예전엔 뭐든 꼬치꼬치 캐묻기를 좋아하던 현애도 더 이상 묻지 않았다. 어쩌면 상우 말대로 과거란 이미 존재하지 않는 무의미한 것인지도 모르겠다.

저녁 시간이었지만 현애는 식사는 건너뛰고 막걸리와 빈대떡을 시켰다. 나는 그냥 현애의 주문을 지켜만 봤다.

밤이 내리자 서울의 대지는 낮에 품어 두었던 열기를 뱉어냈다. 열대야였다. 막걸리 한 통을 나눠 마시니 열기는 더욱더 올라 현애나 나나 얼굴이 새빨개졌다. 막걸리 한 통을 다 비울 동안 현애는 계속 뭔가를 재잘댔지만 영양가 있는 얘기는 한마디도 없었다. 나도 별 볼 일 없는 현애 얘기에 추임새만 넣었을 뿐 다른 말은 꺼내지 않았다. 내가 무슨 말을 할 수 있을까? 이젠 이런 내가 싫어진 현애에게.

두 번째 막걸리가 나오자 현애가 헛기침을 했다. 본론에 들어갈 모양이었다.

난 동생과의 약속을 지키지 못했다. 끝까지 입을 닫지 못하고 상우에게 얘기해 버렸다. 그래서 현애도 상황을 알고 있음이 틀림없었다.

'자, 이현애. 이젠 네 패를 보여다오. 어떻게 나올 작정이냐?'

엉뚱하게도 나는 이 순간 그녀와의 입맞춤, 수백 번, 수천 번 나누었던 5년 전의 그 입맞춤을 떠올렸다. 현애가 동그란 입을 더 동그랗게 말더니 말문을 열었다.

"들었어, 상우 씨한테. 동주가 우리 회사를 인수하려 한다고."

우리 회사라. 하긴 둘은 부부니까.

"거기 대표로 네가 내정되어 있다고."

요건 내가 지어낸 소리였다. 하지만 아마도 동생은 내게 대표 자리를 맡길 것 같았다. 세상에 핏줄보다 더 믿을 사람이 누가 있겠는가. 무엇보다도 회사의 실제 주인은 동생이 아니었다. 할머니 투자금이라면 할머니가 명백한 오너였다.

"우선 축하해. 피시방이 잘못되었다고 듣고는 속상했는데. 이젠 네가 정말 피려나 보다. 동주는 참 야무진 아이야. 거기까지 올라간 것도 대단한데 이번엔 사업까지. 지난번 집 앞으로 날 찾아왔어. 솔직히 무서워서 상희랑 같이 나갔는데 그때 상희한테 우리 회사에 대해 이것저것 묻더라고."

또 입맞춤 생각이 났다. 한 번만, 딱 한 번만 더 해보고 싶었다. 참, 이 상황에서 그런 걸 떠올리다니. 아버지 말대로 내가 정말 벌레가 된 것은 아닐까 했다.

현애와 내 입맞춤. 뭐, 다른 이들 키스와 별다를 건 없었다. 그랬나? 그게 사실 별것 아닌데도 지금 이 순간 그 기억은, 촉감은, 냄새는 아주 특별한 것이 되어버렸다. 뭔가 뭉클하고 단단하고 뜨거운 것이 아래에서 위로 올라왔다가 사라졌다. 현애 목소리가 작게 들렸다.

"나 부탁하러 왔어. 나오기 쉽지 않았어. 하지만 우리도 살아야 하니까. 사실 지금 회사 팔고 빚 갚고 나면 우리도 참 막막해. 상우 씨나 나나 기댈 언덕도 없고. 그래서 말인데, 회사 팔고 난 후에 상우 씨가 네 밑에서 월급쟁이 하면 안 되나? 상우 씨 경력도 노하우도 분명 필요할 텐데."

상우가 시킨 일이라 해도, 정말 막막한 미래 때문이라고 해도, 아이들을 생각했다 해도, 제발 이 경우는 아니기를 빌고 또 빌었다. 그러나 인생이란 원래 정의롭지도 않고 인자하지도 않아서 가장 중요한 순간엔 늘 이렇게 밑바닥을 보여주었다. 내가 현애라면 이런 부탁은 도저히 할 수 없었을 것이다. 바로 얼마 전에 '이젠 네가 싫어'라고 해놓고 돈 때문에 이런 치사한 부탁을 할 수 있다는 게 무슨 뜻인지. 그건 바로 내가 그만큼 우습다는 것, 중요하지 않다는 것, 나 같은 건 무슨 생각을 하든 상관없다는 것. 그래서 현애에게 나는 이젠 아주 하찮은 존재라는 것.

나는 기로에 섰다. 내 안에 내가 둘 있었다. 하나는 부탁을 거절하고 깨끗하게 현애를 잊으라고 했다. 회사를 빼앗는 것으로 모든 복수를 끝내고 이젠 새로운 인생을 살라고 충고했다. 그러나 다른 하나는 부탁을 들어주고 밑바닥으로 내려가라고 나를 꼬드겼다. 내가 진정으로 원하는 건 바로 그것이라고, 지난 5년간 네 솔직한 갈망은 그것이었다고. 달달한 유혹의 목소리는 가슴 바로 아래에서 불끈대며 날 부추겼다. 막걸리 한 통으로 난 매우 피곤했지만 어쨌든 이 자리에서 어느 쪽이든 선택을 해야 했다.

시간은 덧없이 흘렀다. 어떻게 보면 참 소중한 시간이었고 또 어떻게 보면 아주 하찮은 시간이었다. 나는 마침내 선택을 했다.

"우리 노래방 가자."

먼저 일어나 계산을 했다. 그러곤 뒤도 안 돌아보고 빈대떡 집을 나와 2가 쪽으로 성큼성큼 걸음을 옮겼다. 따라올까? 얼마 후 뒤통수에 '쎄'한 느낌이 왔다. 현애가 따라오는 걸 확신할 수 있었다. 걸음 속도를 줄이자 현애가 옆에 와 발걸음을 맞추었다. 꼭 5년 만이었다.

바로 앞에서 노란 노래방 간판이 반짝거렸다. 노래방 이름은 종점이었다. 슬쩍 현애 손을 잡았다. 현애는 별다른 움직임이 없었다. 5년 만의 감촉에 내 살은 일제히 떨기 시작했다. 노래 방에서 무슨 노래를 부를까? 어어부 프로젝트의 종점 보관소가 떠올랐다.

> 병약한 원숭이처럼 바닥을 기어 다니면
> 이빨에 껴 있는 닭고기 조각은 불쾌한 꿈이 되지.
> 당신은 춤을 추다 차가운 차를 마시다 급히
> 마지막 표정이 보관된 그 방에 모르고 들어가네.
> 나는 막차를 타고 집에 가다 잠이 들어서 종점까지 왔다네.
> 어제도 나는 막차를 타고 잠이 들어 종점까지 왔었네.

그러나 이 노래는 노래방 리스트엔 올라 있지 않았다. 상우 의 애창곡, 열정을 불러야지. 노래방 입구 계단이 어두웠다. 괜 찮았다. 이 시점에서 밝은 불빛보다는 어둠이 훨씬 더 편했다. 이빨에 닭고기 조각이 낀 병약한 원숭이 같은 나는 김상우, 그 를 떠올리며 현애와 함께 종점으로 가는 계단을 올랐다.

상우 회사 앞 커피 전문점, 열정. 말이 좋아 커피 전문점이지 테이블 간 높은 칸막이나 음침한 조명, 퀴퀴한 냄새 등 시골 티켓 다방과 그리 다르지 않았다. 그런데도 상우는 하루에 한 번은 꼭 이 전문점을 찾아 생과일주스 같은 얼토당토않게 비싼 음료를 여주인과 종업원 것까지 사주며 여주인 엉덩이를 두드리고 가슴을 건드렸다. 약속 시간보다 10분 일찍 도착했다. 구석 테이블에 앉았다.

둥둥둥둥.

뚱뚱한 종업원이 달려오더니 옆자리에 앉아 살찐 가슴만큼 부푼 배를 내밀며 헝겊 찢어지는 목소리로 "오빠, 생과일주스 한잔할까?"라며 달라붙었다. 훅 코를 스치는 시큼한 행주 냄새. 난 매번 당하면서도 매번 똑같이 기겁을 했다. 이 뚱보는 참 질리지도 않는지.

내가 손사래를 치자 뚱보가 입을 삐죽 내밀며 자리를 떴다. 기분이 상했다. 여주인은 다른 손님에겐 나이답지 않게 바짝 올라간 궁둥이를 잘도 내밀었지만 내겐 단 한 번도 기회를 주지 않았다. 내가 실업자란 걸 안다 이거였다.

손짓으로 여주인을 불렀다. 잠시 뜸을 들이던 여주인이 하품을 하며 천천히 내게 다가왔다.

여기 생과일주스 한 잔, 마담도 한 잔 하고, 미스 차도 한 잔 하고.

여주인이 눈을 동그랗게 떴다. 주방으로 달려간 여주인은 1분도 되지 않아 생과일주스 두 잔을 들고 잰걸음으로 달려와 내 옆에 앉았다. 그녀의 환한 미소, 짙은 화장으로도 숨길 수 없는 목주름, 기미, 화장독, 광대뼈, 그리고 역시 시큼하고 구린 썩은 행주 냄새. 도대체 상우는 왜 이런 여자와.

오늘은 해가 서쪽에서 떴나 봐요, 어떻게 최 사장님이 다 쏘실까?

싸구려 향수 냄새, 구취, 아직도 해독되지 않은 지난밤의 술 냄새. 냄새의 달인 최동주가 이 자리에 앉았다면 동생은 대번 기절할 게 뻔했다. 그래도 난 버텼다.

좋은 일이 있지. 이제부턴 계속 생과일주스 석 잔씩이다.

슬쩍 가슴을 건드렸다. 여주인이 가슴을 더 내밀었다. 용기를 냈다. 왼손을 여자 목 뒤로 돌려 아예 여자의 가슴을 움켜쥐었다. 아랫도리에 반응이 왔다. 슬펐다. 여주인의 손이 당연하다는 듯 내 허벅지를 쓰다듬었다. 바퀴벌레가 기어가는 것 같은 촉감. 여주인은 내 귀에 바람을 솔솔 불어넣으며 속삭였다.

오빠, 나 가슴이 타 버릴 것 같아.

생과일주스 한 잔에 8000원. 만 원도 못 되는 8000원에 하루에도 수십 번 가슴이 타는 여자. 그런 여자의 가슴을 건드리며 아랫도리가 서는 나.

궁둥이를 만져야 하는데 여자가 기회를 주지 않았다. 좁은 공간에서 어떻게 해야 여자의 궁둥이를 만질 수 있나 고민하고 있는데 상우가 나타났다. 여주인은 얼른 손을 치우고 표정을 바꿨다. 여자가 엉거주춤 일어났다.

어머, 자기 왔어? 오늘 최 사장님이 장난이 심하시네.

상우 얼굴이 하얀색이었다. 마음 같아서는 상우 앞에서 여주인 궁둥이를 두드리고 싶었지만, 이젠 완벽한 자세가 되었지만 주저주저하다가 기회를 놓치고 말았다. 아쉬웠다.

상우가 달려드는 여주인을 밀치고 내 앞에 털썩 앉으며 평소와는 달리 커피를 딱 한 잔만 시켰다. 애써 태연한 척했지만 상우의 목소리가 갈라져서 튀어나왔다.

어쩐 일이냐? 안 하던 짓을 다 하고. 재미있었냐?

나도 안 하던 소리를 했다.

한번 건드려보려고.

내가 여러 번 먹어봤는데 맛은 그냥 그래. 왜? 내 설거지하려고?

상우와는 별별 짓거리, 별별 소리 다 하는 사이였지만 기억하건대 이 정도로 저급한 대화를 나눈 기억은 없었다. 괜찮았다. 상우나 나나 속은 둘 다 그저 그런 포르노였다. 수십 년간 아닌 척했을 뿐. 이제와 막판에 그걸 구태여 숨길 필요는 없다는 생각이었다.

나중에 물어보자. 누구 게 더 괜찮은지.

이번엔 상우 얼굴이 노랗게 변했다. 내겐 두려운 빛이었지만 이젠 어떤 일도 거리낄 게 없었다.

왜 불렀냐? 바빠 죽겠는데. 피시방 엎어진 것 하소연하려고?

이해할 수 없는 인간이었다. 내 정윤희와 살면서 어떻게 저런 여자와 그런 짓을 할 수 있는지. 한 번도 그게 화가 난 적은 없었는데 막판이 되자 참을 수 없는 분노가 일었다.

좋은 소식이 있고 나쁜 소식이 있다. 어떤 걸 먼저 들려줄까?

여주인이 커피를 들고 와 상우에게 다시 한 번 꼬리를 쳤지만 상우는 그녀를 거들떠보지도 않았다. 난 기분이 괜찮았다. 상우 목소리는 여전히 갈라져서 나왔다.

네가 하는 소리가 다 거기서 거기지 뭐. 아무거나 해.

그러면 좋은 소식부터 들려줄게.

빨리 하라니까. 나 또 들어가 봐야 해.

너 회사 팔 생각이지?

상우가 잠시 멈칫했다. 아주 잠깐이었다.

그런데?

누가 사려고 해서 내가 중간에 나서 보려고.

누군데? 네 그랜드마더?

상우가 피식거렸다. 내가 아주 싫어하는 웃음이었다.

내 동생이 투자를 하려고 해.

동주? 동주가 미쳤다고 이 바닥에 투자를 해? 걔 학교에서 잘렸냐?

이쪽 계통으로 인맥이 있나 봐. 거기서 밀어준다니까 한번 해보겠다는 거지.

상우가 드디어 완전히 멈췄다. 완전히 멈춘 상우 눈빛이 점점 혼미해졌다. 난 알았다. 상우 마음이 다 들렸다.

그러면 진작 어려울 때 나한테 그 인맥을 소개시켜 주지. 내가 거래처 못 뚫어서 그렇게 힘들어했는데, 그걸 옆에서 보고만 있다가.

상우는 내 마음을 몰랐다. 그래서 그는 내 속을 들을 수 없었다.

난 널 일부러 망가뜨리진 않지만 그렇다고 널 도와줄 생각은 애초에 털끝만큼도 없었어. 꿈 깨, 김상우. 현애를 빼앗아간 그날부터 넌 내 친구가 아니야.

상우가 가까스로 마음을 가다듬고 눈빛을 정리했다.

아무리 그래도 그렇지, 사회적으로 레벨이란 게 있는데, 동주처럼 잘나가는 교수님이 뭐가 아쉬워서 내 회사 같은 구멍가게를 인수한단 말이냐?

말했잖아, 밀어주는 인맥이 있다고. 동주는 투자만 하는 거야.

동주가 기획한 일은 아닐 테고, 네 아이디어야?

상우는 절대 알 길이 없었다. 그래서 아무렇게나 얘기해도 상관이 없었다.

대충 그래.

상우가 미간을 좁혔다.

조건은?

빚은 6억 정도 안고 현금 얼마를 주려나 봐. 그건 서로 네고를 해야겠지.

이번엔 상우 얼굴이 홍조를 띠었다. 나쁘지 않은 모양이었다. 하긴 상우의 현재 상황은 곧 파산을 선언해야 할 정도였다. 지푸라기라도 잡아야 하는데 내가 눈앞에서 굵은 동아줄을 흔들고 있는 격이었다.

언제 만날까?

한 일주일 후에. 내가 연락할게.

상우가 생각에 잠겼다. 바쁘게 이런저런 계산을 하고 있음이 분명했다. 그래서 나도 내 나름 계산을 했다. 동생은 날 사랑하지만 믿지는 않았다. 아마도 자신은 학교 때문에 뒤에서 경영하면서 내게 대표나 중역 자리만 줄 생각인 모양이었다. 갑자기 왜 아쉬울 것 없는 동주가, 3층 건물이 있고 탄탄한 직장이 있는 동생이, 아직 어떤 확증도 드러나지 않은 할머니 투자금을 믿고, 아무리 정신적 교감 상대라고 해도 그 속이 매우 의심스러운 J의 형 도움까지 받아가면서 한 치 앞을 모르는 불안한 사업에 뛰어들려고 하는지 의문이 생겼다. 나 때문에? 그것도 있겠지만 그게 다는 아닌 것 같았다. 현애가 자존심을 건드려서? 그것도 크겠지만 역시 그게 다는 아닌 것 같았다.

그러면 뭐지?

난 머리를 털었다. 그것까지 내가 알 필요는 없었다. 난 내 생각만 하면 그만이었다. 경영은 동생이 할 것이고 난 성실하게 주어진 일만 하면 된다. 그리고 직함은 아마도 대표이사일 것 같았다. 꼭 그렇게 되었으면 좋겠는데. 다시 생각해도 괜찮은 조건이었다.

상우 목소리가 맑아졌다. 약간 올라간 어깨.

좋아, 참 너한테 이런 도움을 다 받다니. 난 언제든지 좋으니까 시간 잡히면 바로 연락해라. 이제 바빠지겠는데. 동주, 걔가 보통이 아니잖아. 일에선 더 여간 아닐 테니 준비를 단단히 해둬야겠어.

그리고 나쁜 소식은.

잠깐.

상우가 고개를 갸웃거렸다.

왜?

너한테는 뭐가 떨어지냐?

기다렸던 순간이었다. 현애야, 잘 들어라.

나한테 사장을 맡으란다.

상우가 눈을 깜빡거렸다. 계속 깜빡거렸다.

바지 사장 같은 거지 뭐.

상우의 깜빡거림이 멈추지 않았다. 그의 얼굴이 점차 노란색으로 다시 변해갔다. 기다리고 기다렸던 순간이었는데 느낌은 그냥 그랬다. 상우는 계속 침묵했다. 그래서 계속 내질렀다.

현애가 찾아왔다. 알지? 나보고 널 만나지 말라고 하더라. 그래서 고민 끝에 그렇게 하기로 했다. 우리 우정, 참 길었지만 네 가정이 더 중요하겠지. 회사 일만 정리되면 우리 이제 끝내자. 이게 나쁜 소식이야.

상우 눈빛이 흔들렸다. 그가 고개를 숙였다. 예상했던 모습이었다. 나는 잠시의 틈도 주지 않고 자리에서 일어섰다.

내가 계산할게. 친구로서는 마지막이구나. 행복해라.

계산을 마치고 결국 여주인 궁둥이를 툭 건드려봤다. 어차피 다시 올 일은 없을 테니 무슨 짓을 해도 상관없었다. 촉감은? 매우 좋지 않았다.

촉감. 내게 책이란 그 내용보다 종이로 다가온다. 종이의 촉감, 그 매끄러움과 깔끔함이란. 그래서 난 책을 잡으면 늘 행복했다.

실로 오랜만에 내 방에 들어와 한 시간 이상 머물렀다. 할머니가 외출을 하자마자 나는 방에 들어와 제일 먼저 창을 열고 환기를 했다. 방 안엔 노인네 특유의 고린내가 가득했다. 냄새가 좀 빠지자 옷장 위, 아래, 안에 쌓아둔 보자기를 꺼내 책을 찾기 시작했다.

동주가 경영에 관한 책을 미리 읽어두라고 했다. 대기업 입사 시험 준비 때 사두기만 하고 한 번도 읽지 않은 경영학 관련 책들이 생각나서 실로 오랜만에 보자기에 쑤셔 넣고 한 번도 들여다보지 않은 잡동사니 모음을 뒤지게 되었다.

방바닥에 네 개의 보자기를 펼쳤다. 보자기에서 쏟아진 내용물로 바닥은 발 디딜 틈도 없었다. 내 방은 일순간 종점 보관소가 되었다.

토익과 토플을 비롯한 수많은 영어 책, 각종 시험 참고서와 문제집, 두꺼운 법률 도서, 무협지, 정체불명의 시디와 비디오테이프, 쓰다 남은 연필, 새 연필, 색색의 볼펜과 사인펜, 심지어 크레파스와 물감 통까지. 그리고 종이공예 작품과 각종 도구, 색종이와 만들다 만 미완성 작품, 빛바랜 사진 뭉치, 고장 난 라디오, 엠피스리, 다양한 종류의 파일과 뭐가 들었는지 알 수 없는 디스켓, 오래된 시계, 전자사전. 그리고 현애가 사준 각종 선물, 말라비틀어진 꽃, 현애가 준 카드, 폴라로이드 사진기, 일회용 면도기, 칫솔, 한 번도 사용하지 않은 치약과 비누, 샴푸. 심지어 왜 이게 여기 있는지 도저히 알 길이 없는 잭나이프, 믹서기, 위스퍼 생리대.

또 있었다. 오래된 솔담배, 88담배, 삐삐, 왜 모아 두었는지 이해할 수 없는 이력서 뭉치, 그리고 졸업 앨범. 아버지의 공천 증명서와 주민등록등본, 이제는 사문서가 된 호적 등초본. 그 모든 잡동사니 중에서도 단연 압권은 현애와 함께한 부산 여행길, 장난 삼아 들른 섹스 숍에서 구입한 초록색 야광 콘돔과 크림형 발기 강화제, 단 한 번도 사용해 보지 못했던.

엄청난 양의 잡동사니 중에서 쓸모 있는 책을 찾는 일은 쉽지 않았다. 나는 경영학 책을 찾기는커녕 벌려 놓은 보자기를 어떻게 다시 정리해야 할지 몰라 비좁은 방바닥에 책상다리를 하고 앉아 덧없이 시간만 흘려보냈다. 왜 나는 이젠 어디에도 필요 없는 이런 물건들을 과감하게 버리지 못하고 마냥 쌓아 두기만 했던 걸까? 이게 내 암울한 인생과 어떤 연관이 있는 것 같아 기분이 우울했다. 잠이 들어 우연히 찾게 된 종점 보관소에서 까맣게 잊었던 내 얼굴, 얼어붙기 전 마지막 표정과 마주친 상황. 우울함은 곧 설움이 되어 시야를 뿌옇게 만들었다.

책 찾기를 포기하고 잡동사니들을 다시 보자기에 구겨 넣었다. 분명히 보자기에 있던 물건들만 다시 똑같은 보자기에 챙기는 것인데 구겨 넣고 또 구겨 넣어도 물건들이 남았다. 땀이 흘렀다. 이마에 맺힌 땀이 목을 타고 가슴과 등으로 흘러내렸다. 사타구니도 축축해질 정도로 온몸에서 땀방울이 싹이 트듯 솟아 나왔다. 샤워를 해야겠다. 찬물을 뒤집어쓰고 이제 그만 잡동사니를 잊어야겠다.

한여름인데도, 무더운 날씨인데도 막상 찬물로 샤워를 하니 살이 아팠다. 그래도 샤워기 밑에 우뚝 서서 찬물을 맞았다. 난 조금 강해질 필요가 있다. 마음도 몸도 단단하게 무장해야만 한다. 다른 건 몰라도 이번이 내게 마지막 기회라는 것은 확실히 안다. 만약 이번에도 유야무야 나약한 정신으로 기회를 그냥 흘려보낸다면 나는 무의미한 벌레로 바닥을 기며 과자 부스러기나 주워 먹으면서 어쩌면 길고 길 수도 있는 남은 인생을 연명해야 한다. 거기엔 어떤 빛도 없고 어떤 만족도 없으며 오로지 존재하는 것이라곤 비굴함과 치욕, 설움과 열등감뿐일 것이다. 이젠 그만 종점에서 어슬렁대고 반드시 예정된 버스에 올라타야 한다. 꼭 그래야만 하는 이유가, 너무나 명백한 이유가 있다.

상우가 내 밑에서 일하게 된다면, 그래서 현애가 속으로 무슨 생각을 하든지 내가 부르면 곧바로 달려 나와야 하는 세상이 온다면.

35년의 세월을 돌이켜보면 양심이나 진실, 정의 같은 단어는 참으로 허망한 가치일 뿐이었다. 세상에서 제일 지독한 욕은

'너는 너무 착해서' 또는 '너는 너무 여려서'였다. 사람들은 착하고 여린 인간에겐 아무런 관심도 보이지 않았다. 세상을 움직이는 것은 오직 힘, 곧 돈뿐이었고 남녀 관계에도 같은 논리가 적용되었다. '사랑하기 때문에, 여자의 행복을 위해 말없이 떠나보내'는 일은 자본의 세계에선 참담한 패배, 그 이상도 이하도 아니었다.

차가운 느낌이 서서히 사라졌다. 여리다고 소문난 내 가슴이 천천히 닫히는 소리를 들었다. 샤워를 마치고 나오는데 미끈거리는 바닥 물기 때문에 잠시 기우뚱했다. 머리와 이마에서 물방울이 뚝뚝 떨어졌다.

할 수 없이 부엌 다용도실에서 보자기 하나를 더 가져다가 남은 물건을 구겨 넣었다. 간신히 잡동사니를 다시 옷장 위아래에 집어넣었다. 방금 샤워를 했는데 또 굵은 땀방울이 등줄기를 타고 흘렀다.

'일이 시작되면 꼭 이 불필요한 물건들을 다 버려야지.'

책장 밑에서 라면 박스 크기의 노란색 골판지 상자를 발견했다. 내 것이 아니었다. 할머니 물건인 듯했다. 뭔지 궁금했다. 할머니는 요즘 들어 외출이 잦았다. 벌써 서울 지리를 다 익혔는지 내게 도움도 요청하지 않고 아침에 일어나 긴 목욕을 끝내면 기괴한 깃털 달린 밤색 벙거지를 쓰고 동전만 한 은빛 반짝이가 잔뜩 달린 원피스를 입고 연보라색 신발을 신고 총총히 집을 나섰다. 할머니 귀가 시간은 대충 오후 서너 시였다. 아직 시간은 충분했다.

상자를 끌어내 개봉했다. 상자 위엔 사진이 쌓여 있었다. 아마도 미국에서 가져온 것들 같았다. 우리나라 사진과 크기가 달라 생소한 느낌을 주는 더 크고 더 작은 사진들, 그것들을 하나하나 넘겨봤다. 대부분 컬러사진이었지만 몇 장은 흑백사진이었고 그중 두 장은 아주 오래된 듯 누런색으로 덮여 있었다. 오래된 사진에 손이 먼저 갔다. 사진을 손으로 쓸어봤다. 감촉이 괜찮았다.

첫 번째 사진 속엔 젊은 할머니와 뚱뚱한 흑인 남자가 있었다. 아마도 암스트롱 햄버거의 사장님인 모양이었다. 두 사람 신체 크기가 너무 달라 사진은 누런 때만 아니라면 합성사진이라고 해도 믿을 만큼 어색해 보였다. 하지만 내 눈엔 그게 보였다. 누런색 속에 두 사람의 행복이 가득했다. 미국에서의 할머니 삶이 생각보다 괜찮았다는 느낌이 들었다.

두 번째 사진엔 동양 남자와 할머니가 나란히 서 있었다. 누굴까? 이 사람이 바로 후지오카인가 후리오카인가 하는 그 왜놈 헌병일까? 암스트롱 노인의 선한 눈매와는 달리 후지오카인지 후리오카인지의 눈은 매섭고 차가웠다. 일본인에 대한 선입견이 있어서 그렇게 보이는 것 같아 다시 한 번 객관적 시선으로 후지오카인지 후리오카인지 하는 인물을 찬찬히 살폈다. 똑

같았다. 날카로운 눈, 삐죽한 코, 굳게 다문 일자 입술. 그 옆 할머니도 몹시 경직된 모습이었다. 괜히 그냥 아무런 증거도 없이 일별한 사진만 가지고 결론을 내렸다. 일본 놈하곤 불행했고 미국 흑인과는 행복했구나!

다른 사진 속엔 이름 모를 지역, 처음 본 사람들이 가득해서 금방 싫증이 일었다. 대충 사진을 넘기다가 암스트롱 일가의 가족사진을 찾아냈다. 암스트롱 노인과 할머니가 가운데 앉아 있었고 뒤에 여섯 명의 남녀, 아마도 아들, 딸, 사위, 며느리로 보이는 여섯이 서 있었고 앞에 무려 아홉의 검은 소년, 소녀가 복잡하게 자리한 대가족 사진이었다.

기분이 좀 그랬다. 따지고 보면 이들과 나는 친척일 수도 있지 않을까? 피는 섞이지 않았지만 같은 할머니를 둔 형제라고 할 수는 없을까? 참 말도 안 되는 소리여서 혼자 피식 웃고 말았다. 내 웃음이 현애의 그것을 닮은 것 같아 갑자기 피가 확 끓었다.

"이런 된장."

박스를 그냥 덮으려다 무심코 사진 밑 종이 뭉치를 꺼내 들었다.

'이건 뭐지?'

아무 생각 없이 뭉치를 풀었다. 편지였다. 누런 종이 뭉치는 할머니 편지였다. 서툰 글씨, 엉망인 맞춤법, 구겨지고 찢겨진 누런 종이. 간신히 몇 구절을 알아볼 수 있었다.

- 달수 보아라. 잘 잇느냐? 어떠케 지내는지. 난 잘 지네고 잇
다. 결혼은 눈지. 너만 생각하믄 손이 저리다.

더 이상 글씨를 알아보는 건 무리였다. 그렇게 버려놓고 그
리워했구나. 뭐 그리 큰 감동은 없었다.

박스 밑엔 뭐가 있을까? 호기심도 아니고 무심함도 아닌, 그
저 멍한 상태로 또 박스 밑을 살폈다. 그리고 난 얼어붙었다.

종이 뭉치 밑엔 뜻밖에도 전혀 예상치 못한 정교하고 세밀한
종이공예 작품이 들어 있었다. 하나, 둘, 셋, 넷, 무려 다섯 개의
정교한 작품이 거기 숨어 있었다. 모두 액자 표구를 한 종이공
예 작품 속엔 젊은 엄마와 어린아이 둘, 달빛에 기대어 쪼그리
고 있는 어린아이 둘, 눈을 맞으며 나란히 서 있는 어린아이 둘,
비 내리는 회색 하늘 아래 처마 밑에 숨어 있는 어린아이 둘, 그
리고 노을을 배경으로 고개 끝을 바라보는 어린아이 둘이 들어
있었다.

가슴이 아래로 쑥 가라앉는 기분이었다. 이렇게 정교한 솜씨
라니. 이렇게 정성을 들인 작품이라니. 할머니가 비로소 내 할
머니란 생각이 들었다.

방문이 열렸다. 할머니가 서 있었다. 동전만 한 은빛 반짝이
가 잔뜩 달린 원피스와 기괴한 깃털 달린 밤색 벙거지를 쓴 할
머니가 문 앞에 서서 커다란 눈으로 날 쳐다봤다. 나는 아주 천

천히, 영화의 슬로모션처럼 그렇게 천천히 일어나 느릿느릿 걸어 내 할머니 앞에 섰다. 할머니는 여전히 동그란 눈을 뜨고 날 쳐다봤다.

할머니를 안았다. 콩콩 뛰는 할머니의 심장이 느껴졌다. 길지 않은 시간이었지만 굉장히 많은 것을 느낄 수 있었다. 할머니가 겨드랑이 밑을 꼬집었다. 불에 덴 듯 통증이 일었지만 난 할머니를 꼭 안은 두 팔을 풀지 않았다. 비로소 제대로 된 감동이 일었다. 정끝순 여사, 그녀는 바로 내 할머니였다.

최씨네 장손은 짝불이

〇〇〇〇

시간은 덧없이 흘렀다. 여름이 깊어갔다. 할아버지는 부여 방문 후 기력이 많이 떨어진 듯했다. 한여름인데도 자주 기침을 했고 가끔 아침에 자리에서 일어나지 못했다. 할머니에 대한 태도는 변함이 없었지만, 여전히 눈을 치뜨고 이따금 '개잡년' 소리를 했지만 대체적으로 많이 누그러진 편이었다.

아버지는 오래된 동지의 재판 때문에 거의 집에 들어오지 않았다. 아버지의 동지는 징역형이 확실하다고 알려졌는데도 아버지는 동지의 석방을 장담하고 진보 대한민국의 초석이 되기 위해 혼신의 힘을 다해 뛰고 있었다. 집안 식구는 아무도 그런 아버지에게 관심을 두지 않았다.

어머니는 가장 완벽하게 일상으로 돌아갔다. 슈퍼 일과 동네 아줌마들과의 잡담, 그리고 할머니에 대한 철저한 냉대. 습관처럼 팔자타령을 했고 습관처럼 방귀를 뀌며 가끔 내 머리를 쥐어박거나 내 궁둥이를 두드렸다.

상우는 내게 자주 문자를 보냈다. 매우 상우다운 메시지였다.

– 뭐 하냐? 술 고프지 않아?

– 너 죽었냐? 왜 아무 연락도 없어?

– 나 안 보니까 심심해 죽겠지? 형아가 용서해 줄 테니까 그만 똥폼 잡고 전화 때려라. 착하지.

하지만 상우는 절대 내게 전화를 걸진 않았다. 그래서 나도 상우에게 아무런 대꾸도 하지 않았다.

현애는 노래방 이후 연락이 없었다. 나도 현애에게 문자메시지 하나 보내지 않았다. 현애와 난 기나긴 줄다리기를 하고 있는 중일지도 몰랐다.

동주는 시도 때도 없이 까르르 웃음을 터뜨리는가 하면 밤늦게 귀가한 어머니를 붙잡고 오랫동안 높은 목소리로 쓸데없는 수다를 떨기도 했고 가끔 내게 아주 썰렁한 농담을 던지기도 했다. 이게 어떤 의미인지는 알 길이 없었지만 난 괜히 불안했다. 불안이 깊어가면서 동주의 스마트폰을 훔쳐보려 했으나 눈치를 챘는지 동주는 잘 때에도 휴대폰을 옆에 끼고 잤다. 난 좀체 기회를 얻을 수 없었다.

사업은 별 무리 없이 진행되는 것처럼 보였다. 할머니에게서 투자금을 받아내는 건 순전히 동생의 일이었기에, 동생이 절대 할머니에게 아는 척하지 말라고 해서 난 그저 동생이 간간이 알려주는 얘기로만 상황을 알 수 있었다. 동생 얘기론 투자는 점점 더 긍정적인 방향으로 진행되고 있다고 했다. 동생이 60억을 확신하게 된 명백한 증거가 뭔지 무척 궁금했으나 그게 뭔지는 여전히 오리무중이었다.

상우 회사 인수를 위해 동생은 대학 선배 남편인 변호사의 도움을 받았다. 내가 아는 치였다. 이혼 전문 변호사로 바로 동생 전남편에게서 청계천 건물을 받아낸 인물이었다. 동생 이혼 때 한 번 본 적이 있는데, 온몸에서 각진 부분이라곤 한 군데도 찾아볼 수 없는, 눈도 얼굴도 몸도 동글동글한 친구였다. 개성 특산품 우메기떡처럼 미끈미끈한 눈빛이 마음에 들지 않아 난 그를 그다지 좋아하지 않았다. 내가 좋아하건 말건 그런 건 뭐 중요하지 않겠지만.

동생이 얼마를 주기로 했는지는 몰라도 아무튼 그가 열심히 뛴 덕에 인수 협상은 점차 우리에게 유리한 쪽으로 흘러가고 있다고 했다. 상우가 괜한 욕심을 부려 지연작전을 쓰는 중인데, 상우에겐 인수를 포기할 수도 있다고 엄포를 놓았으나 인도인 프로그래머와 상우네 관리 프로그램은 꼭 필요하기에 우메기떡은 반드시 협상을 성공시키겠다고 장담을 했다 한다.

협상이 길어지면서 상우 회사는 파산 직전으로 몰리기 시작했다. 파산 후에 인수를 하면 비용이 더 절감될 수 있다며, 그때까지 협상을 지연시키는 게 더 유리할 것 같다면서 동생은 밝게 웃었다.

기다리는 거야 뭐 내 전공이었다. 나는 내 방에 틀어박혀 할머니와 함께 종이공예 작품에 전념했다. 하루 종일 내 방에서 종이를 만져도 아무도 신경을 쓰지 않았다. 그래서 할머니와 난 경쟁하듯 새로운 작품에 집중했다. 오랜만에 만지는 종이는 처음엔 조금 낯설었다. 할머니가 많은 도움을 주었다. 각자 작품 구상을 하고 세부 설계도 작성에 들어갈 때 할머니는 매우 자상하게 이런저런 조언을 해주었다. 그동안 봐왔던 할머니완 사뭇 다른 모습이었다.

화단은 종이 말기를 써라.

여긴 사각 접기보다는 삼각 접기를 이어서 하는 게 좋겠다.

꽃 접기가 너무 많다. 지 할아비를 닮아 그저 욕심만 많아가지고.

할머니의 충고는 하나도 그른 것이 없었다. 할머니는 한마디로 종이공예의 여왕이었다. 내 감탄에 할머니는 한껏 코를 세웠다.

샤롯데에선 제니의 종이공예품 하면 알아줬지. 이제 좀 전국적으로 이름이 나려는데 그만 여기에 왔어.

할머니 미국 이름이 제닌가요?

그럼 미국에서 쪽팔리게 끝순이를 쓸 줄 알았냐?

제니 암스트롱이라. 괜찮네요.

아무리 내 아비가 지어준 이름이라 해도 끝순이가 뭐냐, 끝순이가.

그런 이름 많았잖아요. 말녀, 끝순이, 말자.

내 이름을 끝순이로 하고 다음에 아들을 바란 것 같은데 결국 내 아비는 내 뒤로 자식을 보지 못했어. 이름을 그렇게 끝났다고 지었으니.

할머니와 함께 종이공예를 하는 시간은 참 행복했다. 행복의 의미란 게 별 게 아니었다. 서로 말없이 종이를 말거나 접다 보면 저절로 콧노래가 나오고 졸리지 않은데 나른해지고 서로에게 던지는 한마디에 낄낄대며 웃고 서로의 작품에 진지한 조언을 하고 가끔씩 할머니가 기지개를 켜면 어깨를 주물러주고 내 이마에 땀이 솟아나면 할머니가 손수건으로 이마를 눌러주고. 그게 행복이었다.

어느 정도 할머니와 나 사이에 신뢰가 형성되었다고 확신할 수 있게 되었다.

작은 창문 사이로 오후 햇살이 밀려 들어오던 시간, 난 종이를 말며 한참 종이를 오리고 있는 할머니께 슬며시 물었다.

"우리 회사에 투자해 준다고 했어요?"

"우리 회사?"

"동주하고 저하고 하려는 컴퓨터 프로그램 회사요."

"아, 상희네 회사."

난 눈만 깜빡거렸다. 할머니가 어떻게 상희를 알지? 혹시 초등학교 동창 백상희? 아니면 대학 때 은사님인 권상희 교수님? 아니었다. 할머니는 정확하게 상희네 회사라고 했다. 할머니가 궁금증을 쉽게 풀어주었다.

"전에 동주하고 함께 상희를 만났다. 동주 말대로 딱 네 짝이더구나."

기분이 상했다. 왜 자꾸 나와 상희를 엮는지. 아무튼 애나 어른이나 여자들이란. 상희가 괜찮은 여자란 건 나도 인정한다. 부지런하고 음식 솜씨 좋고 어른한테 인사도 잘하고 입도 무겁고 공부도 잘했고, 대체로 어른들이 좋아하는 며느릿감이었고 게다가 유치원 원장이 매달 보너스까지 주며 절대 놓치지 않으려 하는 유능하고 성실한 교사였고 생긴 것도 여자들이 흔히 선호하는 복스럽고 후덕한 스타일이었다. 다 좋았다. 그러나 남녀 관계란 무엇보다도 서로 끌려야 하는데, 난 상희가 아니라 그녀의 올케에게 끌리는데 도대체 상희와 뭘 어쩌라는 건지. 이것도 따지고 보면 일종의 언어폭력이며 나에 대한 무시란 생각이 들어 콧구멍에 바람이 찼다. 성이 났단 소리다.

"왜 인상을 쓰냐? 상희 걔가 기분이 나쁘면 나빴지 왜 네가 인상을 쓰냐?"

참기로 했다. 참는 것 외엔 내가 할 수 있는 게 없기도 했다.

"아니에요."

대화가 끊어졌다. 할머니는 계속 종이를 오렸고 난 쭈그리고 앉아 열심히 종이를 말았다. 한참 종이를 오리던 할머니가 내 속을 읽은 듯 말을 이었다.

"동주가 강남역에 만 얼마인가 내고 40분 동안 마음껏 초밥을 먹을 수 있다는 회전초밥집에서 점심을 사더니 말을 꺼내더구나. 너랑 사업을 하려 하니 돈을 투자해 달라고 해서 고민해 보겠다고 했다."

종이공예에 대해 할머니는 이렇게 조언했다. 말기가 어렵다고, 종이 말기가 어려운 부분이라고, 오려 붙이기를 하면 전체적인 느낌이 달라진다고, 언제나 말기엔 말기를, 접기엔 접기를 해야 작품이 살아난다고. 어렵다고 피하지 말고, 돌아가지 말고 끝까지 정면 승부를 해야 비로소 스스로 살아 숨 쉬는 진정한 작품을 창조할 수 있다고. 맞는 얘기였다. 그래서 나도 어렵지만 돌아가지 않고 정면 승부를 걸기로 했다.

"정말 60억이 있는 건가요?"

순간이란 참으로 강렬한 것이었다. 잠시만 한눈을 팔아도 놓쳐버리게 되는 어느 한순간. 그러나 그 순간을 놓치면 어떤 경우엔 전체의 의미를 다 오해하게 될 수도 있다. 하긴 바로 그 때문에 세상엔 끝없는 오해와 불통이 일어나고 그 와중에 다툼과 증오가 태어나는 것이겠지만. 집중에 집중을 하고 있었던 까닭에 나는 한순간 할머니 얼굴을 스쳐간 표정을 잡아낼 수 있었다. 큰 눈과 우뚝한 코, 발간 볼, 작은 입술. 86세 노인이라는 걸 도저히 믿기 힘든 깨끗한 피부와 엷은 주름, 그리고 화려한 금발. 할머니는 이 모든 것들을 아주 조금씩 재빨리 움직여서 순간의 표정을 만들어냈다. 그게 한마디로 무엇인지 정의하기엔 너무 작고 빠른 반응이었다. 다만 논리를 제외하고 순간의 느낌만 가지고 굳이 말로 표현한다면 그것은 '모호함'에 제일 가까웠다. 할머니가 작은 입을 동그랗게 말았다. 난 긴장으로 인해 방귀가 새 나오려 했다.

"어제 네 고모가 만나자고 해서 또 강남역 회전초밥집에 갔었다."

갑자기 왜 고모? 즉답을 피하려는 노회한 수법인 것 같아 말을 끊으려다가 그냥 듣기로 했다. 고모가 왜 할머니를 만나자고 했는지 궁금하기도 했다.

"난 다섯 접시 먹고 배가 꽉 차서 젓가락을 놓았는데 네 고모는 무려 열두 접시를 비우더구나. 아무튼 너희 집이나 달자네나 돼지 같은 식습관이 참 문제다."

내가 스물네 접시 비운 걸 동주에게 듣고 하는 소린지, 모르고 하는 소린지 몰라서 그냥 가만있었다. 열두 접시 가지고 뭘.

다섯 접시 비우고 일어설 거면 왜 거길 가나?

"밥 먹고 근처 커피 전문점에서 차를 마셨다."

그런데요?

난 조급해져서 할머니 쪽으로 약간 상체를 기울였고 할머니는 고개를 살짝 들며 나에게서 조금 멀어져갔다.

"달자가 그러더구나, 내 수표가 클리어 되었다고."

무슨 소린지 몰라 고개만 더 앞으로 뺐다. 할머니와 조금 가까워졌다.

"그게 현금이 되어 돌아왔다는 소리다. 내 거래 은행이던 햄버거 조합 은행이 미국 경기 불황으로 샤롯데 피자 조합 은행으로 통합돼서 중간에 오해가 생긴 경우였단다."

할머니가 야릇한 미소를 지었다. 난 그 미소를 충분히 이해했다.

그랬구나. 그 종이쪽지가 정말 1억짜리였구나.

고모의 낭패한 표정이, 할머니의 자신만만한 미소가 눈에 선했다. 고모는 얼마나 민망하고 난처하고 부끄럽고 초조했을까?

"달자가 죄송하다면서 고개를 숙이는데, 어찌나 땀을 많이 흘리던지, 난 그 커피숍 에어컨이 고장 난 줄 알았다."

할머니의 미소. 좀 잔인해 보여 기분이 그렇게 유쾌하진 않았다.

할머니가 뒤로 약간 물러앉더니 다시 종이 오리기에 전념했다. 난 황당했다.

이게 답인가? 하긴 그 수표가 클리어 되었다니.

나도 다시 종이 말기에 집중했다. 머리가 복잡했다.

하지만 그건 겨우 1억이 아닌가? 60억은 아니지 않은가? 할머니는 정말 내 피시방에 투자하기 위해 고모에게 수표를 찢어준 걸까? 혹시 할머니는 고모가 절대 현금을 입금하지 않을 걸 알고, 수표가 은행 통합으로 인해 오해가 생길 줄 알고, 이렇게 될 걸 다 내다보고 수표를 쭉 찢은 건 아닐까? 어찌 생각하면 내 상상이 너무 무리한 것 같기도 했고 어찌 생각하면 교활한 할머니 속내를 딱 맞힌 것도 같아 혼란스러웠다. 종이 말기 작품은 엉망이 되었다. 엉망이 된 종이를 풀면서 찬찬히, 하나씩 하나씩 생각을 정리했다.

할머니가 이렇게 될 걸 다 예상하고 수표를 찢었든 그게 아니든 어쨌든 수표는 현금이 되어 다시 할머니에게 돌아왔고 고모는 이제 할머니의 60억을 확실하게 믿게 되었다. 동생도 뭘 봤는지 모르겠지만, 혹시 수표 일을 알고 그랬는지 모르겠지만, 그래서 우리 집 여자들 중 어머니만 모른 채 고모와 동생 사이엔 이미 진정한, 그리고 은밀한 60억 경쟁이 막을 올린 건지는 모르겠지만, 그러나 내 의문은 여전히 풀리지 않았다.

60억이 아니라 1억이지 않은가?

할머니는 남의 속을 읽는 재주를 가진 모양이었다. 할머니 얘기에 깜짝 놀라 기껏 풀어놓은 종이를 쭉 찢어버렸다.

"그 1억은 내 남편이 평생 햄버거를 팔아 모은 돈이란다. 죽을 때 내게 집을 남겼지. 미국에서 서브프라임이 터지기 전에 운 좋게도 그 집을 비싼 값에 팔았다. 그걸 은행에 넣어두었다가 이번에 한국의 은행 구좌로 옮긴 셈이 되었다."

60억이 아니란 소리였다. 전남편이 평생 모은 돈을 내 피시방에 투자하려 했다? 그럴 리가. 할머니를 쳐다봤다. 할머니 시선은 내 눈을 피해 종이접기에 고정되어 있었으나 표정은, 야릇한 미소는 많은 것을 얘기해 주는 듯했다.

'난 달자가 현금을 내놓지 않을 걸 알았다. 물론 피시방 따위에 스티브가 평생 햄버거 팔아 모은 돈을 투자할 생각은 털끝만큼도 없었단다. 아무튼 이제 달자는 60억을 굳게 믿게 되었지. 동주처럼 말이다.'

이런 상상이 진실이라면, 꼭 진실일 것 같은데 어쨌든 그렇다면 수표에 대한 모든 게 일종의 사기였고 그래서 내 피시방이 완벽한 기만이었다는 건데.

그런데도 이상하게 화는 나지 않았다. 워낙 피시방 사건 자체가 창경궁 일어 문제에서 급하게 일어난 이슈였기에 어쩌면 처음부터 난 이것이 거짓이란 걸 속으론 느끼고 있었는지도 모르겠다. 괜찮았다. 피시방 따위는 괜찮았다. 문제는 1억이 아니라 60억이었다. 만약 상우 회사 인수가 사기라면 그건 절대 괜찮은 일이 아니었기에 난 다시 용기를 내서 또다시 정면 돌파를 해야만 했다. FC 바르셀로나 메시처럼 짧게 드리블을 하며 나는 비호같이 정면으로 치고 들어갔다.

"그 1억이 60억은 아니잖아요? 할머니 내 피시방 진짜 차려 줄 생각은 없었던 거죠? 동주도 지금 그 1억 때문에 할머니 60억을 믿는 건가요? 정말 상우 회사 인수에 돈을 대줄 건가요? 60억은 사실인가요?"

할머니가 고개를 들었다. 그녀가 침을 꼴깍 삼켰다. 할머니 눈빛은, 큰 눈은 전혀 흔들림이 없었다. 바람 한 점 없는 방 안인데 어디서 새 들어왔는지 작은 바람 한 점이 할머니 이마를 스쳤다. 금발 머리카락 몇 올이 부드럽게 흔들렸다. 할머니가 천천히, 아주 천천히 입을 동그랗게 말았다.

난 금강에서 태어나 금강에서 자랐어. 너도 알겠지만 우리 마을이 금강을 사이에 두고 강경읍과 마주 보고 있잖아. 마을에서 주먹 꼭 쥐고 한 30분 달리면 큰길이 나오고 거기서 또 한 5분 달리면 금강이 있고 아주 큰 다리가 서 있었지. 지난번 가 보니 그때보다 더 큰 다리가 서 있더구나. 하지만 내 기억엔 옛

날 다리가 더 컸다. 이름이 그때도 황산 다리였지. 아무튼 일본 사람들이 지었다는 그 크고 튼튼한 황산 다리를 건너면 번화한 강경 포구였어.

너, 왜 금강이 비단 강인 줄 아냐? 저녁때 노을이 강에 내리면 그리 많지도 않은 물살이 비단처럼 빛을 내는 거야. 그냥 환하게 빛을 내는 게 아니라 비단처럼 은은하게, 고급스럽게 그렇게 반짝이고, 빛이 수면 위를 흘러 다니는데, 아무튼 참 예쁜 강이란다. 아무에게나 보여주는 모습이 아니라서 더 예쁜 그런 거 있잖아. 해가 지면 수면 위 색색 빛은 사라지지만 포구에 내린 배들이, 각종 상품을 나르는 배들이 불을 올렸다. 그러면 다시 잠잠하던 수면에서 빛이 난리를 부리는 거야. 그 장관이란. 그 금강이 휘돌아 간 자리에 강경 포구가 자리 잡았다. 포구도 참 예쁜 놈이었어. 낮엔 차분한 금강 물길처럼 조용하다가 밤이 되면 오색 불빛을 올리며 꽃처럼 피어나지. 그걸 다리 건너에서 보고 있으면 괜히 코가 맹맹해지고 눈앞이 뿌옇게 흐려지고 그랬지. 그때는 강경이 참 컸단다. 마을로 돌아오면, 드넓은 갯가를 넘어서면 낮은 산들이 서로 어깨동무를 하고 한여름 햇볕에 조는 듯 편안하게 앉아 있었는데 그게 또 그렇게 포근하고 나른할 수가 없었다. 낮은 산엔 상수리나무와 대나무가 가득했다. 희부연 가을 하늘 아래 바람 한번 불면 쎄, 쎄 하면서 숲이 우는데, 아직도 그 시원한 노랫소리가 귓가에 남아 있단다. 참 살기 좋은 곳이었다. 거기가 나의 세상이었다. 우리 마을, 금강, 황산 다리, 그리고 강경 포구의 불빛. 그게 다였어.

내 아비는 타고난 농부였어. 일제 시절 초기에 마을에 정착해서 우리 마을에선 방귀 소리가 제일 큰 최씨 일족의 금강 갯벌 논을 신줏단지처럼 모시는 소작농이었지. 내 아비는 술만 마시면 죽기 전에 내 땅 한 평이라도 마련하겠다고, 두고 보라고 큰소릴 쳤지만 불행히도 마흔둘의 나이로 일찍 세상을 뜰 때까지 자기 소유 논은 한 평도 가져보지 못했어. 아비가 죽은 후 해주 최씨 일족의 허드렛일을 하는 게 어미의 평생 직업이 되었지. 늘 아비와 어미가 최씨들에게 굽실대는 걸 보면서 자랐지만 그걸 속상해하거나 화를 내거나 한 적은 없다. 왜냐하면 태어날 때부터 상황은 그랬으니까. 그냥 당연하게 최씨 가문은 하늘이고 우리 같은 것들은 땅이라고 믿고 살았지. 우리만 그런 게 아니고 마을 사람 모두 다 그랬어. 아들을 못 낳았다고 아비가 어미와 우리 딸 셋을 구박했지만, 그것도 그냥 남자로 태어나지 못한 게 죄인 줄 알고 당연하게 받아들였다. 그런 건 어릴 때 내 관심을 끄는 일이 아니었어.

난 굉장히 밝고 활달한 계집아이였단다. 매일 뜀을 뛰고 금강에서 피라미를 잡고 야산에서 뱀, 들판에서 메뚜기, 논에서 개구리와 우렁이를 잡는 재미로 날 새는 줄 몰랐지. 너, 우여라고 아냐? 금강에서 잡히는 기막히게 쫄깃쫄깃한 물고기인데,

애들은 아무리 그물을 풀어도 잡지 못했지. 어쩌다 어른들이 잡은 우여를 한두 마리 얻으면 그땐 마을 꼬맹이들이 생일날보다 더 기뻐하며 잔치를 벌였단다. 그놈은 비린내 하나 없어서 비늘 벗겨내고 쓱쓱 칼로 살을 발라서 된장만 넣고 밥에 비벼 먹으면 말 그대로 꿀맛이었지. 우리 마을은 우렁 된장국과 상수리묵으로 유명했지만 난 지금도 우여가 제일 기억나는구나. 학교는 우리 딸 셋 모두 소학교 3학년까지만 다니는 게 전통이어서 조금 아쉬웠어도 쉽게 포기해 버렸어. 아무튼 난 뭐가 가난이고 뭐가 차별이며 뭐가 억울하고 뭐가 슬픔인지 전혀 모르고 어린 시절을 보냈단다.

10대 중반이 되어 가슴이 나오고 월경이 시작되었어도 내 인생은 별반 다를 게 없었어. 아비에게 계집년이 선머슴 같다고 혼이 나도 어미에게 몰래 강경 포구에 갔다는 이유로 매운 종아릴 맞아도, 어린 내가 하기엔 조금 과한 이불 빨래, 피 뽑기, 여물 주기 등등 힘든 일을 감당할 때도 난 별로 불행하다는 생각이 없었어. 매일매일 깔깔대며 나는 쑥쑥 커갔어. 열네 살을 넘기면서 지난번 그 홍갭이가 괜히 내 앞에선 남자인 척 웃긴 짓을 하기 시작했고 난 어렴풋이 다른 계집애들처럼 나이가 차면 그런 홍갭이와 결혼하고 애를 낳고 최씨 가문 허드렛일을 하며 사는 게 당연한 내 인생이라고 믿었어. 홍갭이는, 내가 아주 어릴 때부터 항상 내 옆에 있었던 홍갭이는 그땐 참 좋은 동무였어. 사내아이들이 내게 짓궂은 장난을 할라 치면 홍갭이는 몇 살 위 사내아이라도 주먹을 쥐고 달려들었어. 한겨울에 냇가에서 빨갛게 된 손으로 빨래를 하면 내 손이 얼까 봐 옆에서 발을 동동 굴렀지. 집에서 무거운 짐을 들라고 하면 난 좌우를 둘러보며 홍갭이부터 찾았단다. 뭐든 맛난 게 생기면 무작정 내게 달려오던 홍갭이, 그놈의 선한 눈매와 잘생긴 코가 아직도 생생하구나. 그땐 그놈이 참 괜찮은 놈이었단다. 아무튼 그런 홍갭이와 내 세상이 하루아침에 깨지고 우리 둘 인생이 최씨 집안 며느리와 남들 손가락질 받는 순사보로 바뀐 건 바로 짝불이, 네 할아비, 최종태 때문이었단다.

지금처럼 무더운 한여름 날이었다. 이런, 아직도 그날의 싱싱한 공기, 그 달달한 맛도 기억나는구나. 내가 열다섯 때였을 거야, 아마. 언제나 그랬듯이 또래 친구들 여럿이 부모 눈을 피해 금강으로 가서 다리 밑 그늘에 모여 앉아 강물에 발을 담그고 놀다가 물수제비 뜨기를 했어. 그때 벌써 이성에 눈을 뜬 애들은 남몰래 둘이 더 으슥한 곳으로 사라져서 못된 짓을 했지만 난 그런 면에선 눈을 늦게 떠서 그랬는지 종아리를 다 내놓고 남자애들과 어울려 물수제비를 날리느라 정신이 없었지. 한참 신나게 납작한 돌을 날리는데 한 아이가 소리를 질렀어. '짝불이다' 하고 말이야. 애들 시선을 따라 나도 고개를 들고 하늘을 봤지. 황산 다리 위, 거기에 네 할아비가 서 있었단다. 네 할아비 뒤로 파란 하늘이 천천히 서쪽으로 흘렀지.

네 할아비가 왜 짝불인 줄 아냐? 네 할아비는 최씨 일문 장손 집안의 외동아들로 태어났단다. 온 마을이 기다리던 아들이었지. 그 기쁜 순간, 네 할아비를 받은 산모가 벌벌 떨며 집안 어르신께 고한 거야.

아이 그게 한쪽밖에 없어요.

최씨 가문에 난리가 났어. 그게 얼마나 중요한 건데, 이게 무슨 청천벽력인가. 그래서 의원을 불러 다시 검사를 했어. 다행히도 의원이 피부 속에 숨어 있던 다른 한 짝을 찾아냈어. 수종이라고 고환에 물이 차서 한쪽으로 처진 걸 산모가 오해한 거였어. 그렇게 사건은 끝났는데 소문은 쉽게 끝나지 않았어.

최씨네 장손은 짝불이다.

그런 거 있잖아, 곰보라도 그냥 평범한 남자가 곰보라면 소문이 되지 않지만 대갓집 마님이 곰보라든가, 아니면 왕족 누가 곰보라면 소문이 절대 사라지지 않는 거. 그래서 네 할아비는 온 마을은 물론 강경과 논산까지 짝불이로 유명해진 거야.

아무튼 그 짝불이가, 하늘 집안의 장손이 정말 하늘에서 땅의 우리를 내려다보고 있었지. 짝불이는, 얼굴은 저녁 햇볕에 가려 역광을 타고 새까맣게 보였지만 말쑥한 교복이, 폼 나는 휘문의숙 교복이, 짝불이가 입은 교복이 내 눈에 들어와서 곧바로 마음으로 달려가 콱 박히고 말았단다. 난 그때 줄 세운 바지를 처음 봤다. 짝불이 뒤의 저녁 햇볕도 다 짝불이로 보였다. 그렇게 네 할아비는 내겐 빛으로 보였단다. 짝불이도 계속 날 보고 있었어. 처음엔 우리 모두를 휘둘러보다가 내 앞에서 딱 시선이 멈췄지. 우리가 모두 올려다봐도 다른 시선은 무시하고 나만 쳐다봤어. 난 느낄 수 있었어. 최씨 집안 도련님이 내게 한눈에 반해버린 거야. 나중에 네 할아비가 그러더라고. 내가 환하게 웃는 모습이 꼭 당대의 배우, 3천만의 연인 문예봉을 꼭 빼닮았다나 뭐라나. 아무튼 짝불이는 내 웃음 때문에 발길이 떨어지지 않았다는 거야. 우린 굉장히 오랫동안 서로에게서 눈을 떼지 못했어. 홍갭이가 갑자기 내게 물을 뿌려 분위기를 깨지 않았다면 아마도 밤이 내릴 때까지 그대로 그 자리에 서서 서로를 쳐다봤을지도 몰라. 홍갭이는 그때 느낀 거야. 그 무식한 자식에게도 뭔가 느낌이란 게 온 거지. 불쌍한 홍갭이. 그게 시작이었어. 그 뒤로 3년의 시간이 흘렀지. 네 할아비는 계속 경성, 그러니까 지금의 서울에서 유학을 했고 난 집안일을 돕다가 본격적으로 직업여성이 되어 최씨 가문 허드렛일을 시작했고. 그리고 홍갭이와 혼사가 오갔지.

늦가을이었어. 흑갈색 낙엽 떨어지고 뒷산 대숲이 밤마다 바람을 부여 쥐고 울던 시절이었지. 시집을 간다니까 괜히 코가 맹맹한 거야. 상수리나무에서 떨어진 열매만 봐도 괜히 목구멍이 간지럽고 그랬어. 뭐라고 한마디로 할 순 없지만 가끔씩 휘문 교복이 눈앞을 오가면서 눈가엔 눈물이 고이곤 했지. 난 아무에게도 얘기하지 않고 강경으로 나가서 거리를 쏘다녔어. 거기서 거짓말처럼, 영화처럼 다시 만났단다, 네 할아비를. 네 할아비가 왜 그때 강경에 있었는지는 아직도 잘 모르겠다. 어쨌든 젓갈 거리 앞을 막 돌아서서 약방 골목으로 들어서는데 그 양반이 양조장 앞에서 갑자기 나타나 날 불렀어. 내가 얼마나 놀랐겠냐? 경성에 있어야 할 사람이 갑자기 강경 읍내에 나타났으니. 내 눈이 휘둥그레지자 네 할아비가 깔깔대며 웃었지. 지금은 모르겠지만 그땐 네 할아비 웃음이 참 좋았다. 눈부시게 하얗고 해맑은 웃음이었지. 난 당황해서 어쩔 줄 몰랐고 네 할아비도 한바탕 웃고 난 뒤엔 무슨 말을 해야 할지 몰라 고개만 이리저리 돌리고. 그러다가 네 할아비가 갑자기 내 손을 잡았어. 어찌나 가슴이 뛰던지. 무슨 쌉쌀한 꽃잎을 씹은 기분이라고 할까. 그러곤 네 할아비가 말도 안 되는 소릴 하는 거야, 경성에 같이 가자고. 경성 구경 시켜주고 싶다고. 말도 안 되는 소린 줄 알면서도 난 아무 말도 못하고 네 할아비를 따라나섰어. 미쳤던 거지. 참, 지금 생각해도 미쳤던 거야.

기차를 타고 경성역으로 왔어. 처음 타보는 기차였고 처음 먹어보는 우동이었고 처음 보는 풍경들. 난 꿈길을 걷는 기분으로 경성역에 내려서 경성의 넓디넓은 길을 네 할아비를 따라 걸었어. 한참을 걸었는데 눈 깜짝할 사이 같았지. 남대문도 처음 보고 미쓰꼬시 백화점도 처음 보고 보신각을 돌아 휘문의숙에 도착했지. 거기에 그게 있었다. 귀족의 향이 배어 있는, 함부로 범접할 수 없는. 바로 휘중당이었지. 지금은 없어지고 그 자리에 현대 본사가 있더구나. 담쟁이덩굴로 뒤덮인 빨간 벽돌 집. 말로만 듣던, 알싸한 구라파 냄새가 진동하는, 저 안에 있는 사람들은 다 하늘 같은 휘중당. 내가 갑자기 붕 떠올라 하늘이 된 것 같은 느낌이었다. 내가 네 할아비와 결혼한 이유는 딱 하나, 바로 그 휘중당 때문이었다. 난 네 할아비와 혼인한 게 아니라 휘중당과 결혼한 것이야. 그날 밤, 네 할아비와 난 부부가 되었다.

최씨 가문에선 참 지독히도 반대를 했다. 그 사람들이 솔직히 참 유한 사람들이었는데 날 받아들이는 것에 대해선 아주 섬뜩한 날을 세우고 끝까지 잔인하고 집요하게 날 밀어내려 했지. 내 사지를 찢어놓겠다고 협박을 하고 그때 돈으로 무려 100환을 주겠다고 하기도 하고. 제일 견디기 힘들었던 건 내 어미의 반대였다. 어미는 마치 내가 무슨 대역죄라도 저지른 듯 아주 복날 개 잡듯이 날 두들겨 팼어. 머리도 잘렸고 호미에 손가락이 반쯤 잘려나가기도 했지. 지금도 그때 상처가 남아 있어. 하긴, 지금에야 그게 혹독한 반대였다고 해도 당시로 보면 사실 당연한 것이었지. 그때 세상이 그랬다. 하늘과 땅은 다른 인간들이었거든. 그걸 깨겠다고 했으니. 아무튼 지독한 반대로 우린 혜

어지는 줄 알았다. 그런데 네 할아비가 약을 먹고 쓰러진 거야. 음독 뒤엔 단식 투쟁, 마지막으론 일본군에 지원하겠다고 온 집 안을 협박했고, 그리고 내가 네 아비와 고모, 쌍둥이를 가졌다. 결국 우린 기막힌 혼인을 하게 되었단다.

우리 혼인은 주변에서 일대 뉴스였지. 하늘들은 난리가 났다. 멀리 예산에서도, 청주에서도 우리 혼인을 말려야 한다는 편지 가 최씨 가문에 날아왔다고 한다. 이웃 마을, 풍양 조씨 가문에 선 이 혼인을 하면 최씨 가문과 교류를 끊겠다고 했다니까. 지 금 생각하면 그래도 최씨 가문이 유순한 사람들이라서 우리 혼 인이 성사되지 않았나 싶다. 하지만 그땐 최씨의 최 자만 들어 도 이가 갈렸어. 치 떨리는 시집살이 얘긴 하고 싶지 않다. 꼭 한마디 한다면 최씨 집안에서 날 사람으로 취급한 인간은 단 한 명도 없었다. 학문과 기품으로 소문난 집안이라 그런지 대놓 고 박대하진 않았지만 그 냉정함이란. 나중엔 차라리 대놓고 박 대하길 바랄 정도였다.

이런 스토리다. 그러니까 난 짝불이라는 최씨 가문 장손보다 도 경성의 휘중당, 그 빨간 벽돌과 담쟁이덩굴, 그리고 빛나던 교복과 결혼한 것이고 혼인 한번 하려고 지독하게 맞다가 죽을 뻔했고 그 넓은 강경뿐 아니라 주변에서도 모르는 사람이 없을 정도로 소문난 기적 같은 혼인을 했고 혼인 후에는 참 눈물 쏙 빼는 시집살이를 했다. 그게 전부야. 하지만 혹시 그때로 돌아가서 다시 선택의 기회가 주어진다면, 그래도 난 짝불이를 선택할 거야. 그게 그렇더구나. 사람이 아무리 머리로 산다고 해도 한번 가슴이 동하면 머리 같은 건 정말 쌀 한 톨보다도 못한 게 되더라고. 나중에 후회를 해도, 다시 그 순간이 돌아오면 어쩔 수 없이 또 가야 하는 길. 이제 죽을 때가 돼가니 비로소 알 수 있단다. 그게 사람 사는 길이야. 뜬구름 같은 거 말이야.

할머니 과거 얘기를 듣고 나니 수수께끼 하나가 저절로 풀렸다.

기다림의 연속이 이어지던 어느 날 아침 10시, 신문 폐지와 빈 병을 한가득 들고 아파트 현관을 나섰다. 현관 구석 재활용 적재함에 신문 더미를 던지는데 자꾸만 뒤통수가 가려웠다. 뒤를 돌아봤지만 특별한 건 없었다. 병을 분리해서 재활용 통에 넣었다. 또 뒤가 따가웠다. 휙 고개를 돌렸다. 이번엔 뭔가가 잡혔다. 흰색으로 보이는 개 꼬리 같은 게 오른쪽 눈 끝에 잔영으로 남았다.

뭐지? 사람인가? 누구지? 상운가? 아니면 혹시?

모른 체하고 나머지 병을 정리했다. 손을 툭툭 털고 아파트 현관 앞까지 느릿하게 걷다가 빠르게 몸을 돌려 현관 옆을 돌았다. 먼저 모자가 보였다. 여름 해변에서 자주 볼 수 있는 밀짚모자, 그 아래 흰 머리카락, 그 밑에 흰 양복. 한 노인네가 바쁘게 발을 놀리며 멀어졌다. 내가 갑자기 몸을 돌리자 화들짝 놀라 달아나고 있음이 분명했다.

노인네 속도에 맞춰 뒤를 쫓으면서 누군가 생각해 봤다. 익숙한 뒷모습은 아니었다. 한번 불러볼까 했는데 노인이 고개를 돌렸다. 그때서야 알아차렸다. 부여의 밤, 느티나무에서 튀어나왔던 이홍갑 노인이었다. 가슴 끝이 살짝 아렸다. 노인이 걸음을 멈췄다. 앞을 가로막으며 살짝 고개 숙여 인사를 했다. 노인이 숨을 거칠게 몰아쉬었다. 노인의 눈알이 쉴 새 없이 흔들렸다.

우리 집에 오셨어요?

아니다.

우리 집에 오신 게 아니에요?

아니다.

그럼 왜 우리 집 앞에 계세요?

그냥 서울에 일이 있어서 온 김에 한번 와봤다.

노인은 할머니를 만나러 왔다. 분명했다. 다만 진짜 만나려고 온 건지 그냥 살펴만 보러 온 건지 그건 알 수 없었다. 왜 왔을까? 머리가 복잡해졌다. 노인은 숨을 고르더니 헛기침을 했다.

집엔 별일 없냐?

네.

할아버진 안녕하시고?

네.

뭘 묻고 싶은지 대강 눈치챘지만 난 그냥 대답만 하기로 했다. 고스톱을 칠 때도 우선 상대 패를 파악해야 확실하게 제압할 수 있다. 내가 서두를 이유가 없었다. 잠시 혀로 마른 윗입술을 적신 노인이 시선을 멀리 두고 슬쩍 물었다.

손님은?

네?

너희 집 손님 말이다.

저희 집에 손님 안 오셨는데요?

이홍갑 노인은 말문이 막힌 듯했다. 노인은 땀만 줄줄 흘리더니 혀로 또 입술을 핥았다. 입술이 바짝바짝 타는 모양이었다.

미국에서 온 분 말이다.

아, 할머니요?

그래. 잘 계시냐?

뭔가 감추고서, 강아지처럼 꼬리를 말고서 탐색만 하는 것같아 노인이 얄미웠다. 그래서 확 치고 들어갔다.

할머니 만나러 오셨어요? 집에 들어가시죠. 아니면 할머니 나오라고 할까요?

노인 눈알이 다시 심하게 흔들렸다. 격하게 어깨를 떨더니 손사래를 쳤다. 흔들리는 눈을 보며 나는 누명을 썼다는 할머니 말이 다 맞을지도 모른다는 생각이 들었다. 그냥 그런 기분이 들었다.

아니다. 내가 왜 네 할머니를 만나냐? 그냥 서울에 일이 있어서 왔다가.

나는 직구를 던지기로 결심했다. 그럴 타이밍이었다. 변화구에만 익숙했던 내가 막상 직구를 사용하려니 용기가 필요했다. 아랫배와 발가락에 힘을 주고 목을 꼿꼿이 세웠다.

우리 할머니 말씀으로는 아주 오래전에 어르신께서 뭔가 거짓말을 하셨다고 하던데, 혹시 그 일 때문에 오셨나요?

좀 심하다는 생각도 들었지만 할머니를 위해 공을 인코너로 날카롭게 쑤셔 넣었다. 결과는? 대만족이었다. 노인은 크게 흔들렸다. 너무 흔들려 넘어질 뻔했다. 난 노인이 진정될 때까지 가만히 서서 기다렸다. 거의 1분가량 흔들리던 노인이 가까스로 진정을 했다. 진정한 노인은 눈을 부릅뜨고 이를 악물었다. 흔들리는 동안 이미 다 속을 봤는데 노인은 가엾게도 다 늦은 타이밍에 배트를 휘둘렀다.

무슨 말인지 하나도 모르겠구나. 네 할머니는 아주 유명한 거짓말쟁이다. 난 이만 가보겠다.

돌아선 노인에게 결정구를 꽂았다.

할머니께서 이제라도 늦지 않았으니 진실을 밝혀달라고 하셨습니다. 진실만 밝혀주시면 용서하겠다고. 무슨 말인지 아시죠?

스트라이크아웃. 노인은 대답 없이 멀어져갔다. 하지만 아주 소중한 확신을 건져냈다. 1분여 흔들리던 노인의 눈, 그 텅 빈 눈 속에 할머니의 억울함이 들어 있었다. 그러나 그런 확증이 뭘 변하게 할 순 없었다. 이홍갑 노인이 왜 그랬는지, 왜 할머니를 궁지로 몰아세웠는지 난 자세한 내막을 몰랐고, 그래서 이홍갑 노인의 출현을 누구에게도 얘기하지 않았다. 하지만 이제 다 알게 되었다. 그런 기분이었다.

긴 얘기를 마친 할머니는 한숨을 여러 번 길게 내쉬며 이마의 땀을 닦았다. 아직도 60억 얘기는 감감무소식이었으나 난 여기서 멈추기로 했다. 지금 할머니에겐 휴식이 필요했다. 다음 기회를 노려야지.

부엌에 가서 어머니의 장미꽃 무늬 잔에 주스를 따라 할머니께 드렸다. 할머니는 한숨에 주스를 들이켰다. 조금 기운이 났는지 할머니가 특유의 '하' 소리를 내며 살짝 웃었다.

할머니와 난 다시 작품에 몰두했다. 할머니의 새 작품은 여전히 어머니를 그리워하는 두 아이였다. 내 서툰 새 작품은 동생이었다.

"동생에게 뭐가 미안하냐?"

"동생이 좀 이상한 것 같아요. 불안한데 뭔지 모르겠어요."

"그럼 물어봐."

"그게 쉽지 않아요."

"동주 일은 동주가 알아서 할 거다. 넌 네 일에나 신경 써."

할머니에게 동생이 잡은 증거가 뭔지, 정말 거액을 투자해줄 건지, 동생과는 어디까지 진행된 건지 직접 물어보고 싶었다. 그래도 될 것 같기도 했고 안 될 것 같기도 했다. 그러다가 간신히 입을 뗐다.

"할머니는 거실에서 왜 창밖만 바라보나요?"

한동안 작품에만 몰두하던 할머니. 수줍은지 얼굴을 붉혔다.

"얼굴이 보고 싶어서. 네 아비도 너도 동주도, 달자도 다 얼굴이 보고 싶어서."

"그런데 왜 창밖을?"

"직접 보긴 뭣해서 창에 비친 모습을 보는 거란다."

그게 뭐? 별것 아닌데 뒷목이 저릿하며 울컥 눈물이 밀려 올라왔다. 여기서 울면 진짜 창피할 것 같아 꾹 참았다. 다른 얘길 하자. 그래야만 할 것 같았다.

"미국에서 아버지랑 고모가 보고 싶을 땐 어떻게 했나요?"

"보고 싶다는 생각보다는 미안하단 생각이 먼저였어. 그런데 난 돌아갈 수 없었고, 그래서 종이를 접은 거야. 내가 아이들을 위해 해줄 수 있는 게 없어서."

"할아버지가 보고 싶지는 않았나요?"

할머니는 몇 번이나 입가를 씰룩대더니 다시 입을 닫았다. 하지만 난 답을 이미 알았다.

얼마나 눈앞에서 아른거렸을까? 가슴이 동했다지 않은가?

5년 만의 입맞춤

@@@@

       가슴이 동한다는 것. 나도 사랑을 해봤기에 그 뜻을 알았다. 사실 가슴이 동하지 않은 연애는 연애가 아니다. 그것은 결국 어떻게든 깨지게 되어 있다. 난 정신연령이 낮은 벌레 같은 실업자지만 적어도 사랑에 대해서만은 나만의 확신과 견해가 있다. 그런 의미에서 나는 동생이 과연 J에게 가슴이 동했는지 의문이 들었다.

   동생은 스마트폰이 나오자마자 휴대폰을 바꿨다. 스마트폰엔 어떤 게임이 들어 있는지 궁금했지만 동생에게 휴대폰을 쓰자고 해봤자 들어줄 리 만무했다.

   며칠 동안 찬찬히 동생의 습관을 관찰했다. 동생은 집에 오면 스마트폰을 책상에 던져놓고 주로 아이패드를 사용했다. 그러니까 휴대폰은 외출용이었다.

몇 번의 망설임 끝에 새벽 시간을 이용해 동생 휴대폰을 손에 넣었다. 걸리면 딱딱대는 잔소리를 적어도 한 달 이상 감수해야 했으나, 혹시 부모님께 이르면 당분간 용돈 없는 생지옥을 겪어야 할지도 몰랐으나 그만큼 스마트폰 게임의 유혹은 컸다. 밤에만 잠깐 빌리는 건데 괜찮지 않을까?

휴대폰은 잠겨 있었고 난 온 가족 생일과 내가 아는 동생의 기념일을 몽땅 눌러보며 비밀번호를 풀기 위해 끙끙대야 했다.

사흘 만에 비밀번호를 풀었다. 번호는 동생이 전임강사가 된 날짜를 거꾸로 입력한 숫자였다. 일주일에 두세 번, 동생 몰래 스마트폰 게임을 했다. 공짜 게임만 하려니 아쉬웠지만 꼬리를 잡히지 않으려면 할 수 없는 일이었다. 공짜 게임은 비교적 단순해서 금세 싫증이 일었다. 게임에 흥미를 잃고 난 뒤엔 가끔 동생 카톡을 훔쳐봤다. 거기서 J란 인물을 알게 되었다.

카톡에 따르면 J와 동생은 보통 연애가 아닌 정신적 교감을 나누는 사이라고 했다. 육체적 관계완 전혀 무관한, 그러니까 서로의 정신, 또는 영혼을 존중하며 사랑하며 서로 소통하며 정신, 또는 영혼을 나누고 공유하는 그런 관계라고 했다.

예를 들면 이런 거였다.

- J: 생텍쥐페리를 만나러 가요.

- 동주: 어디로요?

- J: 유감스럽게도 사하라 사막은 아니고요. 대관령이요.

- 동주: 아, 나도 거기 가면 어린왕자 생각나던데.

- J: 역시. 생텍쥐페리는 개인적 존재보단 인간과 인간의 정신적 유대에 몰두했지요. 우리처럼.

- 동주: 그러면 우리 중 누가 어린왕자?

- J: 당연히 동주 씨 ㅋㅋ

이런 오글거림이란. 너무 오글거려 견디기 힘든, 주먹으로 벽이라도 치지 않고는 얼굴 화끈거림을 진정할 수 없는 그런. J란 친구는 그렇다 치고 동주가, 어떻게 동주가 이런, 여고생도 안 하는 유치찬란한 멘트를 천연덕스럽게 늘어놓는 것인지.

이런 것도 있었다.

- J: 붉은 포도밭 말입니다.

- 동주: 고흐요, 유일하게 팔린 작품이죠.

- J: 그걸 팔고 어머니에게 보낸 편지를 보면 눈물이 나요.

- 동주: 브뤼셀에서 제 그림 한 점이 400프랑에 팔렸어요. 약소한 액수이긴 하지만 바로 그 때문에 저는 생산적인 활동으로 그림이 적절한 가격으로 팔릴 수 있도록 노력하고 있어요.

- J: 역시. 저는 개인적으로 고흐의 그림을 사준 앤 보슈 같은 인물이 존경받아야 한다고 생각합니다. 그녀가 고흐에게 준 희망 때문에 오늘 우리가 고흐의 그림과 소통할 수 있었겠지요.

- 동주: 동감이에요.

난 정말 웃었다. 동생이 아무리 예술에 조예가 깊다 해도 어떻게 그런 편지 내용을 암기하고 있을 수 있겠는가? 분명히 카톡 중간에 잽싸게 검색해서 쓴 것 아닌가? 앤 보슈인지도 그렇다. 진정 J는 평소 고흐의 그림을 샀다는 귀부인 이름을 암기하고 있었을까? 100프로 '아니올시다'였다. 그도 카톡 도중에 신나게 검색했겠지. 이게 뭔가? 마치 영화 〈넘버 3〉에서 한석규가 한 대사, '백조가 물 위에선 우아해 보이지만 물 밑에선 좆나게 헤엄치고 있는 거야'와 다를 게 뭐가 있는가?

난 그래서 그들의 정신적 교감이라는 게 굉장히 웃겼다.

남녀 사이에 정신은 무슨 얼어 죽을 정신이고 교감은 또 무슨 귀신 씨나락 까먹는 소린지. J란 인물이나 동생이 나보다 훨씬 잘났고 지적인 사람들임은 분명하므로 혹시 나 같은 인간은 절대 알 수 없는 그런 교감이 있을 수 있지 않을까 한 적도 있었다. 그러나 정말 그런 사이가 가능하다 해도 내가 보기에 적어도 J는 정신 운운하는 고결한 관계에 만족할 인물은 아닌 것 같았다. 아무튼 둘은 그런 교감을 나눈다면서 카톡으로 열심히 세상 속 다양한 이야기와 온갖 예술, 문화에 대한 잡담, 그리고 가끔은 명언과 격언을 나누며, 물론 그와 동시에 열심히 검색을 하며 사뭇 진지하게 정신적 교감 관계를 유지했다.

동생이 스마트폰을 3G에서 4G로 바꿀 때부터 둘 사이에 약간의 변화가 있었다. 4G는 비밀번호가 아니라 패턴으로 잠그는 형태라서 폰을 여는 데 하루 정도만 소비했다. 하루 쉬고 동생 카톡을 열었더니 그 하루 사이 무슨 일이 있었는지 J가 조금 변해 있었다.

변화는 그리 크지 않았지만 나처럼 동생 카톡을 며칠에 한 번씩 한꺼번에 읽는 이에겐 어렵지 않게 보일 정도였다.

J가 동생에게 반말을 했다. 깍듯했던 말이 반토막 나자 그의 시커먼 속이 더 선명하게 보였다. 이때부터 J는 슬슬 음악회 표를 사는 둥, 한밤에 갑자기 보고 싶다는 둥, 동해 바다에 가자는 둥, 북해도 여행을 가자는 둥, 동생을 보채기 시작했다. J가 보채고 동생이 발을 빼는 와중에 갑자기 동생이 스마트폰 패턴을 바꿔버렸다. 패턴만 바꾼 게 아니라 집에 오면 스마트폰을 꼭 챙겨 곁에 두더니 잘 때도 머리맡에 두고 잤다.

동생이 눈치챈 것 같았다. 그런데 아무 말이 없었다. 평소 같으면 벌써 난리가 났을 텐데. 이런 것 같았다. 눈치를 쳤으나 물증이 없었고 물증이 있어도 J 얘길 나와 까놓고 하기엔 뭣해서 동생은 그냥 넘어가기로 한 것 같았다.

동생이 우메기떡을 만나 보라고 해서 또 전철을 타고 강남역으로 갔다.

재즈 바 '열정'. 강남역 사거리, 온통 강화유리로 도배를 한 22층 건물 지하에 있다. 낮 시간에 '열정'은 깊은 잠을 잔다. 낮 시간에 그곳이 '열정'이라는 걸 알 수 있는 단서는 어디에도 없다. 지하 입구엔 하얀 배경에 중절모를 쓴 키 큰 남자가 트럼펫을 연주하는 모습이 검은색으로 새겨져 있는 작은 간판 하나뿐. 거기엔 '열정'이라든가 '재즈'라는 어떤 단어도 찾아볼 수 없다. 그런데도 재즈 바 '열정'은 알 만한 사람은 다 아는 유명한 바라고 한다. 우메기떡 얘기로는 그렇다. 그에게 알 만한 사람이 누구인지 물어보진 않았다. 양주나 와인을 마시면서 무대에서 노래도 하고, 자신 있으면 직접 연주도 하고 일주일에 세 번, 정해진 시간이 되면 꽤 이름이 알려진 재즈밴드가 나와 제법 감동적인 음악을 들려준다고 하는데. 한마디로 여긴 꽤 비밀스러운 장소였다.

저녁 7시, 강남역 4번 출구에서 우메기떡과 만나 어색한 인사를 나누고 그의 단골집이라는 일식집, 정말 깨끗하고 조용한 식당에서 일인당 12만 원짜리 저녁 정식을 먹고 입가심으로 삿포로 맥주 세 병을 나눠 마신 뒤 밤 9시 넘어 이곳으로 자리를 옮겼다.

50평쯤 되어 보이는 넓은 홀에 테이블은 딱 여덟 개. 그중 세 테이블에 손님이 들었다. 낮게 깔리는 부드러운 재즈 선율. 싱가포르 항공 스튜어디스처럼 친절하면서도 기품과 교양이 느껴지는 세 명의 미녀. 그리고 깊숙이 가라앉는 소파에 몸을 맡기고 마시는 17년산 발렌타인이라니.

스트레이트로 연거푸 석 잔의 위스키를 들이켠 우메기떡은 성큼성큼 중앙 무대로 나가더니 반주자에게 눈웃음을 던졌다. 반주자는 물어보지도 않고 곧바로 신디사이저 소리를 울렸고 그는 아무런 망설임도 어색함도 보이지 않고 마치 예정된 무대에 오른 듯 청명한 목소리로 '오버 더 레인보우'를 부르기 시작했다.

우메기떡은 노래를 기막히게 잘 불렀다. 남자가 봐도 그런데 하물며 여자들에겐. '열정'의 세 미녀들은 그의 노래에 완벽하게 빠져들고 있었다. 여자들은 모두 동글동글한 외모를 좋아하는 모양이었다. 난 그가 준 명함을 한참 동안 들여다봤다.

'법무법인 XX 변호사 노진호.'

어제 동생이 화장실에 들어가 있는 동안, 그 짧은 시간에 기적적으로 새로운 패턴을 풀고 동생의 카톡을 실로 오랜만에 훔쳐봤다.

- J: SW소프트는 곧 파산할 듯.

- 동주: L전자는?

- J: 걱정 말라니까. 그나저나 북해도 갈 거야, 말 거야?

- 동주: L전자 미팅 잡히면 연락 줘요.

- J: 너무 사무적인데. 화났어? 왜? 어젯밤 때문에 그래?

- 동주: 그 얘기 하고 싶지 않아요.

- J: 화났다면 미안. 내가 많이 취했어. 하지만 내 진심이었어.

사랑해.

여기까지만 읽었다. 짧은 대화였으나 난 모두 알 수 있었다.

노진호가 자리로 돌아왔다. 내 빈 잔에 술을 따르며 그가 다시 환하게 웃었다.

"진작 이런 자리를 마련했어야 했는데, 죄송합니다."

노진호는 나보다 열 살 위였다. 하지만 그는 내게 깍듯이 존대를 했다.

"최 교수에게 말씀 많이 들었습니다. 실력이 있는 분인데 불운하셔서 지금까지 어려움을 겪으셨다고."

거짓말이었다. 동생이 내 얘길 했을 리가 없다. 이자는 새빨간 거짓말을 예의랍시고 아무렇지도 않게 하는 전형적인, 상투적인, 그런 인물이었다.

"제가 힘이 닿는 데까지 돕겠습니다. 앞으로 잘 부탁드립니다."

뭘 부탁한다는 건지. 이 말은 내가 해야 하는 말인데. 오랜 실업자 생활로 잃은 것, 자신감, 능력, 용기, 사람 대하는 것, 그리고 나 자신. 그러면 오랜 실업자 생활로 얻은 것은? 진실, 진정, 진심을 알아보고 가식, 헛웃음, 거짓말을 꿰뚫어 보는 것. 난 이자의 불필요한 멘트가 싫었다.

한순간 그의 눈에서 빨간 불빛이 튀었다. 비로소 본론이 시작될 모양이었다.

"짧게 본론만 말씀드리겠습니다. 동주, 아니 최 교수에게 다들었거든요. 저는 SW소프트 외에도 다른 길을 추천해 드리고 싶습니다. 오해는 없었으면 하고요, 우선 제가 세 가지 제안을 하려고 합니다."

말이 길고 긴 J, 짧게 얘기한다고 했으면서도 길고 긴 J, 동생에게 북해도 여행을 가자고 보내는 J, 나쁜 자식. 제발 빨리 문제를 내라. 그러면 내가 답을 찍을게.

"첫째, 최 교수는 아직도 오빠가 선생님을 했으면 합니다. 비록 나이가 30대 중반으로 늦은 감이 없진 않지만 그렇다고 평생의 꿈을 포기하기엔 너무 이른 나이가 아닌가 하는 생각입니다. 결심만 하신다면 제가 도울 수 있을 것 같습니다. 재작년에 제 부친께서 경기도 포천에 있는 중고등학교를 인수했습니다. 좀 멀긴 하지만 굳이 포천으로 이사하지 않아도 노원에서 출퇴근이 가능한 거리입니다. 오빠만 결정하신다면 제가 책임지고 국어 교사 자리를 만들어내겠습니다."

교사라. 35세의 신입 교사. 포천이면 어떻고 강원도 산골짜기면 어떻겠는가? 그런 건 문제가 되지 않았다. 다만 우메기떡 아버지가 운영하는 학교라. 난 계속 포커페이스를 유지하며 또다시 한 잔을 들이켰다. 머리가 빙빙 돌았다. 이자가 날 부르는 호칭이 웃겼다. 오빠라니. 내가 자기 오빠인가?

"둘째 조건은 취직입니다. 집에서 너무 작은 기업을 소개해서 오빠께서 싫다고 했다고 들었습니다. 충분히 이해합니다. 요즘 같은 불경기에, 튼튼하다고 알려진 회사도 픽픽 쓰러지는 판에 그런 곳에서 어떤 꿈을 키우며 땀을 흘릴 수 있겠습니까? 저는 충분히 이해합니다. 그래서 규모는 그렇게 크진 않지만 대신 내부적으로 아주 탄탄한 회사를 알아봤습니다. 제 형이 L전자 임원으로 있는데요."

아는 얘기였다. 그래서, 왓?

"L전자 협력 회사 중에 대영소재라고 있는데 반도체 타깃 부품을 일본에서 독점 수입해서 저희에게 공급하는 회사입니다. 부품 조립하는 자체 공장도 운영하는데 아주 건실한 회사죠. 그곳 사장이나 2세 모두 제 형과 한 가족처럼 지내는 사이거든요. 이미 얘기는 해놨고요, 오빠만 오케이 하시면 당장 내일부터라도 출근하실 수 있습니다. 일단 과장급으로 시작해서 한 10년 일 배우시면 그때 독립하셔서 뜻을 세울 수도 있습니다. 어떻습니까? 저를 한번 믿고 해보시겠습니까?"

나는 국문과 출신이고 엠피스리 작동법도 잘 모르는, 이른바 '기계치'였다. L전자에서 반도체를 만든다는 것도 금시초문이었고 타깃 부품이란 것도 처음 들어봤다. 그런 것은 이차적인 문제였다. 그의 얘기는 결국 낙하산을 타고 하청 회사에 들어가란 소린데.

"마지막 제안은 바로 김상우의 회사 SW소프트에 대한 건입니다. 조만간 파산할 것으로 보입니다. 현재 김상우 씨가 너무 욕심을 부리는데, 그래서 일단 기다리는 게 좋겠다, 이렇게 결론을 내렸습니다. 궁지에 몰리면 현금 없이 빚만 한 6억 안고 인수할 수도 있을 것 같고, 파산한 후에도 비슷한 조건으로 인수가 가능해 보입니다. 물론 오빠께서 새 회사의 대표로 취임하는 것이고, 김상우 그 친구는, 오빠께서 부하로 부리면서 경영 노하우를 이용하면 복수도 되고 일도 된다고 판단했습니다. 어떻습니까?"

SW가 파산하면 상우는 자기 집과 부모 아파트까지 날리게 된다. 그러고도 약 3억의 빚이 남는다고 상우 스스로 술김에 털어놓은 적이 있다. 그런 상우를 중역으로 데려와 앉히고 빚이나 찔끔찔끔 갚게 하면서 부릴 수만 있다면. 그러나 결정을 위해서는 부여 금강보다 더 넓은 강을 먼저 건너야 했다.

천천히 17년산 발렌타인을 음미하며 동생의 카톡 내용을 되새겨봤다.

– 생텍쥐페리를 만나러 가요. 제 마누라 후배였으니 이런 시시껄렁한 소리나 하면서 교감 어쩌고 했겠지.

– 어젯밤 때문에 그래? 나쁜 자식. 도대체 무슨 짓을 한 걸까?

– 사랑해. 갑자기 피가 끓었다. 사랑이라고? 그게 사랑이라고? 이런 우메기떡 같은 놈이 감히.

이자는 먼저 자신과 동생이 어떤 관계인지 내게 밝혀야 했다. 그게 이자가 보이는 온갖 화려한 매너보다 더 근본적인 예의였다. 그런데 이자는 거기에 대해선 한마디 해명도 없었다. 불쾌한 일이었다.

그러나 만약 이자가 자신과 동생 관계가 정신적 교감에서 시작해서 요즘엔 그렇고 그런 사이로 전환하고 있다고 한다면, 만약 그렇게 떠들어댄다면 난 어떻게 반응해야 할까?

이자의 형이 도와주지 않는다면 상우 회사 인수는 생각도 못할 일이었을 것이다. J에게 3번을 답으로 찍어주고는 수줍게 웃었다. J도 밝게 웃었는데 괜히 그 웃음이 비웃음 같아 기분이 가라앉았다. 중앙 무대로 나가 노래를 신청했다.

"종점 보관소 알아요?"

과연 알 만한 사람은 다 아는 재즈 바답게 반주자는 그 이름 없는 노래를 알았다. 나는 열창을 했다. 적어도 내 생각엔 그랬다.

"나는 막차를 타고 집에 가다 잠이 들어서 종점까지 왔다네."

내 동생은, 모 대학 동양사학과 전임강사 최동주는, 그 분야에선 제법 이름난 칼럼니스트 최동주는 어릴 때부터 빼어난 미모와 뛰어난 머리로 일찍이 또래 여자애들의 질시와 부러움의 대상으로 부각했고 동시에 온 가족의 유일한 희망으로 떠올랐다. 빼어난 미모. 이 말은 정확한 표현은 아니다. 동주가 정윤희

같은, 현애 같은 완벽한 미인이라고 할 순 없었다. 하지만 동주는, 작고 가냘픈 동주는 아주 어릴 때부터 수컷들의 마음을 꽉 조이는 그 무엇을 가지고 있었고 타고난 분위기인지 스스로 창조한 매력인지는 몰라도 언뜻언뜻 남자들 등줄기를 자극하는 묘한 섹시함을 흘렸다. 동주는 비슷한 연예인도 찾을 수 없었다. 최동주는 그냥 최동주였다. 뛰어난 머리. 이건 확실했다. 동주는 시험 때는 지독하게 공부를 파고 또 팠지만 평소엔 학과 공부와 관계없는 철학, 문학, 예술 도서에 빠져 지냈다. 그럼에도 동주는 어디에 가든 공부로는 수석 자리를 놓치지 않았다.

가족 중에서 특히 할아버지는 동주에게 모든 희망을 걸었다. 몰락한 가문의 부활. 동주는 할아버지에게 종교였고 인생의 목표였다. 동주가 결혼에 실패했을 때도 할아버지는 그 희망을 포기하지 않았다.

요즘 세상에 이혼이 무슨 약점이라도 되나? 두고 봐, 못해도 대학 총장이야.

상대적으로 나는 늘 동주의 뒷자리를 차지했다. 먹을 것에서 입을 것, 어린이날 선물에서 설날 세뱃돈까지, 부여 방문 때 받는 대접에서도 동주는 늘 넘버 원이었고 나는 넘버 투였다. 그걸 단 한 번도 질투한 적이 없었다. 내가 착한 아이여서가 아니었다. 어릴 적부터 귀에 못이 박히도록 들어온 가문의 부활은 내게도 일종의 종교였다. 내가 뛰어난 인재가 아니었기에, 매우 안타까운 일이었으나 재능이란 내가 노력으로 어떻게 해볼 수 있는 게 아니었기에 나도 동주에게 모든 희망을 걸었고, 그래서 동주를 지키고 동주를 아끼며 동주를 위하는 게 내 책임이며 의무란 걸 스스로 깨닫고 실천했다.

동주가 중학교 2학년 때, 상우와 내가 고등학교 1학년 때, 도봉과 노원 지역 중학교 주먹들을 평정한 친구가 있었다. 놈이 동주에게 관심이 있었다. 그리고 은근히 동주를 좋아했던 상우. 아마도 그래서 다른 중학교에 다니면서도 나와 끈끈한 우정을 이어갔는지도 모르겠다. 친구 동생이란 명목으로 자연스럽게 동주와 친하게 지내던 상우는 우연을 가장하고 학교 앞에서 배회하다가 동주를 만나 종종 하굣길 데이트를 하곤 했다. 그걸 알았는지 놈이 골목길에서 둘을 기다리고 있었다. 놈의 매서운 눈빛에 상우는 이미 다리에 힘이 풀렸지만 동주 앞인지라 자존심을 세워야 했다.

너 뭐야? 비켜.

한눈에 상우가 '허당'임을 알아본 놈이 묘한 웃음을 지으며 둘을 지나쳤다. 일부러 강하게 상우 어깨를 부딪치며 놈이 던진 한마디.

좆도 아닌 새끼가.

상우는, 아직 철이 없던 상우는 공포 속에서도 놈을 불러 세웠고 떨리는 목소리로 스스로의 무덤을 팠고 그날 동주 앞에서 무참하게, 일방적으로 깨지고 말았다. 놈의 주먹이 얼마나 아팠는지 나중엔 '잘못했어요'를 연발하면서. 그날 이후, 상우는 동주에 대한 관심을 단칼에 잘라버렸다. 동주는 변함없이 상우를 오빠 친구로 대했지만 상우의 입장은 단호했다.

한 해가 지난 후 중학교 3학년이 된 동주가 외고 입시 학원에 다니게 되자 내가 동주의 경호원으로 귀갓길을 책임지게 되었다. 워낙 많은 놈들이 집적댔기 때문에 어쩔 수 없이 그렇게되었다.

장마철 흐린 날 밤, 추적추적 비가 내리다 말다 했다. 동주를 데리고 깜깜한 골목길에 접어드는데 검붉은 얼굴이 불쑥 나타났다. 번뜩이는 눈빛. 너무 놀라 입이 막혀버렸다. 동주가 내 팔을 꽉 잡으며 악을 썼다.

너 뭐야?

놈의 입에서 지독한 술 냄새가 났다. 놈이 우리 둘 앞을 가로막고 우뚝 선 채 주절주절 떠들어댔다. 널 사랑한다는 둥, 중학교 졸업 때까지 기다리려고 했는데 더 이상은 참을 수 없다는 둥, 너와 결혼하겠다는 둥.

놀랍게도 동주가, 작은 동주가 놈의 뺨을 후려쳤다. 놈의 눈이 다시 번뜩였다. 놈이 동주의 팔을 우악스럽게 잡더니 동주를 끌었다. 난 뭔가를 해야 했다. 제일 좋은 것은 놈에게 멋지게 한방 먹이고 동주를 구출해 내는 것이었지만 심장이 정신없이 팔딱거려서 주먹을 쥐어도 힘이 들어가지 않았다. 그렇다고 동생을 놈에게 딸려 보낼 수는 없었다.

동주가 날 쳐다봤다. 날 믿는다는, 아니 믿고 싶다는 눈이었다. 난 놈 앞에 무릎을 꿇었다. 두 손을 비비며 놈에게 매달렸다. 제발 내 동생을 그냥 놔 달라고. 제발 부탁이라고. 수치가, 공포가, 설움이, 분노가 복잡하게 섞이더니 눈물이 되어 밖으로 터져나왔다. 때마침 비가 퍼부었다. 얼마나 오랫동안 놈의 바지를 잡고 빌었는지 잘 모르겠다. 굉장히 긴 시간이었던 것도 같고 아주 짧은 순간이었던 것도 같다. 그리고 놈이 내 무릎 바로 앞에 가래침을 뱉었다. 아주 샛노란 가래였다. 끈적거리는 빛, 밀도가 높은 음험한 빛. 내가 노란빛과 원수가 되던 순간. 놈이 동주 팔을 풀어주면서 혼잣말을 했다.

아무리 그렇다고 고딩 새끼가 중딩한테 무릎을 꿇어? 씨발. 기분 더럽네. 야, 최동주, 너 가라. 네 오빠 때문에 봐준다.

놈이 가고 동주와 난 나란히 귀가를 했다. 동생에게 뭔가 말을 해야 한다고 느꼈지만 한마디도 할 수 없었다. 동주도 아무런 말이 없었다.

"집은 너무 멀어서 걸어가기가 버거운데 비까지 몹시 퍼부어 현재 상황을 더욱 어렵게 하네."

노래가 끝났다. J 혼자 크게 박수를 보내주었다. 기분이 참 묘했다. 더러우면서도 홀가분했고 홀가분하면서도 찝찝했으며 찝찝하면서도 뭔가 통쾌한, 정말 표현하기 힘든 기분으로 J와 건배를 하고 악수를 나누곤 집으로 돌아왔다.

하루가 지났다. 동주가 입원을 했다. 학교에서 유리컵을 실수로 깨뜨렸는데 파편이 손목 동맥을 그었다고 했다. 불행 중 다행으로 동맥은 터지지 않았고 동주는 병원에 딱 사흘 입원했다가 퇴원하고는 아무 일도 없었다는 듯 일상으로 돌아갔다.

하늘엔 먹구름이 가득했다. 낮 2시에도 사위는 온통 어둠뿐이었다. 비는 뿌릴 듯 뿌릴 듯했지만 빗방울은 떨어지지 않았고 습도만 하늘을 향해 끝없이 치솟았다. 종로타워 앞, 만남의 광장. 연신 흘러내리는 땀을 닦으며 담배 세 대를 태웠다. 밭은기침이 터졌지만 또 한 대를 꺼내 물었다. 점점 담배가 늘었다. 1미터 앞에 상희가 서 있었다. 상희는 땅만 보며 몸을 조금씩 좌우로 흔들었다. 언제까지 버틸 건지 알 순 없었지만 상희가 입을 열 때까진 계속 담배를 태우며 기다려야 했다.

내 앞에 상희 대신 현애가 서 있어야 했다. 난 현애보고 만나고 싶다고 했지 상희를 만나겠다고 한 게 아니었다. 그런데 왜?

스스로 마음을 다스리며 터지지 않기 위해 안간힘을 다했다.

그래도 자꾸만 뭔가가 뱃속에서 꿈틀댔다.

현애 대신 상희가 나온 이유는? 아마도 지난번 만남이 부담이 되었다는 것 같은데. 상황이 상황인지라, 내가 갑이고 현애가 을인지라 무시하고 안 나오기엔 좀 그렇고 해서 대신 상희를 내보냈다는 건데.

지난번 만남 때 내가 뭘 특별히 잘못한 건 없었다. 지난번 종로2가 노래방, 괜히 둘 다 조금 흥분해 있었다. 현애가 먼저 '남자는 여자를 귀찮게 해'를 불렀고 내가 '비가 내리고 음악이 흐르면 난 당신을 생각해요'를 불렀다. 현애는 두 번째 노래로 '쓸쓸한 표정 짓고 돌아서면 잊어버리는 남자는 다 그래'를 불렀고 내가 두 번째로 '오늘 밤만 내 곁에 있어 줘요'를 불렀다. 현애가 세 번째로 '사랑밖엔 난 몰라'를 부를 때 용기를 내서 무대로 나가 현애 옆에 섰다. 현애는 아무 반응도 보이지 않았다. 현애가 '당신이 너무 좋아'를 열창할 때 현애 어깨에 슬쩍 팔을 올렸다. 현애는 역시 아무 반응이 없었다. 그래서 용기를 냈다. 반주가 나올 때 현애 허리를 감고 블루스 스텝을 밟았다. 현애가 날 빤히 쳐다봤다. 난 그 애의 눈빛을 받을 수 없어 눈을 돌렸다. 현애의 팔이 내 목을 감았다. 왼팔을 현애의 허리에 두르고 살며시 몸을 붙였다. 느껴졌다. 현애의 따뜻한 체온, 약하게 뛰는 심장, 말랑말랑한 가슴, 그리고 익숙한 냄새. 미치도록 그리웠던 현애 냄새. 눈물이 흘렀다. 속으로 눈물이 흘렀고 밖으론 자꾸 기침이 튀어나왔다. 난 왜 이렇게 좋아하는 여자와 함께할 수 없는 걸까? 도대체 난 왜 이렇게 좋아하는 여자를 그냥 보냈을까? 2절 노래가 나왔지만 현애는 노래를 부르지 않았다. 현애가 고개를 묻은 내 가슴이 따뜻해졌다.

천천히 아주 천천히 손으로 현애의 얼굴을 들었다. 내 바로 앞에 현애의 얼굴이 있었다. 어릴 때부터 일편단심으로 사랑했던 정윤희가 있었다. 아니다, 정윤희보다 더 사랑했던 현애가 내 바로 앞에서 눈물을 흘렸다. 나도 모르게 현애의 입술을 물었다. 곧 부드러운 감촉이 찾아왔다. 천천히 아주 천천히 현애와 입을 맞추었다.

교육방송의 히트작 지식채널 프로에 따르면, 입맞춤을 하면 심장박동과 맥박수가 증가하고 인슐린이 분비되며 아드레날린이 배출되고 게다가 백혈구가 활성화되고 면역력이 증가한다고 한다. 입맞춤은 엔돌핀을 형성하고 심지어 뇌 감각을 일시 마비시키기도 한다고 한다. '입맞춤은 마음을 빼앗는 가장 힘센 도둑이다.' 누가 한 얘기더라?

5년 만에 현애와 입맞춤을 하면서 내 가슴에 생성된 감정은 설움이었다. 입맞춤을 하면서 현애의 지난 4년이 불행이었다는 걸 알아버렸다. 현애가 아직도 날 잊지 못했다는 것, 아직도 내게 익숙하다는 것. 난 서러웠다. 현애에게 미안했다.

그런 감정과 전혀 무관하게 내 아랫동네 친구가 용을 쓰기 시작했다. 놈은 참 음흉해서 은근히 현애의 아랫배를 압박하더니 내 손을 이끌어 현애의 히프와 가슴을 쓰다듬게 했다. 고백건대 그런 행동은 내 설움과는 전혀 관계가 없는, 도저히 한 사람에게서 동시에 일어난 감정과 행동이라곤 믿을 수 없는 말도 안 되는 부조화였다.

그런데 현애가 반응을 했다. 현애의 부드러운 몸이 조금씩 아주 조금씩 내 손길에 반응을 했다. 난 순식간에 비열해졌다. 감정은 까맣게 잊어버리고 마치 노래방 도우미를 안듯 마치 상우네 회사 앞 '열정'의 마담 궁둥이를 건드리듯 그런 비열함으로 가득 차 손에 온 신경을 모으고 현애를, 내 현애를 더듬어댔다. 내 손이 옷 안쪽으로 파고들자 현애가 손을 잡았다. 현애의 얼굴은 빨갛게 물들어 있었다.

그만, 동석아, 제발 그만.

그것으로 끝이었다. 난 다시 기회를 엿봤지만 현애는 더 이상 빈틈을 보이지 않았다. 현애와 난 결국 노래 다섯 곡을 부르고 노래방을 나섰다. 그게 다였다.

그게 다였는데, 그것뿐이었는데 현애는 마치 내가 발정 난 수캐라도 되는 양 날 피했다. 피하기만 한 게 아니라 상희를 대신 내보냈다.

비가 쏟아졌다. 아마도 딱 내릴 때를 기다리고 있었던 모양이었다. 난 그냥 웃었다. 달리 지을 표정이 없었다. 상희도 따라 웃었다. 상희는 이 자리가 얼마나 어색할까? 상희에겐 미안한 마음이었다.

김상희. 오래된 가수 김상희와 많이 닮았다. 몸무게가 김상희보다 약 15킬로그램 더 나간다는 것만 다를 뿐. 유아교육과 졸업 후 유치원 교사를 하다가 얼마 전에 유치원 원감이 되었다. 말이 없고 수더분하고 성실한 아이. 하지만 상우가 농담조로 우리 상희 어떠냐고 할 때마다 나는 발끈하며 고개를 젓곤 했다. 그런 걸 생각해 보면 상우는 참 잔인한 놈이었다.

김상희. 동주는 내 짝으로 상희가 딱이라고 하면서 아쉬워했다. 예전에 상희가 날 좋아했다는 걸 나도 알았다. 그래서 내가 현애와 사귈 때 좀 그랬다. 상희는 전혀 내색하지 않고 현애와도 잘 지냈다. 상우가 현애와 결혼한다고 했을 때 가장 심하게 반대했던 사람은 상희였다. 하지만 둘의 결혼 후엔 상희는 현애와 사이좋게 지내는 것 같았다. 상희는 지금도 날 좋아할까? 모를 일이었다. 미안하단 소릴 하려 했는데 이상한 단어가 툭 튀어나왔다.

"노래방 갈래?"

이게 뭔지. 도대체 미쳐버린 거야?

상희가 이번엔 활짝 웃었다. 그 웃음이 천천히 주위에 번져 나가는 느낌이었다. 마음이 진정되었다. 이건 또 뭔지.

"좋아요, 가요."

상희와 함께 걸었다. 걸음은 엇박자가 되기도 하고 잘 맞춰지기도 했다. 어떤 경우든 그게 굉장히 자연스러웠다. 이건 또 왜 이러지?

환하고 밝고 노란 노래방에 들었다. 상희가 먼저 번호를 찍더니 벌떡 일어섰다.

석유가 넘쳐 나는 사우디, 이거 사람이 너무 많은 차이나,

월드컵 2연패의 브라질, 전쟁을 많이 하는 아메리카,

하루 종일 레게 하는 자메이카, 하루 왼종일 해 떠 있는 스웨덴,

신혼여행 많이 가는 몰디브 섬, 이제 곧 하나가 될 코리아.

룩셈부르크에 가볼까? 어디 있는 거지? 룩셈부르크에 가면 다신 돌아오지 말아야지. 혹시 현애가 찾는다 해도 전화도 문자도 메일도 보내지 말아야지. 일어나 탬버린을 치며 엉덩이를 흔드는데 뭔가가 툭 떨어지는 느낌이었다. 이게 뭔가 찬찬히 살펴봤다. 확실했다. 4년 전에 생긴 멍 딱지가 가슴에서 뚝 떨어졌다. 시원했다.

멍 딱지가 떨어지자 내가 변했다. 사람이 갑자기 총명해지고

매사에 적극적이 되었다. 그게 말이 되냐고, 누군가 반박하면 그냥 씩 웃으며 침묵할 수 있다. 그만큼 내 변화는 확실하고 명료했다. 현애와 나의 역사도, 지난 5년간 내내 날 괴롭혔던 그역사에 대한 정의도 아주 쉽게 내릴 수 있었다. 그것은 순정(純情)이었다. 아이엠에프와 함께 찾아왔던 벌레 인생이 서서히 걷힐 것 같은 기분. 현애와 가족들이 그토록 갈망하던 나의 옛 모습. 그게 그렇게 아무렇지도 않게, 불쑥, 느닷없이 다시 찾아와 뻔뻔하게 내 머리와 가슴을 차지해 버렸다. 정말 그런 것인가? 그건 중요하지 않았다. 다만 나는 현애와 그렇게 끝난 후 급속도로 빠르게 나를 정리하기 시작했다. 물론 가장 중요한 일은 DJ소프트의 설립이었다.

궁금해하면서도 피해왔던 일. 도대체 동생은 왜 J와 정신적 교감을 깨면서까지 이 사업에 매달리는가? 난 그 이유를 알 방법이 없었다. 실업자 최동석이면 당연히 여기서 포기하고 잊어버려야 하는데 변화된 나는 그렇지 않았다. 나는 궁리를 했다. 궁리를 했지만 문제를 풀 뚜렷한 방도는 쉽게 떠오르지 않았다. 그래서 종이를 만지는 내 얼굴이 어두웠나 보다. 할머니가 물었다.

"어쩐 일이냐?"

"뭐가요?"

"얼굴이 안 좋다. 종이 만질 때 환하게 빛나는 그 얼굴이 아니야."

그렇다. 어쩌면 할머니는 알지도 몰랐다. 밑져야 본전 아닌가.

"우리 컴퓨터 회사 말이에요."

"그게 왜 우리 컴퓨터 회사냐? 동주 컴퓨터 회사지."

"아무튼 그런데요, 왜 동주가, 잘나가는 사학과 교수가 위험이 따르는 사업을 시작하려는지 그 이유를 모르겠어요."

"넌 참 종이만 잘 접지, 머리가 좀 떨어지는 놈이구나. 딱 제 할아비야."

"그러면 할머니는 동생이 왜 그러는지 안단 말이에요?"

"딱 보면 척이지."

"그 척이 뭔데요?"

큰 기대는 없었다. 할머니가 알아봤자. 할머니는 여전히 어린 아버지의 웃옷을 접으면서 대답하기 시작했고 나도 동생의 머리를 말며 그 척을 들었다.

"세상 돌아가는 게 이상할 땐, 돈부터 생각하면 이해 안 가는 게 별로 없어. 동주는 돈이 필요한 거야. 그래서 회사를 차리는 것이고. 전임강사라는 게, 신문사 원고료라는 게, 잘 팔리지도 않는 문화사 책 쓰는 게 큰돈을 만들진 않잖아."

피식, 웃음이 나왔다. 할머니는 동주의 청계천 빌딩을 몰랐다.

"할머니, 동주에겐 빌딩이 있어요. 그것도 서울 도심에 말이에요."

피식, 할머니가 웃었다. 뭔가 아는 눈치. 괜히 가슴이 덜컥했다.

"만약에 네 엄마가 그 건물을 담보로 돈을 빌렸다면? 작년에 동네에 대형 마트 들어와서 장사 안 된다고 슈퍼 확장했지? 그게 인테리어 다 바꾸고 해서 꽤 들었을 거야. 네 엄마가 무슨 돈으로 슈퍼를 확장했을까?"

난 이해할 수 없었다. 그때 당연히 어머니가 그동안 벌어놓은 돈으로 슈퍼를 확장한 줄 알았다. 그런데 어머니가 과연 빠듯한 살림에 그동안 벌어놓은 돈이 있었을까?

"이자는 잘 갚았을까? 장사 안 된다고 노래를 부르는데 말이야. 장사가 안 되면 생활비를 줄여야 하는데 네 어미가 먹는 데 오죽 돈을 많이 쓰냐. 그러면 이자는 어떻게 갚지? 이 집에서 돈 버는 사람은 네 어미와 동주뿐인데 말이야. 결국 동주 월급에서 이자를 갚아야 하지 않을까? 이런저런 이유로 동주는 더 많은 돈이 필요하지 않을까?"

할머니 말이 사실이라면, 아니 사실인 것 같았다. 정말 어머니가 동주의 이혼 위자료로 받은 건물을 담보로 돈을 빼먹고 이자도 갚지 않는 상황이라면? 내가 그렇게 얘기할 처지는 아니었다. 그 빼먹은 돈으로 내가 밥을 먹고, 할아버지가 밥을 먹고 아버지가 밥을 먹었다. 온 가족이 동주 빌딩을 담보 잡아 빌린, 피 같은 돈을 빼먹고 살았다. 그래서 동주는 돈이 필요하게 되었다. 할머니의 60억 소식이 그래서 그렇게 반가운 일이 아닐 수 없었다. 마지막 기회라고 생각하고 필사적으로 매달리는데 마침 상우 소식을 듣고 J를 떠올렸고 그렇게 계획을 세운 거겠지. J의 경우 자존심에 금이 박박 가는 일이었지만 돈이 필요했으니, 다른 것이 아닌 바로 돈이 필요한 일이었으니 자존심 굽혀 부탁을 하고. 그런데 그 우메기떡 같은 놈이 본색을 드러냈고. 동생은 참아야 했고 그게 아파서 자기 손목을 긋고.

"어머니가 그럴 사람이 아닌데. 슈퍼 확장할 때는 급해서 그랬다 해도 우리 집이라도 담보로 잡아서 동주 돈을 갚았을 텐데."

"그건 내가 확실하게 안다. 이 집은 네 아비가 벌써 담보 잡혀 먹었다."

이건 또 무슨 소리인가? 그걸 어머니가 가만두었단 말인가?

"그럴 리가 없는데요. 어머니가 가만있지 않았을 텐데, 할아버지도 계신데."

"네 아비는 다음 지방선거에 목을 매고 있다. 마침 부여에서 보궐선거가 있을지 모른다더구나. 그래서 네 아비가 네 어미에게 사정사정해서 집을 담보 잡아 돈을 빼갔다. 마지막 선거라고 하면서 말이야."

그럴 리 없었다. 어머니가 그걸 허락했을 리 없었다. 할아버지가 그걸 그냥 둘 리는 더더욱 없었다. 내 표정을 읽은 할머니가 고개를 돌리며 한마디 했다.

"네 나이엔 모른다. 사람이 아무리 싫은 일이라도 오래되면 이상한 꿈 같은 게 생기는 거야. 네 할아비도, 네 어미도 달수에게 전염된 거지. 둘 다 속는 줄 알면서도 혹시나 하는 마음에 그렇게 한 거야."

하지만, 아무리 그렇다 해도 동생의 피 같은 건물은, 그 건물은 어떻게 한단 말인가? 혹시라도 빚을 못 갚아서 건물이 날아가 버리면.

"건물에 세도 잘 안 들어오는 모양이더라. 그래서 동주가 건물을 팔려고 내놨다. 문제는 워낙 불경기라 가격도 가격이지만 건물이 아예 팔리지도 않는다는 거지."

"그런 걸 도대체 할머니가 어떻게 아셨어요?"

"가만히 앉아 있어도 다 알게 되더라. 달자가 시시콜콜한 사정까지 다 알려줬다. 네 어미가 한때 문화센터 다닌답시고 무려 2년 동안이나 집안일 나 몰라라 한 것까지. 물론 네 어미도 달자 욕 많이 했지만."

참 믿기도 그렇고 안 믿기도 그런 꼭 60억 같은 얘기. 그래서 볼멘 목소리가 튀어나왔다.

"상황이 이렇게 급한데 왜 할머니는 준다고 했던 유산을 안 주는 건데요? 한 달이 다 돼가는데 60억은 정말 사실인가요?"

할머니가 입을 씰룩대더니 고개를 돌렸다. 바로 그때 내 전화가 울렸다.

"누구세요?"

"저 상희예요."

"어쩐 일이냐?"

상희는 쉽게 입을 열지 않았다. 아무래도 오늘은 무거운 날인 듯했다. 두 가지 예상을 했다. 하나는 상우의 심부름. 내가 문자질에 대꾸하지 않아서 참을성 없는 상우가 상희를 닦달해 대신 전화한 경우. 또 하나는 현애의 심부름. 상우네 회사가 오늘 아니면 내일 문을 닫게 되었으니 상우를 도와달라는 부탁을 하려는 경우. 둘 다 반갑지 않은 경우였다.

"나 지금 바쁘다. 별일 아니면 나중에 통화하자."

전화를 끊으려는데 상희가 다급하게 날 불렀다. 그리고 콸콸 솟는 펌프 물처럼 쉬지 않고 이어지는 상희의 이야기.

"내가 잘하는 짓인지 몰라 망설였어요. 하지만 언니가 불쌍해서 더 이상 안 되겠어요. 난 세 사람 사이에 무슨 일이 있었는지 자세히는 몰라요. 하지만 우리 언니 너무 불쌍해요. 처음엔 참 좋았어요. 내가 보기엔 그랬어요. 동석 오빠도 언니를 잘 아니까. 싹싹하고 부지런하잖아요. 나한테도 아빠 엄마한테도 얼마나 잘하던지. 오빠와 사이도 좋고, 아이도 건강하게 낳고. 모든 건 오빠 사업이 틀어지면서 시작됐지요. 오빠가 동석 오빠를 만나고 온 날은 어김없이 언니를 때렸어요. 어떤 핑계를 대서라도 시빗거리를 만들고는 주먹질을 했지요. 처음에는 따귀 한 대 때리는 정도였어요. 그리고 다음 날이면 자기가 술에 취해서 그랬다고 손이 발이 되도록 빌기도 하고요. 그래서 우리도 처음엔 심각하게 생각하지 않았어요. 하지만 시간이 지나면서 오빠는 점점 더 이상해졌어요. 언니를 때리는 강도도 말로 할 수 없을 정도로 높아지고, 다음 날이 되어도 변명 한마디 없게 됐어요. 정말 끔찍한 일이에요. 요즘 회사가 위험하대요. 그래서 그런지 오빠 폭력이 더 심해졌고 이젠 너무 무서워요. 동석 오빠가 만나지 말자고 한 뒤엔 매일 아무 이유 없이 언니를 때려요. 지난주부터 혁대로 언니를 때렸고, 어제는 칼을 들었어요. 동석 오빠와 몇 번이나 잤냐고 하면서 말 안 하면 죽인다고 칼을 들고. 어떻게 해야 할지 모르겠어요. 도와주세요, 제발."

상희가 이 대목에서 말을 잇지 못하고 한참을 울었다. 내 죄였다. 현애와 연애할 때 술에 만취하면 아무 생각 없이 상우에게 우리 사랑을 뻥 튀겨서 자랑하곤 했다.

"언니는 몇 번이고 이혼하려고 했어요. 아빠 엄마도 차라리 이혼하라고 하고요. 하지만 오빠가 절대 언니를 놔주지 않을 거예요. 오빠는 미쳤어요. 지금 이혼하자고 하면 무슨 짓을 할지 몰라요. 회사가 파산해도 무슨 짓을 할지 모르고."

상우네 회사는 어쩌면 내일 끝날지도 몰랐다. 마음이 급해졌다.

"저도 언니한테 요즘 세상에 왜 그렇게 사냐고, 차라리 경찰에 고발하고 이혼하라고 했어요. 내 오빠지만 내가 경찰을 부른 적도 많고요. 언니는 죽으면 죽었지 그렇게는 못 하겠다고 하더군요. 자기 부모에게 자기가 맞고 사는 걸 알릴 수도 없고 가족 외엔 누구도 알게 하고 싶지 않다고. 그리고 사업만 잘되면 오빠가 나아질 거라고. 또 언니가 그랬어요. 자기가 동석 오빠를 배신한 벌을 받는 거라고. 이러다가 정말 큰일이 날까 봐 무서워요."

정말 큰일이라. 이미 큰일인데 정말 큰일이라니.

알겠다고 하고 전화를 끊었다. 냉정해야 했다. 분노를 눌러야 했다. 그게 쉽지 않아 자꾸만 눈물이 났다. 지금 내 분노 따위는 아무것도 아니라고, 제일 급한 일은 현애를 구해내는 일이라고 아무리 타일러도 분노는 자꾸만 위로 올라왔다. 눈앞엔 현애의 머리를 망치로 내리치는 상우가 있었고 귀엔 현애의 울부짖음이 선명하게 들렸다. 그리고 콧구멍을 타고 그리운 현애 냄새가 스며들었다.

왜? 도대체 왜? 남자 새끼들은 힘들어지면, 무서우면, 불안하면 밖에선 찍소리도 못 하다가 집에 와서, 아무도 안 보는 데서 자기 여자를 때리고 모욕하고 괴롭히는 것이냐? 왜? 도대체 왜? 세상엔 그렇게 못나고 비겁한 새끼들만 바글대는 것이냐? 할머니가 그랬다.

내가 네 아빠와 달자를 가지자 네 할아비는 휘문의숙을 휴학하고 고향에 내려와 강경 소학교에서 교사 생활을 했어. 짝불이가 빡빡 우겨서 우린 강경 읍내로 분가도 했단다. 짝불이는 교사 생활을 좀 하고 내가 아이를 낳으면 일본 유학을 떠날 계획이었는데, 유학 도중에 들어와서 나와 아이들을 데려갈 거라고 했지. 아무튼 그때가 내 인생의 절정이었다. 생각해 봐. 시집에서 거의 종년이나 다름없던 것이 졸지에 분가해서 남편한테 사랑받고 이 사람 저 사람 고개 숙이는 교사 사모님이 되었으니. 꿈에 그리던 동경에 간다니. 남은 것은 꽃피는 봄날뿐인 줄 알았다. 그런데 망할 놈의 대동아전쟁이 막바지로 치달으면서 내 세상은 한순간에 지옥으로 떨어졌어. 전쟁이 불리하게 돌아가자 일본은 아무나 전쟁에 끌어들이려 혈안이 됐는데, 네 할아비는 당장은 아니었지만 언제 전쟁에 끌려갈지 모르는 어정쩡한 나이였지. 집에서 손을 쓰기도 했고 현직 교사였으니 괜찮겠지 했지만 세상 돌아가는 분위기가 심상치 않았거든. 누구는 징용에 끌려갔다, 누구는 학병에 끌려갔다, 뒤숭숭한 분위기 속에서 네 할아비는 가뜩이나 겁 많은 성격에 잔뜩 긴장을 했던 거야. 예민한 상태에서 처음엔 내게 큰소리를 치기 시작했다. 하늘 같은 남편이었으니 무조건 내가 잘못했다고 했지. 그게 시작인 줄 알았으면 벌써 도망을 쳤을 텐데.

어느 날부터 때리기 시작했어. 처음엔 따귀 한 대. 매일매일 폭력이 늘어났지. 나중엔 밤을 새며 내 등과 허벅지를 주먹으로 때리기도 했어. 난 배 속의 아이들을 지키기 위해 필사적으로 배만 보호하느라 네 할아비 주먹을 피할 길이 없었다. 내 생활은 지옥이었다. 맞는 게 억울하고 분했지만 그것보다 더 괴로운 건 공포였다. 네 할아비 눈빛이 조금이라도 이상해지면 난 겁이 나서 견딜 수 없었지. 난 지금도 세상에서 맞는 게 제일 싫다. 조선 남자들은 참 이상해. 왜 겁이 나거나 불안해지면 자기 여자를, 아무 힘도 없는 여자를 두들겨 팰까? 조선 남자들은 다 비겁하고 못난 놈들이다. 그래서 지금도 난 짝불이가 싫다.

아버지 생각을 했다. 아직도 정치에 대한 꿈을 버리지 못한 아버지. 두 번째 선거에서 떨어지고 한 일주일 지나 아버지가 떨어진 동지들과 거나하게 한잔하고 귀가했다. 어머니는 슈퍼 일 때문에 미처 못 담근 김치를 담그고 있었다. 빨간 고춧물이 든 손으로 아버지 양복을 받아 들 수 없었던 어머니는 마당에서 고개도 돌리지 않고 건성으로 아버지를 맞이했다.

왔어요?

아버지가 눈을 한 번 번뜩였다가 말없이 방으로 들어갔다. 아버지가 옷을 갈아입고 나왔다.

밥은?

안 먹고 들어왔어요? 바쁜데 좀 먹고 들어오지.

밥 차려.

아버지 목소리가 높아지자 어머니가 투덜대며 부엌으로 가서 상을 차려왔다. 어머니가 차려온 상을 쳐다보던 아버지가 갑자기 발로 상을 차버렸다. 마루에 흩어진 반찬, 핏빛처럼 붉은 김칫국물, 깨진 그릇. 놀란 어머니가 상황을 파악하지 못하고 목소리를 높였다.

아니, 왜 그래요? 이 시간에 들어오면서 밥 차리라니까 한마디 한 건데 그게 그렇게 잘못한 건가요? 나도 힘들어요. 당신만 힘든 게 아니에요.

아버지가, 늘 정직하고 바르고 온유했던 아버지가, 노동자, 농민의 친구이며 약자를 위해 투쟁하는 아버지가 어머니 따귀를 때렸다.

너까지 날 무시해? 내가 우습지? 그렇지?

그때야 사태를 파악한 어머니가 입을 다물었다. 하지만 너무 늦었다. 아버지는 어머니 뺨을 서너 차례 더 때리더니 발로 어머니의 뚱뚱한 배를 차버렸다. 얼마나 모질게 찼던지 뒤에서 보고 있던 내 배가 다 지독하게 아팠다. 어머니가 쓰러졌다. 아버지의 포효는 그래도 끝나지 않았다.

내가 최달수야, 알아? 네까짓 게 감히 날 무시해? 이게 봐주니까 아주 꼭대기에서 놀려고 해. 돈 번다 이거지? 그까짓 더러운 돈 좀 번다 이거지? 한 번만 더 까불어봐. 아주 요절을 내 버릴 테니까.

난 화가 났지만 내가 맞은 것보다 더 화가 났지만 그렇다고 아버지에게 대들 수는 없었다. 동주는 집에 없었고 할아버지는 끝내 방문을 열지 않았다.

아버지가 방으로 들어가자 어머니가 부서진 상을 치우기 시작했다. 내가 도우려고 다가섰지만 어머니는 매섭게 내 손을 뿌리쳤다. 어머니 눈에서 눈물이 떨어졌다. 눈물이 핏빛, 빨간 김칫국물에 떨어졌다. 그 후로 난 절대 어머니를 엄마라고 부르지 않았다. 엄마라고 부르며 이물 없이 굴다가 나도 어느 순간 어머니에게 화를 내며 달려들 것 같아 의도적으로 호칭을 바꾸었다. 왠지 그래야만 할 것 같았다.

할머니의 누명을 벗겨라

⊘⊘⊘⊘

아버지 이마에 피로와 스트레스가 길게 그림자를 드리웠다. 기쁜 일이 있어도 행복한 순간에도 변하지 않는 어두운 표정. 최근 두 번째로 아버지와 마주 앉아 소주잔을 들었다. 아버지의 얼굴은 변함없었다. 짜증 가득한, 불만 가득한, 슬픔 가득한, 피로 가득한. 오랜 세월 그 얼굴을 대하다 보니 가족들에겐 차라리 아버지의 그 표정이 더 편했다. 잔을 비운 아버지가 술잔을 건넸다. 아버지 잔을 받아 나도 원샷을 했다.

술집은 혼잡했다. 사시사철 분주하기로 유명한 노원역 먹자골목에 위치했지만 외진 골목 끝에 자리 잡은 곱창집이고 쇠고기 파동으로 인해 한동안 파리만 날렸다는데 여름이 깊어지자 언제 그런 일이 있었냐는 듯 빈 테이블을 찾아볼 수 없었다. 노원 사람들 절반은 마지막 더위를 잊기 위해 먹자골목으로 튀어나온 듯했다. 바로 옆 테이블에 아버지 또래 노인 둘이 큰 소리로 수구 놈들은 다 미국으로 이민 보내야 한다고 떠들어댔다. 바로 옆인데도 아버지는 못 들었는지 자기 술잔만 내려다봤다.

"무슨 일이냐?"

어떻게 얘기를 해야 할지 몰랐다. 어디서 시작해야 할지도 몰랐다. 어디까지 얘기해야 할지도 알 수 없었다. 그래도 얘기를 시작해야 했다.

"선거가 있으세요?"

"무슨 선거?"

아버지는 눈만 깜빡이며 시치미를 뗐다. 이럴 땐 바로 본론으로 들어가야 했다. 아버지 특유의 모호한 태도에 말리지 말아야 했다.

"집 담보 잡고 돈 빼셨지요? 무슨 선거인데요?"

놀란 아버지가 헛기침을 했다. 참 순진한 아버지.

"아직 멀었다. 결정된 것도 아니고. 당에서 그러더구나, 지금 검찰에서 내사 중이라는데 조만간 지방의원들 다수가 감옥에 가게 된다고. 그래서 이번 겨울쯤 고향 부여에서 아마도 보궐선거가 있을 거라고. 얼마 전에 보궐선거를 했으니 어쩌면 내년으로 미뤄질지도 모르지만 인원이 많으면 금년에도 가능한 일이

긴 하지. 어쨌든 정보는 확실하다고 본다."

"거절하세요."

"아직 결정된 것도 아니라서 거절하고 말 것도 없다."

"확실하게 거절하셔야 해요."

"내가 알아서 하마. 그 일 때문에 여기 온 거냐? 넌 네 앞가림이나 해. 자기 앞가림도 못 해서 동생 도움 받는 놈이 지금 내 일에 참견하겠다는 거냐?"

정치란? 모호하게 결정을 미루고 상대를 공격하는 것.

"아버지, 동주 입장을 생각해 보세요."

"이게 동주하고 무슨 상관이냐?"

"그 돈으로 동주 건물 담보 잡고 빌린 돈 갚아야 해요."

또 한 번 터지는 아버지의 헛기침.

"넌 참 웃기는 놈이야. 동주 건물하고 내가 내 집 잡고 마련한 돈이 무슨 상관이란 말이냐?"

상황에 따라 이렇게 뻔뻔해질 수 있는 아버지. 정치란.

"아버지 때문에 동주가 힘들어요."

"뭐가 힘들어? 학교에서도 언론에서도 잘 풀리고 있는데."

"동주는 그 건물이 전 재산이에요."

"누가 그 건물을 팔아먹기라도 했다는 거냐? 이제 사업 시작하고 궤도에 오르면 다 잘 풀릴 거야. 아무튼 이건 동생 일이고 아버지 일이다. 걱정하는 건 좋은데 제일 중요한 건 네 문제야.

동생이 도와줄 때 정신 바짝 차리고 해야 해.”

“동주에게 남자가 있어요.”

“뭐?”

“이번 사업에 그 친구 도움이 꼭 필요해요.”

“할머니 유산으로 사업한다고 들었는데? 할머니가 그러던
데?”

“투자는 할머니 돈으로 한다고 해도 새 거래처가 꼭 필요해
요. 그 친구가 그 거래처를 잡고 있어요.”

“그래? 결혼한다고 하더냐? 어떤 놈인데?”

여기서 ‘어떤’이란 집안과 경제력, 개인적 능력을 의미하는
것이다. 잘하면 아버지를 설득할 수 있을 것 같았다.

“다른 것 필요 없고 유부남이에요.”

“뭐?”

“동주와 그놈은 불륜으로 만나는 관계예요.”

“이런 못된 것들이.”

아버지가 장고에 들어갔다. 난 성공을 확신했다.

“요즘 건물에 세도 잘 안 들어온답니다. 그래서 동주 월급으
로 은행 이자를 갚고 있어요. 내년엔 대출금을 상환해야 하는
데 어머니 슈퍼에서 그 돈이 나올 리도 없고 결국 우리 집밖에
없는데 아버지가 선거에서 그 돈을 써버리면 동주 건물이 날아
가버릴지도 몰라요. 그래서 동주가 유부남, 그놈의 도움을 받아

사업을 하려는 거예요."

아버지의 손이 미세하게 떨렸다. 미안하겠지. 아버지는 당해 도 싸다고 생각했다. 소주잔을 들이켠 아버지의 눈자위가 새빨간 색으로 물들었다. 옆자리 노인들의 목소리가 점점 커졌다.

"그래도 이번 선거에선 수구 놈들을 아주 박살 냈어."

"강원도에선 너무 아까웠어. 500표 차이로 지다니."

"그건 진보인지 노동인지 하는 것들 때문에 진 거야. 그것들 이 3프로를 가져가는 바람에 진 거야."

"아무튼 그 새끼들부터 없애야 해. 그것들은 자기네가 수구 놈들 2중대란 걸 모르는 모양이야. 그것들이야말로 오리지널 빨갱이 새끼들이지."

3프로가 아니고 2.8프로였다. 술잔을 든 아버지의 손이 멈 췄다.

"그만 일어나지요."

"그러자."

집으로 귀가하다가 아버지는 다시 포장마차에 들어가 소주 병을 땄다. 아버지는 많이 아쉬운 모양이었다. 자꾸만 입술에 침을 묻혔다.

"어차피 출마 안 하려고 했다."

거짓말이었다. 아버지는 기회가 왔다면 분명히 출마했을 것 이다.

"아무리 고향이라도, 최씨 문중이 밀어줘도 진보로는 12프로가 최선이라고 하더라. 그런 것도 컴퓨터로 알 수 있는 세상이 되었으니. 나 같은 늙은이는 이제 은퇴하고 뒷방으로 물러나야지."

그런데도 출마를 하려고 했다니, 그것도 집을 잡히고 말이다. 그 집을 누가 벌어서 샀는데. 할아버지나 어머니에게도 12프로 얘기를 했을까? 내 눈빛이 곱지 않자 아버지가 알아차렸다.

"그게 아니라, 고향 어른들은 나보고 여당 공천을 받으라는 거였다. 문중에서 총력을 기울여 밀어준다고."

처음엔 잘못 들은 줄 알았다. 아버지와 여당이라니.

"나도 처음엔 기가 막혔다. 그런데 컴퓨터로 해보니, 아무리 좋게 잡아도 진보로 나올 때 12프로, 무소속으로 나올 때 17프로, 야당으로 나올 때 27프로, 여당으로 나오고 문중이 밀어야 비로소 당선권인 33프로가 나오더라."

컴퓨터가 다 해 먹는 세상이었다. 특히 정치같이 허술한 건 이미 컴퓨터가 점령하고 좌지우지하는 시절이었다. 그런 정치를 아버지는 도대체 뭐가 좋다고, 무슨 미련이 남는다고 끊지 못하는지.

"하긴, 이 혼돈의 시대에 여당이면 어떻고 야당이면 어떻겠냐. 어차피 이데올로기는 죽고 남은 건 매일 스스로 진화하는 자본이라는 괴물과 소수 분자의 증오, 그것뿐인데."

아버지 잔에 술을 따랐다.

"싱가포르는 이광요가 그렇게 장기 집권을 해도, 부정을 해도, 심지어 권력을 아들에게 물려줘도 여전히 이광요를 지지하는 나라다. 이유는 오직 하나, 바로 돈. 돈만 벌게 해주면 정치 같은 건 어떻게 해도 된다는, 참 실용적인 나라지. 우리가 지금 딱 그렇다. 제국주의가 물러가고 폭력 독재를 몰아내니 지역감정이 권력을 잡고, 간신히 그걸 넘어 이념의 시대가 돌아왔는데 이념은 고개 한번 제대로 들지 못하고 곧바로 들이닥친 세계화, 자본주의의 꽃에 한 방에 떨어졌지. 우린 더 자본에 파묻힐 거야. 하지만 말이다, 동석아. 세상은 절대 경제로만 사는 게 아니란다. 그리고 경제에서마저도 오로지 자본과 시장만이 전지전능하지는 않단다."

난 듣기만 할 뿐 별로 대답할 말이 없었다. 늙은 진보의 슬픔. 그런데? 그게 밥을 주나, 빵을 주나? 다만 나는 가슴 뻐근함에 자주 궁둥이를 움직여야 했다. 아버지와 아들로서 대화를 했다. 벌레가 아닌 아들로서 대화를 하고 아버지를 설득했다. 이런 기분이었구나. 내가 별 말이 없자 아버지도 입을 닫았다. 아버지와 나는 아무 말 없이 소주병을 비워갔다. 두 병이 끝나갈 무렵 아버지가 다시 입을 열었다.

"정말 동주가 유부남 놈과 불륜 관계냐?"

"아직은 아닌 것 같지만 사업이 시작되면 그렇게 될지도 몰라요."

"그놈이 이혼할 생각도 없고?"

"동주 선배 남편이에요."

이 정도 몰아쳐야 아버지가 포기할 것 같았다.

"동주 빚을 갚으면 그놈과 헤어진다고 하더냐?"

"네."

이건 내가 알 수 없었지만 그렇다고 했다.

"알겠다. 어쩔 수 없지."

동생이 우메기떡, 그 생떽쥐페리 자식과 관계를 정리할지 아닐지는 중요하지 않았다. 어차피 혼탁한 세상, 불륜이 해운대 바닷가 모래알만큼 흔한 시대에 동생에게 도덕이니 윤리니 떠들 생각은 추호도 없었다. 알아서 하겠지. 그러나 동생이 J의 도움을 받는 관계, 갑과 을의 관계가 되는 것은 전혀 다른 얘기였다. 동주는 아마도 은행 빚만 갚으면 컴퓨터 회사 같은 것은 시작도 하지 않을 것이다. 사업만 시작하지 않으면 J와의 관계도 정신적 교감에서 흔들리지 않았을 것이다. 또 말없이 술을 마시던 아버지가 다시 불쑥 물었다.

"넌 어떻게 할 거냐?"

도대체 난 어떻게 해야 하는가? 어려운 문제였다. 회사를 차리려면 우메기떡 형의 도움을 받아야만 한다. 아무리 생각해 봐도 회사 인수와 투자는 할머니 60억이 있으니 든든했으나 그후 운영은 그의 형 도움 없이 힘들어 보였다. 그렇다면 포기하는 길은? 지금이라도 J에게 전화를 걸어 안 한다고 하면 그만이었다. 간단한 문제였다. 그러나 그렇게 되면 현애는 어떻게 될까? 상우는 현애를 결코 놔주지 않을 것이다. 폭력으로 상우를 집어넣고 이혼소송을 하는 방법이 있지만 그건 현애가 받아들일 수 있는 길이 아니었다. 내가 안다는 사실을 현애가 몰라야 했다. 현애를 구출하기 위해선 힘이 필요했다. 돈이나 돈에 준하는 힘 말이다. 힘으로 상우와 거래를 해서 현애를 구출해야 했다. 내가 동원할 수 있는 힘은 아무리 찾아봐도 DJ소프트뿐이었다. 어려운 문제였다.

오전 내내 할머니 방에서 종이를 만졌다. 작품은 거의 완성단계. 종이를 접고 동생의 얼굴을 만들었다. 세밀한 부분이어서 그런지 온몸에 땀이 솟았다. 할머니가 가지고 있는 눈 소품 중에 비교적 큰 것을 골라 동생의 눈을 만들었다. 만족스러운 얼굴. 허리를 펴고 기지개를 켜는데 땀방울이 떨어져 동생의 눈을 적셨다. 멍한 표정으로 창밖을 살폈다. 여름이 지나가고 있었다. 이젠 곧 서늘한 바람이 불겠지. 다시 동생을 봤다. 동생이 울고 있었다. 삼류 대학으로 알려진 학교에 입학했을 때 할아버지는 혀를 끌끌 찼고 아버지는 재수를 권했고 어머니는 그 실력에 거기라도 어디냐며 궁둥이를 때렸다. 고모는 못마땅한 표정으로 이 집은 남녀가 바뀌었다고 똑같은 소릴 되풀이했고 동생은, 내 동생은 내 합격을 빌며 접었다는 100개의 종이학, 그 작은 학들이 담긴 큰 유리병을 내밀며 수줍게 웃어주었다.

오빠 축하해.

공익 근무는 군대가 아니라고 친구마저도 외면했을 때 오직 동생만이 내 훈련소 입소에 따라와 눈물을 보여주었다. 오토바이를 타다가 트럭과 충돌해 병원에 입원했을 때도 제일 먼저 달려와 오열했던 내 동생, 최동주.

작품이 완성되었다. 이걸 동주에게 줘봤자 욕만 먹을 것이다. 그래서 그냥 할머니 상자에 보관하기로 했다.

점심때가 다 되었다. 배가 고팠다. 라면을 끓이며 휴대폰으로 우메기떡에게 전화를 걸었다.

"여보세요?"

"나 최동석인데."

"아, 네."

면과 수프를 넣고 계란을 터뜨려 넣었다. 아차, 파를 까먹었다.

"말씀하세요."

파 대신 고춧가루를 왕창 넣었다. 빨간 라면 국물을 보니 벌써부터 군침이 돌았다.

"여보세요? 말씀하세요."

"우리 사업 안 합니다."

"네?"

"우리 회사 안 한다고요."

"……."

"아무튼 그동안 고마웠고 마무리는 좀 부탁합시다. 동주와 난 DJ소프트 포기합니다. 그리고 내 동생과도 정리해 주면 좋겠습니다."

"……."

"제가 더 길게 얘기해야 하나요? 당신 가족에게 북해도 여행 가겠다, 뭐 이런 걸 알리겠다, 협박도 하고 그래야 하나요?"

"알겠습니다. 그런데 이건 최 교수와 상의한 일인가요?"

"상의고 뭐고 사업은 내가 안 한다니까. 그리고 관계 정리하라는 게 문제가 있나요? 꼭 동주와 상의해야 하는 문제인가요? 당신, 내일 당장 이혼하고 우리 동주와 결혼할 수 있어?"

"아닙니다."

"그럼 다 정리하는 걸로 알겠습니다."

"저기, 갑자기 왜 이러시는지?"

"그걸 내가 왜 당신에게 얘기해야 하나? 그럴 이유가 있나?"

"아닙니다."

"그럼 끊겠습니다."

"네. 그런데요."

"뭐가 남았나요?"

"오늘 아침 SW소프트 파산했습니다."

뜨겁고 매운 라면 국물이 들어가니 속이 얼얼했다. 이마에서 땀이 흘러내렸다. 괜찮았다. 라면이 다 그렇지 뭐.

라면은 다 그게 그건지 모르겠지만 칼국수는 달랐다. 강경에 도착하자마자 허기가 졌다. 뭘 먹을까 하다가 칼국수를 시켰다. 강경역 앞 허름한 집이었는데 칼국수 외에도 이것저것 하는 음식이 많았다. 이런 집에서 어떤 맛을 기대하기란 쉽지 않다. 그래서 아무 생각 없이 국물을 떴다. 그런데 오, 이건. 속이 다 깨끗이 씻기는 기분. 시원하기가 말로 표현할 수 없었다. 상쾌했다. 주위를 둘러보니 모두 콧물을 들이켜며 칼국수 국물을 마시고 있었다. 제대로 찾아온 것이다. 맛있게 칼국수를 먹었다. 칼국수는, 요즘엔 해물 칼국수니 카레 칼국수니 별별 종류가 많고

요리사들이 칼국수에 이것저것 넣는 것도 많다고 들었지만, 칼국수라면 역시 바지락과 멸치 조금만으로 오랜 시간 시원하게 국물을 낸 그게 진짜였다. 내 생각엔 그랬다.

동주도 학교 선생이면 학교 선생 일에 전념해야 하다고 나는 믿었다. 칼럼이니 이따금 들어오는 방송 출연이니 하는 것은 어디까지나 부수적인 일이었다. 그런 동주에게 생뚱맞게 컴퓨터 소프트웨어 사업이라니. 누가 뭐래도 이번엔 내가 정말 잘한 것이었다.

동주는 난리를 부렸다. 아주 오랜만에 동생 얼굴이 파란색으로 변했다. 얼마나 파랬는지 처음에 난 파란별 우주인이 나타난 줄 알았다. 파란 동주가 새파란 광선을 마구 뿜어냈다.

네가 뭔데 마음대로 회사를 하네 마네 하는 거야?

동주는 흥분했지만 난 차분했다. 차분하게 아버지가 불출마를 결심했으니 우선 집 담보로 빌린 돈으로 청계천 건물 대출을 갚으면 된다고 설명했다. 동주가 비명을 질렀다.

네가 뭔데 청계천 건물 대출을 갚느니 마느니 하는 거야?

난 네 오빠고 널 지키고 싶다는, 참 뻔뻔하고 어색한 소리도 했고 흥분하지 말고 냉정하게 다시 한 번 생각해 보라고 달래도 봤지만 동생의 푸른 광선은 점점 더 타올랐다.

남의 전화 내용이나 훔쳐보는 주제에. 뭐? 오빠라고? 지키고 싶다고? 네가 나를? 정말 웃겨. 너 미친 거 아냐?

방에서 우리 싸움을 듣다 못한 할아버지가 거실로 나와 오빠에게 그게 무슨 말버릇이냐고 야단을 쳤다. 하지만 동생은 할아버지도 안 보이는 모양이었다.

네가 정말 오빠야? 그런데 집이 이 지경이 되도록 친구 마누라 된 여자만 생각하고 피시방에서 고스톱만 쳤냐? 너 그동안 엄마하고 나하고 어떻게 버텼는지 알아? 네가 알아?

할아버지가 고함을 쳤지만 동생은 아랑곳하지 않았다. 나는 아팠다. 매우 심한 말이었으나 다 사실이었기에 그냥 아프기만 했다. 동생은 물론 J 얘긴 하지 않았다. 동생은 그것 때문에 스머페트가 된 게 분명했으나 그걸 직접 퍼붓진 않았다. 이해했다. 나도 현애와 헤어질 때 미치는 줄 알았다. 아무도 못 봤지만 난 아마도 그때 보라색으로 변했을 것이다. 그래서 동생 악다구니를 다 들어주었다.

대신 종이를 접으며 난 할머니에게 악다구니를 퍼붓기로 했다.

60억이 정말이라면 이젠 제발 좀 내놓으세요. 우리 집은, 적어도 나와 동생은 정말 돈이 필요하단 말이에요.

악다구니 대신 눈물이 터졌다. 쪽팔렸다. 평소 눈물 없는 내가 자랑스러웠는데. 하지만 한 번 터진 눈물은 좀체 멈추지 않았다. 할머니가 왜 그러느냐 물었다. 할머니에게 이런저런 얘기를 털어놓았다.

〈뻐꾸기도 밤에 우는가〉의 스토리. 이대근이 되어 정윤희를 만나서 사랑을 했고 헤어졌는데 정윤희가 산림간수와 결혼을 했고 얻어맞고 살고 있다는 것. 되찾는 건 힘들어도 간수 놈에게서 지켜주고 싶다는 마음. 지키려면 힘이 있어야 하는데 이대근은 힘이 없어 슬프다는 사연.

할머니는 60억을 내놓겠단 약속은 하지 않았지만 조용히 흔들리는 내 등을 쓸어주었다. 따뜻했다. 뭔가가 치료되는 기분이었다. 할머니는 딱 한마디만 했다.

사연 없는 인간이 어디 있겠니.

할머니 말은 진리에 가까웠다. 칼국수 면발 하나에도 있으려면 별처럼 많은 사연이 있을 수 있다. 잠시 고개를 갸우뚱했다. 확실히 난 변했다. 요즘 참 깊이 있는 사유를 할 때가 많다. 하지만 초등학교 산수 푸는 실력으로 해법 수학의 증명 문제에 손대는 격이었다. 이래도 되는가? 제대로 된 사유로 합리적 결과를 만들어낼 수 있는가? 혹시 엉뚱한 상상으로 일을 더 그르치는 게 아닐까? 모르겠다.

내가 눈물을 멈추자 할머니가 자신의 사연을, 그 기구한 사연을 들려주었다. 난 숨 한 번 크게 안 쉬고 방귀 한 번 안 뀌고 할머니 사연에 집중했다.

짝불이는 날 때리는 것만 빼면 좋은 사람이었고 아주 성실한 선생이었다. 하지만 독립투사라, 참 웃기는 얘기야. 네 할아비는 원래 독립운동 같은 것엔 아예 관심도 없었다. 그건 내가 잘 안다. 그렇다고 친일을 했다는 건 아니고. 그때 사는 게 그랬다. 일제 초기와 대동아전쟁 막바지는 아예 분위기가 달랐지. 일본 놈들이 마지막엔 악만 남아서 우린 그저 살기 위해 잔뜩 몸을 낮추고 지내야 했고 전쟁 때문에 군에서 지독하게 뜯어 가서 먹는 문제가 아주 심각했다. 아무튼 그런 분위기 속에 짝불이는 마음속으론 독립운동을 하고 싶었는지는 몰라도 겉으로는 군에 끌려갈까 봐 불안에 떨면서 하루하루를 보내고 있었다. 그러던 어느 날 짝불이 친구, 박종세가 찾아왔다. 부여에선 보기 드문 공산주의자였지. 박종세는 그때 이미 일본 경찰의 요주의 인물로 감시받고 있었는데 전쟁 상황이 어려워지고 군대가 치안을 맡게 되자 언제 붙들려 갈지 모르는 신세였어. 그 사람이 만주 독립군 학교에 가는데 함께 가지 않겠느냐고 네 할아비를 꼬였지. 짝불이는 이미 만주는 일본군 세상이 되었는데 무슨 독립군이냐고 물었고 박종세가 그랬다. 일본군 세상이지만 봉천에는 아직도 독립군 아지트가 있고 거기만 가면 로서아의 공산군이나 중국 남쪽 임시정부까지 갈 수 있다고. 어차피 여기 있다가 일본군에 끌려가 개죽음당할지도 모르는데 이왕지사 이렇게 된 것 차라리 독립군이 되자고. 짝불이는 어렵게, 아주 어렵게 용기를 내서 두 살 위 숙부와 박종세, 이렇게 셋이 만주로 떠났다. 갓 태어난 네 아비와 고모, 그리고 막 몸을 푼 아내를 두고 말이다. 솔직히 독립운동을 하러 만주로 떠났다기보다는 일본군에 끌려갈까 봐 가족을 버리고 도망을 쳤다는 게 더 맞는 얘기지. 아무튼 짝불이가 떠났는데 그만 마을에 사달이 난 거야. 누가 입을 놀렸는지 셋이 독립운동 하러 만주로 떠났다는 소문이 돌았어. 소문이란 게 늘 그렇잖아.

'박종세를 비롯한 셋이 로서아 공산당과 선이 닿아 만주로 떠났다. 곧 결사대를 이끌고 부여를 해방시키러 돌아온다고 했다. 이미 마을 사람들과 다 내통해서 봉기 준비가 끝났다.'

그걸 박종세를 예의 주시하던 헌병대가 들은 거야. 우선 사태가 이렇게 되기까지 아무것도 모르고 있었던 홍갭이가 헌병대에 끌려가서 치도곤을 당했지. 그리고 일본 헌병이 홍갭이를 앞세워 조사를 하러 직접 마을에 왔어. 그게 후지오카여. 그때가 초여름이었어. 황산 다리 밑에서 금강에 발을 담그고 옛날 물수제비 뜨던 때를 그리워하고 있는데 다리 위에서 홍갭이가 부르는 거야. 난 위를 올려다봤고 거기에 제복 입은 후지오카가 서 있었지. 저녁 햇볕을 뒤로하고 말이야. 그 다리가 요물인지 후지오카는 그 다리에서 첫눈에 내게 반하고 말았단다. 후지오카는, 인물은 별 볼 일 없었지만 참 어질게 생겼었다. 일본 헌병이 착하게 생겼다면 웃기겠지만 사실이 그랬어. 문학을 좋아하고 그림도 좋아하고. 우리 집에서 후지오카의 조사를 받았어. 남편과 소식을 통하느냐? 남편이 공산당원인지 몰랐느냐? 혁

명을 하러 만주로 떠난 걸 알았느냐? 뭐 이런 형식적인 조사였
고 난 무작정 아무것도 모른다고 했고. 불행 중 다행인 것은 후
지오카가 우리말을 어느 정도 알아들었다는 거였지. 그래서 중
간에 홍갑이가 통역을 했지만 놈이 어떤 농간을 부릴 수는 없
었어. 후지오카는 생각보다 일찍 조사를 끝내고 일어났어. 집을
나서다가 뒤를 돌아보며 아주 서툰 우리말로 그러는 거야.

혹시 구렌노키미를 아시무니까?

옆에 있던 홍갑이가 인상을 잔뜩 구기면서 가르쳐줬지. 홍련
이라고. 그땐 홍련이 뭔지 몰랐어. 나중에 연꽃 중에 하나란 걸
알았지만. 미국에 가서 봤다. 별로 예쁘지도 않더라. 그때 후지
오카가 왜 그런 말을 했는지. 내가 닮았다는 건지. 자기가 좋아
한다는 건지. 아무튼 그런 알쏭달쏭한 말을 남기고 가버렸지.
후지오카는 그 후로도 조사와 감시를 한다는 명목으로 뻔질나
게 우리 집에 드나들었어. 와서는 조사는 안 하고 괜히 마루에
앉아 시간을 보내다가 불쑥불쑥 뜻 모를 이야기를 던지곤 했지.
뭐 이런 거야.

노을만 남기고 산을 넘어간 해는 노을을 그리워할까요?

이 전쟁이 끝나면 이 세상은 또 무엇과 싸우려 할까요?

당신, 웃을 때 어깨 뒤에서 어떤 빛이 확 나는 거 알아요?

처음엔 좀 미친놈인가 보다 했다. 하지만 미친놈이 어떻게
대일본 헌병의 간부가 될 수 있겠니. 그래서 약간 엉뚱한 인간

이구나 생각했고 날 좋아한다는 걸 알게 되었다. 후지오카는 참 신사였다. 그때 일본 헌병이면 날 잡아다가 자기 마음대로 하는 건 일도 아니었는데 전혀 그럴 생각은 하지 않고 그저 날 바라보며 이상한 소리나 해댔어. 이것 때문에 소문이 났다. 박종세 마누라는 헌병대에 끌려가 초죽음이 되었거든. 하지만 그 마누라가 헌병대에서 손가락에 피를 내 치마에 태극기를 그리고 대한 독립 만세를 불렀다는 건 새빨간 거짓말이다. 후지오카에게 들었지. 마누라가 너무 심하게 맞아 거의 실성했다고. 숙부네도 가족이 다 끌려가서 반병신이 되었지. 나만 괜찮았던 거야. 그러니까 그때부터 벌써 내가 후지오카와 붙었다는 소문이 났다. 난 그 소문을 몰랐단다. 그리고 차츰차츰 그가 좋아졌다. 난 힘들었고 불안했고 그리고 외로웠단다. 그걸 홍갭이가 눈치를 챘지. 그놈이 참 치사한 놈이었어. 이해는 하지만. 아무튼 짝불이가 없을 때 날 어떻게 해보려던 놈은 다시 닭 쫓던 개 신세가 되자 이성을 잃어버렸어. 놈은 온 마을에 내가 후지오카와 붙어먹었다고, 자기가 봤다고 거짓말을 퍼뜨려 소문에 불을 질렀다. 가뜩이나 날 못마땅해하던 최씨 가문에선 내게 해명할 기회도 주지 않고 그걸 사실로 받아들였고. 그렇게 된 거야. 후지오카도 날 좋아했고 나도 호감을 가졌지만 우리 둘 사이에 어떤 진전은 없었단다. 그러다가 일이 터졌다. 하루는 후지오카가 들꽃 한 다발을 가지고 온 거야. 홍련보다 훨씬 더 예쁜 꽃이었단다.

내가 뭐냐고 묻자 일본 헌병은 얼굴이 빨개지면서 서툰 우리말로 그러는 거야.

여기 오다가 들꽃이 하도 예뻐서, 끝순 씨가 생각이 나서 꺾어 왔스무니다.

난 참 가슴이 뛰더라. 우린 서로의 눈을 봤고 그때 서로의 마음을 읽었다. 일이 터졌다는 게 이거야. 붙어먹었다는 게 참 여러 가지 의미가 있는데 어떤 의미에선 내가 후지오카와 붙어먹었다는 건 사실이다.

그리고 짝불이가 돌아왔다. 신의주까지 갔다가 삼엄한 경비에 지레 겁을 먹고 만주 땅 한 번 못 디뎌보고 돌아왔다고 했지. 셋은 이미 일본 헌병의 수배를 받아서 숨어 있었고 홍갭이가 그 셋을 찾으려고 온 마을을 헤집고 다녔다. 난 솔직히 그때 짝불이 일행이 잡히길 바랐다. 민족과 남편을 배신한 년이라고 해도 할 말이 없다. 난 그땐 짝불이가 싫고 후지오카가 좋았어. 난 매를 맞기보단 꽃을 받으며 살고 싶었다. 헌병대에서 나도 끌고 가서 고문을 하려고 했다. 그런데 후지오카가 자신이 불이익당할 걸 감수하고 온몸으로 그걸 막았다는 거야. 숨어 있던 셋과 마을 사람들 사이에서 심부름을 한 게 종우 도련님이었다. 종우 도련님은 그래도 내게 말은 붙이는 편이라서 종우 도련님께 나의 억울함을 전했지만 돌아오는 대답은 맷돌에 갈아버리겠다는 무지막지한 폭언이었다. 홍갭이가 종우 도련님을 꾀었단다. 박종세만 잡으면 된다. 최씨 일문은 절대 건드리지 않겠다. 이런 거였어. 순진한 종우 도련님은 그 문제를 상의하러 셋이 숨어 있던 통매 영감네 헛간으로 갔고 몰래 따라간 홍갭이가 결국 알아내서 셋을 잡은 거야. 그리고 온 마을에 내가 밀고했다고 거짓말을 퍼뜨렸지. 박종세는 헌병대에서 즉결 처분으로 죽고 네 할아비와 숙부는 공산당에 가입했다는 자백을 하라고 엄청난 고문을 당했다고 들었다. 그때 마을 사람들이 언젠간 반드시 날 죽이겠다는 협박을 했다. 그리고 곧 해방이 되었다. 일본에 원자폭탄이 떨어진 날, 후지오카는 이미 일본의 패망을 눈치챘다. 날 찾아왔지. 그는 날 두고 떠날 수 없다고 했다. 자기 고국에 가족이 있지만 돌아가서 가족과 헤어질 테니 자기와 함께 가자고 했어. 난 달리 선택할 게 없었다. 여기 남았다면 짝불이가 정말 맷돌에 갈아 죽였을 거야. 그렇게 일본에 갔다. 두 아이를 데려가려고 했다. 정말 그랬다. 후지오카도 허락한 일이었어. 그런데 집에 와보니 두 아이가 없어진 거야. 내 행동이 수상하다고 본 시댁에서 내가 후지오카를 만나는 동안 두 아이를 데려간 것이었다. 시간이 없었고 난 도망쳐야 했고 그렇게 울면서 두 아이를 버리고 길을 떠났다. 아무리 얘기해도 변명이 되겠지만 사실이 그랬다. 부산에서 배를 타기 직전 생인손을 앓았다. 손톱이 빠지려고 했지. 난 내내 울고 다녔다. 핏덩이 내 새끼들. 이를 악물고 손톱을 빼버렸다. 진짜 아프더라.

할머니는 가슴이 아픈지 자주 가슴을 두드렸다. 괜찮으냐고 물으니 이젠 아무 감각도 없어서 아픈 게 없다고 했다. 그러곤 내게 갑자기 얼굴을 들이밀더니 돈이 필요하면 자길 도와달라고 했다. 작고 가는 목소리. 평소 할머니 목소리와 달라서 괜히 등에 소름이 돋았다.

뭘 어떻게 도와드려요?

내 누명을 벗겨다오. 내가 황산 다리를 건널 수 없으니 네가 강경에 가서 홍갭이를 만나 내가 시키는 대로 해다오.

굳이 돈이 아니라도 그렇게 해드리고 싶었다. 나는 순수하게 할머니 누명을 벗겨드리고 싶었다. 종이를 함께 접으며 난 할머니를 신뢰하게 되었다.

동석아, 난 널 믿는다. 그러니 네가 이 할미의 원을 풀어 다오. 죽기 전에 황산 다리를 한번 꼭 건너가 보고 싶구나.

할머니는 누명만 벗게 된다면 내가 원하는 만큼 유산을 물려주겠다는 약속을 했다. 할머니 약속을 100프로 믿는 건 아니었으나 난 할머니께 잘 알겠다고 답했다.

맛있게 칼국수를 먹고 젓갈 거리로 들어섰다. 젓갈 냄새가 진동했지만 긴장으로 인해 그걸 느낄 수가 없었다. 트림이 올라왔다. 멸치 냄새와 바지락 냄새가 났다. 젓갈 냄새와 마찬가지였다. 젓갈 거리를 간신히 통과하자 강경여고 울타리가 보였다. 여고 앞에서 좁은 건널목을 건넜다. 들은 대로 커다란 느티나무가 있었다. 못해도 100살은 넘은 할아버지 나무였다. 건너편에 농협 간판과 제일다방이라고 쓰인 붉은 글씨가 눈에 들어왔다. 다방으로 들어서며 나무에게 살짝 말을 걸어봤다.

'나무야, 넌 봤니? 그때 어떤 일이 있었는지?'

거대한 나무는 대답 대신 높은 가지만 한 번 흔들어주었다.

안에 들어서자 낮은 트로트 음악과 어두운 조명, 그리고 담배 냄새와 행주 냄새가 손님을 맞이했다. 깡마른 여주인에게 이홍갑 노인을 만나러 왔다고 하자 전화를 받았다며 활짝 웃었다. 그녀는 다방 구석 큰 어항 옆자리로 날 안내했다. 다방엔 노인 몇이 앉아 있을 뿐이었다. 궁금했다. 왜 이런 오래된 다방엔 꼭 커다란 어항이 있어야 하는 걸까? 어항 속엔 노인처럼 보이는 금붕어 서너 마리가 아주 천천히 지느러미를 흔들었고 젓갈 국물 같은 짙은 빛깔의 물에선 작은 물방울이 조금씩 솟아났다. 여주인이 시키지도 않았는데 커피를 가져왔다. 의아한 표정을 짓자 여주인이 최종태 선생님 손자냐며 머리를 쓰다듬었다. 자신이 할아버지를 아주 잘 안다는 것이었다. 잠시 잊었다. 여기는 강경이었다.

동생은 강경도 싫다고 했다. 할아버지도, 부모도, 나도 다 싫고 심지어 최씨도 싫다고 하며 자신은 다른 집에서 태어났어야만 했다고 고래고래 고함을 질러댔다. 아버지는 당황해서 아무것도 할 수 없었고 충격을 받은 할아버지는 눈물만 흘렸다. 가만히 동생의 발광을 지켜보던 어머니가 동생에게 달려가 뺨을 때렸다. 우리 모두 놀랐다. 처음 있는 일이었다. 다음 날 동생이 집을 나가겠다고 했다. 당연히 할아버지와 부모님은 반대를 했다. 동생이 고집을 부리자 온 가족이 모여 동생을 설득했다. 동생은 무작정 나가겠다고 선언하곤 침묵으로 대항했다. 할아버지가 달래고 어머니가 타일렀지만 동생은 여전히 입을 다물고만 있었다. 아버지가 나섰다. 이런저런 쓸데없는 설교 중에 아버지 입에서 유부남 얘기가 나왔다. 동생이 눈을 치떴다. 난 동생의 시선을 피했다. 동생이 갑자기 비명을 질렀다.

다 원수야, 모두 원수야. 도와주는 사람은 아무도 없고 모두 짐이야.

사실 틀린 말이 아니었다. 동생의 결혼이 실패로 끝난 것도 우리 집 탓이 없다고 할 수 없었다. 기우는 집안. 결혼 준비를 하면서부터 시어머니 될 여자는 부동산 졸부 주제에 시도 때도 없이 동생의 비위를 긁었다. 동생은 꾹 참고 결혼을 했다. 그 결혼이 깨지고 동생 가슴에 생못질을 하고 청계천 건물 하나를 건졌다. 동생에겐 그게 전부였는데 그걸 담보 잡고 대출을 받고 그 이자도 갚지 못했다. 틀린 말이 아니었다.

방에서 다 듣고 있던 할머니가 나섰다. 동생에게 집 나가서 뭘 하려 하느냐고 물었다. 동생은 할머닌 끼어들지 말라고 쏘아 붙였다. 할머니는 개의치 않고 원하는 걸 얘기하라고 했다. 동

생은 머뭇거리더니 결심한 듯 윗입술을 깨물었다. 유학 가려고
해요. 내 주제에 유학은 무리란 걸 알지만, 그래도 가고 싶어요.
우선 밖으로 나가서 조용히 준비하고 떠나려고 해요.

그래서 돈이 필요했구나. 유학 경비도 필요하고, 그런데 여기
가족은 계속 마음에 걸리고, 그래서 힘들고 괴로웠구나.

할머니의 담담한 목소리. 동생은 뜻밖에도 여기서 눈물을 터
뜨렸다.

다방 문이 열렸다. 검은 그림자가 나타났다. 이홍갑 노인이
었다. 그가 내 자리로 다가왔다. 노인은 자리에 앉기 전에 주위
를 둘러봤다. 불편해 보이는 기색이었다. 노인은 앉자마자 손수
건을 꺼내 이마를 닦았다. 커피를 마시며 언제 시작할지 고민했
다. 쓸데없는 고민이었다. 노인이 먼저 말을 꺼냈다.

"정끝순이 부탁으로 찾아왔는가?"

내가 입을 열지 않자 노인은 온화한 미소를 지으며 말을 이
었다.

"그래, 할머니는 건강하신가? 자네 눈매가 할머니를 닮았군.
아마 할머니가 아직도 내게 오해하는 게 있을 거야. 하지만 이
제 우리가 다 죽을 때가 되어 뭘 시비를 가리겠는가. 난 다 잊었
다고 전해주게."

할머니는 그랬다.

놈은 원래 착한 놈이었지만 날 잃고 아주 엉큼하고 치사한

인간으로 변했다. 네가 강경까지 왔다는 걸 알면서도 아직도 거짓말을 하는 그런 인간이야. 그러니까 그놈이 아무리 선한 표정을 짓고 혹시 눈물까지 흘리더라도 절대 긴장을 늦추지 말고 시키는 대로만 해라. 알겠지?

그래서 난 긴장을 풀지 않고 충실하게 할머니의 지시를 따랐다.

"후지오카 씨가 한국으로 오실 겁니다."

이홍갑 노인은 아무 말이 없었다. 하지만 노인의 어깨에 미세한 떨림이 있었다. 난 노인의 눈을 주시했지만 노인은 자연스럽게 내 시선을 피했다.

"할머니는 후지오카 씨가 오셔서 부여를 방문해 모든 것을 밝히기 전에 어르신께서 문제를 풀어주길 원하십니다."

노인은 그때서야 후지오카가 누구인지 기억났다는 듯 눈을 크게 떴다. 그러곤 곧 눈을 가늘게 해서 눈빛을 감췄다.

"할머니는 굳이 이제 와서 어르신께서 밀고한 사실을 세상에 알릴 필요는 없다고 하십니다. 그저 할머니가 아니란 것만 증언해 주시면 된다고 하셨습니다."

노인의 눈이 더 가늘게 변했다. 노인의 침 삼키는 소리가 크게 들렸다.

"이런 겁니다. 어르신께서 일본에 있는 후지오카 씨와 연락이 된 겁니다. 옛날 얘기를 하다가 제 할머니 얘기도 나왔고 거기서 밀고자는 할머니가 아니었다는 걸 알게 된 거죠. 그래서 그걸 이제라도 밝히는 겁니다. 어르신이 직접 말입니다."

노인 뒤편이 어두워졌다. 실제로 그런 건진 몰라도 내 눈엔 그랬다. 이제 할 일을 끝냈다. 할머니는 대단한 사기꾼이자 도박사였다. 죽은 후지오카로 산 이홍갑을 잡으려 하다니. 자리에서 일어섰다. 이제 마지막 멘트를 할 차례.

"할머니는 일주일을 기다리겠다고 하셨습니다. 일주일 후에 후지오카 씨가 오면 어차피 다 밝혀질 일이지만 할머니는 어르신과의 옛정을 지키고 싶다고 하셨습니다. 왜 그랬는지 다 이해한다고 하셨습니다."

노인은 내가 다방을 벗어날 때까지 그 자리에서 꼼짝하지 않았다. 하지만 난 노인이 속으로 오열하지 않을까 예상했다. 내 예상은 그리 틀리지 않을 것 같았다.

서울로 올라오는 길. 오래된 무궁화호 열차 안에서 차창에 비친 내 얼굴을 봤다. 뿌듯했다. 할머니는 누명을 벗을 수 있을까? 꼭 벗었으면 좋겠다.

일본에 가서 보니 후지오카가 말한 것처럼 가족과 헤어지고 말고 할 분위기가 아니었다. 패전 일본의 참상이라는 게. 후지오카는 귀국과 동시에 강제 퇴역을 당했는데 그를 위한 일자리는 패전 일본 땅 어디에도 없었고 그만 바라보는 그의 가족은 모두 굶어 죽게 된 신세였지. 거기서, 후지오카의 집 골방에서 그의 가족과 함께 굶주림을 겪다가 내가 나섰다. 미군 클럽 여급으로 일했다. 몸을 팔진 않았다. 대신 웃음을 팔고 가끔 팔과 다리, 엉덩이를 팔았다. 달러를 흔들면서 한번 하자는 미군 어린애들이 많았는데 난 우선 그 큰 놈들과 뭘 할 자신이 없었다. 내가 여급으로 일한 돈으로 후지오카 가족을 먹여 살렸다. 1년 정도 지나자 후지오카도 부두 노동 일을 시작했고 가족들도 각자 밥벌이를 하게 되었다. 그리고 묘한 분위기가 흘렀다. 후지오카 가족들의 냉대가 시작된 거야. 아주 은밀하게. 밥에 벌레를 넣거나 내 옷을 몰래 찢어놓거나. 그래서 그 집에서 나와 방을 얻었다. 가끔 후지오카가 들렀다. 들러선 날 때렸어. 미군에게 몸을 팔았다고 때리기 시작했다. 조선 놈이나 일본 놈이나 아무튼 자기 여자 때리는 데는 선수니까. 처음엔 새끼 버린 벌 받는다고 생각하고 참았다. 내가 참자 폭력이 더 심해졌다. 그래서 결국 그를 떠나기로 했다. 내가 떠나겠다고 하니까 그때야 후지오카는 부여에서의 모습으로 돌아갔다. 그걸 느낄 수 있었어. 후지오카는 날 잡지 못했어. 그냥 울기만 하는데. 가슴이 아팠지만 그렇다고 일본까지 와서, 여급 생활까지 하면서 맞고 살

수는 없었다. 그래서 난 나고야로 갔다. 거기에 미군 클럽이 많았거든. 꿈이 없는 생활. 조국으로 돌아갈 수도 없고 아이들에게 돌아갈 수도 없고 그렇다고 후지오카에게 돌아갈 수도 없는 암울한 하루하루. 난 그러나 그렇게 죽고 싶지 않았다. 그래서 미국에 가기로 마음먹었지. 미국에만 가면 뭐든지 잘될 것 같았어. 그래서 무조건 날 미국으로 데려가겠다는 미군과 결혼을 하고 미국행 비행기를 탔다.

너 혹시 애틀랜타라고 아냐? 코카콜라로 유명한 도시인데. 몰라? 할 수 없지. 아무튼 거기가 지금은 제법 큰 도시가 되었지만 내가 처음 갔을 때만 해도 사람 살 곳이 아니었어. 인간이라고는 백인하고 흑인뿐이었는데 둘이 사이가 아주 안 좋았고 겨우 몇 명 있는 동양인이라곤 중국집을 하거나 부자 백인 집에서 하인 노릇 하는 중국인밖에 없었지. 졸지에 나도 중국 여자 취급을 받았다. 거리에 나가면 어른이나 애들이나 돌을 던지고 치마를 들치고, 참 기가 막혔다. 내가 어디서 지고는 못 사는데 혼자라는 게 그렇더라. 괜히 주눅이 들어서 그걸 다 당하고 살았다.

마크는, 나랑 결혼한 백인 껑다리인데 놈이 바로 알코올중독이었어. 이놈이 일할 생각은 안 하고 매일 술타령이야. 그래서 중국 여자가 되어 백인 집 청소를 했다. 참 징그럽게도 일했다. 하도 화공 약품을 만져서 지금도 내 오른손 엄지하고 중지에는

지문이 없단다. 그래도 참고 살았다. 시간이 지나면 나아지겠지 했는데 그게 아니었다. 술만 마시던 놈이 마약을 하더라. 그러더니, 참 지금 생각해도 창피한데 자꾸 항문에다가 그 지랄을 하려고 하는 거야. 놈도 마침내 주먹질을 하더라. 그때 그런 생각을 했다. 내가 영주권만 따면 이 자식하고 이혼하고 다시는 남자들과는 인사도 안 하고 살겠다고. 짐승 같은 생활을 견디어내니 영주권이 나왔다. 미국은 참 좋은 나라야. 참고 견디면 보상을 해주거든. 난 곧바로 놈과 이혼을 했는데 갑자기 돈줄과 섹스 파트너를 잃게 된 놈이 총을 들고 설치는 거야. 그땐 확 돌았다. 더 이상 뭐가 더 나빠지겠는가, 뭐 이런 생각이었던 모양이야. 놈의 총부리에 가슴을 대고 그랬지.

왓 아 유 빡킹 딕 헤드. 슛 미, 롸잇 나우.

우리말로 하면 이 좆대가리 새끼야 지금 당장 쏴봐. 뭐 이런 말이야. 무서울 게 없었거든. 그랬더니 놈이 쏘지 못하더라. 당장 다른 도시로 이사를 했다. 그게 바로 샤롯데야. 샤롯데,《젊은 베르테르의 슬픔》에 나오는 여주인공 말이야. 읽어봤냐? 어쩐 일이냐? 그건 그래도 읽었구나. 영주권을 따고 마귀 같은 놈과 헤어지고 이름도 예쁜 새 도시로 이사도 왔는데 살길이 막막했다. 그래서 다시 노동 일을 시작했다. 청소 일을 하다가 얻은 두 번째 직장이 바로 스티브의 암스트롱 햄버거 집이었어. 스티브는 지금까지 내가 만난 남자들과 전혀 다른 인물이었어. KFC 할아버지처럼 배가 불쑥 나온 흑인 뚱뚱보였지만 마음은 정말 비단결이었지. 스티브가 결혼하자고 했을 때 난 망설이고 또 망설였다. 결국 이 남자도 변하지 않을까? 결국 이 남자도 주먹질을 하지 않을까? 그런데도 난 스티브와 결혼을 했다. 진짜 외로운 건 못 참겠더라. 그리고 처음으로, 태어나 처음으로 편안한 하루가 찾아왔다. 그 하루가 되풀이되었다. 그때가 내 인생의 황금기였다. 스티브는 결혼을 하고 나서도 정말 좋은 남자였다. 내가 만난 최초의 좋은 남자. 젊은 시절 아마추어 복싱 선수도 했던 용감하고 힘센 사내였지만 여자를 때린다는 건 상상조차 하지 못하는 사람. 영어에 익숙해지고 가끔 내 살아온 날들을 얘기해 줬다. 스티브는 내 얘길 들으면 늘 엉엉 소리를 내며 아이처럼 울었다. 뚱뚱하고 크고 까만 남자가 아이처럼 울면 우습게도 내 마음속 상처가 조금씩 아물었어. 아이 셋을 낳았다. 아이들도 잘 자라주었다. 언제부턴가 인종차별도 줄어들더니 주변에 친구도 생겼다. 햄버거 가게는 아주 잘되지도 않았지만 단골이 많아서 절대 망하지는 않았다. 스티브가 워낙 성실한 남자라서 장사는 참 안정적이었단다.

난 비교적 편안하게 살았다. 평생 네 아버지와 고모가 걸렸다. 하지만 만날 방법이 없었지. 그래서 어쩔 수 없이 잊으려고 노력했다, 잘되진 않았지만. 그렇게 나이를 먹고 할머니가 되었다. 스티브를 먼저 보내고 홀가분하게 양로원에서 여생을 보내고 있는데 후지오카의 아들에게서 연락이 왔다. 후지오카가 죽었다고. 그렇게 모두 죽더구나. 후지오카는 내가 떠난 후 죽도록 일을 해서 택시 회사로 큰돈을 벌었단다. 택시 회사 이름이 구렌노키미라고 해서 잠깐 울컥했단다. 돈을 벌고 나서 날 찾은 모양이었다. 내가 재혼해서 아이 셋 낳고 잘 산다는 소식을 듣고 내 앞엔 나타나지 않았다는데 그 사람이 죽으면서 내게 유산을 남겼다. 그게 120억 정도 된다. 동주가 자기 일본 지인을 통해 그걸 찾아낸 것 같더라. 후지오카의 구렌노키미 택시 회사 말이다. 아무튼 난 스티브가 평생 일해 벌어놓은 돈 1억도 있고 연금으로 내가 죽을 때까지 양로원에서 편하게 지낼 수 있다. 그래서 돈은 내겐 아무것도 아니다.

고민하다가 여기에 왔다. 내가 평생 가슴에 묻고 산 죄. 자식을 버린 죄. 그걸 갚을 수는 없겠지만 자식들에게 유산을 주고 싶어서 여기에 왔다. 나머지 반은 미국의 자식들에게 물려줄 작정이다. 또 짝불이가 보고 싶었다. 위암에 걸려 위를 절반 정도 잘라내는 수술을 받았다. 마취 전에 이렇게 죽을 수도 있구나 생각이 들더라. 그런 생각을 하니 왈칵 눈물이 나면서 짝불이 얼굴이 떠올랐다. 그 하얀 웃음 말이다. 폭력 때문에 그렇게 미워했는데 죽음을 눈앞에 두니 내 속마음이 보인 거야. 평생을 함께한 스티브에겐 미안하지만 내게 사랑은 짝불이 하나였던 것 같다.

내 평생 남자가 넷이 있었다. 제일 열정적으로 사랑한 사람은 네 할아비 짝불이다. 가장 가슴 아팠던 건 후지오카였고 백인 병사 놈은 얼굴도 기억이 안 나고 내 인생에 가장 고마웠던 반려자는 스티브였다. 스티브는 교회에서 피아노 반주를 했다. 피아노를 아주 잘 치고 노래도 잘 불렀는데 죽기 전에 내게 블론드 제니를 불러주었단다. 그 노랜 백인들 노래였는데 스티브는 날 위해 기꺼이 목소리를 높였지. 지금도 내 귀에 생생하게 들린다, 스티브의 부드러운 목소리. 이런 제길, 또 눈물이 나네.

한 송이 들국화 같은 제니
바람에 금발 나부끼면서
오늘도 예쁜 미소를 보이며
굽이치는 강 언덕 달려오네.
구슬 같은 제니의 노랫소리에
작은 새도 가지에서 노래해
아, 한 송이 들국화 같은 제니
금발머리 나부끼며 웃음 짓네.

끝까지 신파

◎◎◎◎

　　　　선거를 포기한다고 하고서도 아버지는 뻔질나게 고향 부여를 드나들었다. 또 부여에 다녀온 아버지가 야밤에 갑자기 가족회의를 소집했다. 오랜만에 고모도 집을 찾았다. 할아버지는 방에서 나오지 않으려 했다. 아버지가 할아버지 방으로 들어가 드릴 말씀이 있으니 잠깐만 나오시라고 고집을 부렸다. 그리고 끝내 할아버지를 거실로 불러냈다. 아버지 고집으로 고모를 포함한 온 가족이 모처럼 한자리에 모여 앉았다. 동네 친구들 계 모임에 참석하지 못한 어머니가 제일 먼저 불만 가득한 표정으로 아버지에게 물었다.

"도대체 무슨 일로 바쁜 사람들을 다 모이라고 했어요?"

아버지의 표정은 사뭇 비장했다.

"아버지, 임천 할머니가 어제 돌아가셨습니다. 제가 문상 다녀왔습니다."

할아버지 표정은 덤덤했다. 할머니는 누군지 모르는지 이리저리 고개를 돌렸다. 어머니가 낮은 목소리로 고모에게 임천 할머니가 누구냐고 물었고 고모가 어머니보다는 조금 큰 목소리로 이홍갑 할아버지의 여동생이라고 알려주었다. 이홍갑이라는 이름이 나오자 나는 할머니를 쳐다봤고 할머니는 아버지를 쳐다봤고 아버지는 여전히 할아버지에게서 시선을 떼지 않았다. 어머니가 다시 물었다.

"그런데 그게 우리하고 무슨 상관이 있나요?"

아버지가 아주 잠깐 어머니를 째려봤다. 조용히 하라는 뜻이었다. 어머니는 고개를 동생에게 돌리고 입을 삐쭉댔고 동생은 길게 하품을 했다.

집에 태풍을 일으켰던 동생은 엄청난 오열을 터뜨리곤 그 후 놀랍도록 잠잠해졌다. 할아버지와 아버지, 어머니는 동생이 스스로 정리하고 일어날 때까지 절대 건드리지 말자는 묵계를 나눴다. 동생의 귀에 리시버가 꽂혀 있었다. 동생을 툭 치고 작은 목소리로 물었다.

"무슨 노래야?"

"응?"

동생의 목소리가 컸다. 모든 가족이 우리를 봤다. 아버지의 헛기침 소리. 난 고개를 숙였고 가족들의 시선이 사라졌다. 동생이 베토벤의 비창을 듣고 있다고 속삭였다. 이어지는 아버지의 목소리.

"임천 할머니 아들이, 상주가 술에 만취해서 상가가 좀 그랬습니다."

할아버지는 여전히 무심한 표정으로 혀를 끌끌 찼고 할머니는 큰 눈을 여기저기 돌리며 뭔가가 나오기를 기대하는 눈치였고 고모와 어머니는 '그래서 뭐?'라는 불만 가득한 얼굴을 노골적으로 드러냈다. 동생은 다시 한번 하품을 했다. 가족들의 반응엔 아랑곳하지 않고 계속되는 아버지의 얘기.

"이홍갑 어르신이 저를 따로 불렀습니다. 그분 말씀이."

아버지는 이 부분에서 목이 메었다. 가슴에서 어떤 불길 같은 것이 일었다. 작은 불길이었지만 서서히 타올랐다. 노인이 선택을 한 모양이었다. 할머니의 뺑 카드가 통한 것 같아 뒷목을 타고 피가 올라왔다. 아버지가 감정을 추슬렀다.

"광복 때 부여에서 근무하던 일본 헌병들과 연락이 닿았답니다."

할아버지가 어깨를 쭉 앞으로 뻗으며 뺨 근육을 떨었고 할머니는 어깨를 모으고 고개를 숙였다. 다른 가족들은 여전히 이리

저리 몸을 뒤척이며 오늘의 모임에 불만과 짜증을 나타냈다.

"그들이 그랬답니다. 그때 아버님 밀고자는 분명히 남자였다고. 누군지는 기억나지 않지만 박종세 씨 집안 누구였다고. 확실하게 할머니는 아니었다고."

베토벤 비창 1악장 알레그로. 할머니와 할아버지를 포함해서 모든 가족의 표정이 얼어붙었다.

"이홍갑 어르신은 아버지와 어머니께 너무 큰 죄를 지었다고 제게 고개를 숙였습니다. 고향 어른들껜 자기가 직접 다 알리겠다고 하시며 자신의 오해로 평생을 누명을 쓴 채 사신 어머니께 무릎 꿇고 사죄하고 싶다고 하셨습니다."

가슴이 뻥 뚫리는 기분. 67년 만에 할머니의 누명이 벗겨지는 순간이었다. 할아버지는 다소 멍청해 보이는 표정이었다. 눈을 가늘게 뜨고 입을 크게 벌리고 동작을 멈춘 상태. 하지만 조금 자세히 살펴보면 미세하게 떨리는 할아버지의 목주름을 쉽게 발견할 수 있었다. 고모는 처음엔 눈을 크게 뜨고 입을 딱 벌리더니 곧이어 할아버지와 할머니, 아버지를 차례로 돌아보곤 갑자기 심장이 아픈지 손을 가슴에 올리고 얼굴을 잔뜩 찡그렸다. 어머니는 우선 얼굴이 발갛게 달아올랐다. 친구들 모임에 갔으면 놓치고 말았을 이 기막힌 순간, 어머니는 흥분했는지 자꾸만 엉덩이를 씰룩대면서 앉은 자세를 바꾸었다. 어머니 콧구멍이 평소보다 약 1.5배 정도 확장되었다. 동생은 여전히 비창을 듣고 있었다. 동생은 가끔 눈을 감고 고개를 까닥였다. 그리고 할머니는, 할머니 얼굴은 점차 보라색으로 변해갔다. 하지만 끝까지 할머니 얼굴색을 관찰할 순 없었다. 할머니는 다시 고개를 숙였다. 어떤 기분일까? 아마도 설움일 듯. 67년의 긴 시간, 모진 세월 억울한 인생이 동영상이 되어 떠오를지도 몰랐다. 얼마나 억울할까? 얼마나 기막힐까? 나는 그냥 그랬다. 이미 할머니의 억울함을 알고 있었기에 누명이 벗겨진 것이 기쁠 뿐이었다. 난 어떻게 할머니를 믿을 수 있었을까? 거짓말쟁이 할머니를 믿게 된 것은 할머니를 사랑하기 때문이었다. 누군가를 사랑하게 되면 아주 많은 것이 변한다.

제일 먼저 변하는 게 바로 수용이다. 그가 무슨 짓을 했든 이해가 가고 용서가 된다. 그가 억울하다고 하면 그대로 믿게 되고 그가 아니라고 하면 비현실적이라도 일단 아니라는 생각이 든다. 남녀 간 사랑과는 다르게 이런 사랑은 신뢰를 만든다. 나도 담담했지만 아버지도 생각과 달리 아주 담담한 표정이었다.

"어머니의 억울함을 생각하면 온몸의 피가 마릅니다. 한 여인의 일생을 망가뜨린 일입니다. 저와 달자의 인생, 아버지의 인생을 송두리째 무너뜨린 기막힌 일입니다. 아버지, 그동안 얼마나 힘드셨습니까? 제가 봐왔기에 누구보다 더 잘 압니다. 배신감 때문에 얼마나 괴로워하셨습니까? 저와 달자도 그렇지만 아버지가 그동안 얼마나 힘들게 지내오셨는지 잘 알기에 저는 참기 힘듭니다. 그리고 내 어머니, 우리 어머니, 억울한 누명을 쓰시고 우리와 헤어져 모진 고생을 하신 분입니다. 도대체 누가 이 엄청난 일을 보상할 수 있는지. 기막히고 답답하고 억울하고, 참 서럽습니다."

아버지는 계속 담담한 어조로 말을 이었다.

"그래서 적어도 명예 회복은 해야겠다고 생각했습니다. 고향 분들을 모시고 조그만 자릴 만들어 어머니의 오명을 씻어드리고 우리 집안의 억울한 누명을 벗는 행사를 준비해야겠다고 저는 결심했습니다."

아주 잠깐 의심을 했다. 혹시 아버지는 이 일마저도 겨울에 있다는 보궐선거에 이용하려는 것은 아닐까? 불쑥 할머니 목소리가 튀어나왔다.

"하지 마라. 내 자식들이 알았으면 되었다. 난 그것으로 다 풀렸다."

아버지의 목소리가 갑자기 떨려 나왔다.

"하지만 어머니, 너무나 억울하지 않습니까? 제가 이렇게 미칠 지경인데 어머니는 얼마나 기막히겠습니까? 이 한을, 도대체 이 한을 다 어찌해야 한단 말입니까? 우선 명예 회복을."

"내 평생 명예 같은 것은 생각해 본 적 없다. 그런 건 하나도 중요하지 않아. 다만 네 아비와 내 자식들이 내가 억울하게 누명을 쓰고 그때 떠나야만 했다는 것, 그래서 평생 너희들을 그리워했다는 것, 그것만 알아주면 된다."

할아버지의 목소리. 너무 작고 가늘어서 조금 웃기기까지 했다.

"왜? 바보같이 왜 떠났어? 억울하게 누명을 썼으면 누명을 벗어야지, 왜 어리석게 그냥 떠나서 이런 일을 만든 거야? 이 바보야."

할머니가 곧바로 이었다.

"전에도 얘기했지만 네가 믿지 않았잖아. 세상에 믿을 건 너 하나밖에 없었는데 네가 믿지 않고 날 맷돌에 갈아버리겠다고 했잖여."

"이 등신아, 그게 진심이간디? 네가 왜놈하고 붙어먹었다니까 그냥 휙 돌아뿐진 거지. 이 바보여, 이 바보여."

그리고 할아버지가 쓰러졌다. 그냥 앉은 자세 그래도 옆으로 쓰러졌다. 하도 어이없이 쓰러져서 가족들이 그 심각성을 깨닫는 데 조금 시간이 필요했다. 구급차가 왔다. 아버지와 고모, 동생과 내가 병원으로 향했다.

할아버지 상태는 심각했다. 급성 심근경색. 할아버지는 응급실에서 나와 곧장 중환자실로 들어갔다. 병원에선 수술을 생각했지만 워낙 고령이라 수술은 엄두도 내지 못했다.

병원 복도에서 동생과 나란히 앉았다. 늦은 시간이었는데도 졸리진 않았다. 동생이 리시버 한쪽을 빌려줬다.

"이건 뭐야?"

"아직도 비창이야. 듣고 또 듣는 거야. 이런 기막힌 밤에 잘 어울리는 선율이지. 지금은 2악장 아다지오 칸타빌레야."

"아, 그 유명한 베토벤 바이러스?"

"그건 비창의 3악장이야."

동생의 옆얼굴을 봤다. 아무리 봐도 참 예쁜 동생이었다. 동생과 현애 중 누가 더 예쁠까? 둘이 친하게 지내던 때, 둘을 데리고 나가면 천하를 얻은 기분이었다. 예쁜 동생을 보다가 할아버지 걱정을 했고 할머니 생각에 가슴이 아팠고 그리고 그게 반복되었다. 밤 12시, 종이 울렸다. 나와 동생은 함께 베토벤의 비창을 들었고 아버지와 고모는 병원 복도를 서성이다가 비로소 통곡하기 시작했다.

할아버지는 왜 할머니를 믿지 못했을까? 질투가 이성을 마비시켰겠지. 그저 일본 헌병과 할머니가 사랑을 나누는 상상으로 머리가 가득 차서 아무것도 들리지 않았겠지. 그 질투로, 그 흥분으로 사랑하는 정인과 무려 67년을 떨어져 지냈고, 그 67년 동안 내내 고통 속에 있었고, 이젠 돌이킬 수 없는 사이가 되었다. 그 흥분으로 인해 할아버지 인생이 망가졌다고 해도 틀린 말이 아니었다. 난 할아버지를 이해했다. 나에게도 비슷한 시절이 있었다.

현애가 취직을 하고 가끔씩 나와의 만남을 피했을 때 나는 질투와 불안으로 견디질 못했다. 난 늘 현애를 추궁했고 현애를 믿어주지 못했다. 내 추궁에 지쳐 현애가 날 떠났는지도 모르겠다.

절대 화내지 않을 테니까 솔직하게만 얘기해. 너 만나는 사람 생겼지?

정말 속을 뒤집어 보여주고 싶다. 나 누굴 만날 시간도 없어. 일이 얼마나 바쁜지 알아?

그 잘난 회사 일 때문에 넌 무려 사흘이나 날 피했어. 그게 말이 된다고 생각하냐? 그런 거짓말을 믿을 바보가 있다고 보냐?

네가 회사 생활을 몰라서 그러는데.

아, 그래? 계속해 봐.

미안해.

아니야, 계속해 봐. 그러니까 난 회사 생활을 몰라. 그런데?

그런 뜻이 아니었어.

이것 봐. 또 거짓말이잖아. 넌 분명히 그런 뜻이었어.

최동석. 이 자식아, 너 왜 자꾸만 이렇게 못난 놈이 돼가니?

왜 우냐? 울면 내가 그냥 넘어갈 걸로 보이냐? 그래 나 못난 놈이야. 그렇다고 이렇게 마구 속여 먹어도 되는 그런 바보는 아니다. 제발, 솔직하게만 얘기해, 그만 울어. 쇼하지 말고.

꼬박 일주일을 병원에 있었다. 일주일이 지나 할아버지는 기적적으로 의식이 돌아왔고 일반 병실로 옮길 수 있었다. 안심할 상태는 아니었지만 일단 중환자실을 나오자 무작정 안심이 되었다. 노원에서 제일 큰 B종합병원. 정릉 혈투 이후 내가 입원했던 병원이고 동주가 사고로 입원했던 병원이었다.

지난 일주일 동안 할아버지 외에 또 한 명의 인물이 B병원을 찾았다. 바로 현애.

아파트 계단에서 실수로 굴렀다고 했다. 온몸에 타박상을 입고 다리가 부러져서 응급차를 타고 병실에 들어왔다.

할아버지 병세가 오락가락했다. 좀 호전되었다 하면 금세 또 악화되었다. 병원에선 이렇다 할 병명을 찾아내지 못했다. 그런데도 할아버지는 하루하루 기력을 잃어갔다.

"노환이십니다."

아버지는 연신 개자식들을 외치며 다른 병원으로 옮기자고 했지만 어머니와 고모는 벌써 포기했는지 훗날을 대비하는 눈치였다. 할아버지 사랑을 듬뿍 받았던 동생은 그 사랑을 다 갚으려고 작정했는지 할아버지 머리맡에서 떠나지 않고 병실에 붙어살았다. 나는 할아버지 대소변을 받아주거나 옷을 갈아입을 때만 필요해서, 남는 시간 병원에서 딱히 할 일이 없었다. 하루는 동생이 물었다. 13층엔 왜 안 가냐고. 난 대답하지 않았다. 동생도 더 이상 묻지 않았다.

할아버지가 잠든 시간, 동생은 여전히 베토벤을 들었고 나는 그 옆에서 졸고 있었다. 어느 순간 동생이 내 어깨를 건드렸다. 졸린 눈을 비비며 눈으로 물었다. 왜?

"언제부터 내 휴대폰 훔쳐봤어?"

"……."

"그때 그냥 두지 않으려다가 참았는데 오빠라고 내 인생을 간섭해?"

"……."

"진짜 화가 났지만."

"화가 났는데 뭐?"

"오빠 마음을 알아서 참았어."

"고맙다. 그리고 미안하다."

"뭐가 미안해. 내가 오빠라도 그렇게 했을 거야."

동주와 난 잠시 앞만 바라봤다. 둘이 함께 같은 방향을 보니 기분이 좋아졌다. 동생이 다시 입을 동그랗게 말았다.

"왜 그랬는지 몰라. 언제부턴가 가족이 미웠어. 가족들은 사실 그냥 자기 인생을 사는 건데 나만 잘난 척하느라고 그걸 다 짐이라고 생각했나 봐. 아, 창피해."

할 말이 없었다. 다른 가족은 몰라도 난 확실히 동생에게 짐이었다.

"할머니 60억 얘기 들었을 때 잠깐 돌았었나 봐. 유산을 받아서 가족에 대한 부담도 지우고 유학 가고 싶었어. 학교에서도 사실 힘들었거든. 한번 욕심이 생기니까 눈이 돌아가더라. 날 말려줘서 고마워, 오빠."

동생이 내 손을 잡았다. 자꾸만 눈물이 나려고 해서 참느라 죽을 지경이었다.

"나 때문에 회사 포기한 거야?"

"여러 가지 이유가 있었지. 아무튼 난 네가 멋진 남자를 만나서 다시 시작하길 바란다. 널 아껴주는 사람 말이야. 그게 제일 중요한 것 같아."

"그런데 왜 오빠는 현애 언니와 사랑했어? 현애 언니는 처음부터 오빠를 아껴줄 것 같진 않았잖아."

"아니, 처음엔 그랬어. 모든 게 변했던 거지."

"그러면 내가 앞으로 만날 사람도 변하겠네. 과거의 그 사람들처럼."

"아니, 변하지 않을 거야."

"왜?"

"그건 상대적인 것 같아. 네가 하기 나름이란 얘기야. 현애가 변한 건 내 탓이 크다. 어쩌면 내가 먼저 변했었나 봐."

"오빠, 정말 많이 달라졌다. 변했어. 진짜 오빠 같아."

나도 알았다. 난 변했다. 아니 그보다는 변하기 위해 안간힘을 쓰고 있었다.

"구체적으로 뭐가 변했는데?"

"그냥 느낌이 그래."

여기서 동생과 나는 또 한동안 입을 닫고 앞만 바라봤다.

"아버지가 선거에 안 나가기로 했어. 곧 집 담보를 풀 거야. 그러면 우선 은행 대출금부터 갚아."

동생 얼굴에 그늘이 졌다. 베토벤으로 간신히 견디고 있는 모양이었다. 내 마음에 줄이 죽죽 갔다.

"괜찮아. 어차피 부담만 되는 건물이었어."

가슴이 쨍하고 깨지는 소리. 동생은 여전히 힘든 모양이었다. 명색이 오빠인 나는 할 수 있는 게 없었다. 동생의 투명한 목소리가 들렸다.

"오빠, 우리나라 어떤 작가가 쓴 소설이 있는데, 제목이 길어, 비가 와도 이미 젖은 사람은 다시 젖지 않는다. 거기에 나오는 글 중에 이런 말이 있어."

동생은 나와 대화할 땐 좀체 책이나 음악, 미술 얘길 하지 않는다. 딴에는 수준을 맞추려고 노력하는 것인데 난 그게 좀 속상했다.

동생이 좋아하는 책 내용.

'사랑은 수락이다. 그리하여 인간을 사랑한다는 것은 인간

존재 자체를 수락하는 것이다. 그 존재의 모든 허약함까지도. 그렇다. 수락하게 될 때 우리는 더 이상 인간에 실망하지 않게 된다. 다만 서로 연민할 뿐이다.'

사랑에 대해 생각하고 있는데 동생이 초를 쳤다.

"오빠, 그런데 정말 상희 싫어? 병원에서 몇 번 마주쳤는데 다시 봐도 정말 괜찮은 여자더라. 오빠 짝으로 정말 딱인데. 아까워 죽겠어."

어머니와 고모가 할아버지를 집으로 모시기로 했다. 이미 가망이 없는데 비싼 병원비만 축내느니 집에서 모시다가 보내드리자고 합의를 본 모양이었다. 난 절대 반대였다.

첫째, 할아버지를 포기할 수 없었다. 포기를 해도 하는 데까지 해보고 포기를 해야지 아직 정신도 멀쩡한데 벌써 포기 운운하는 게 참기 힘들었다.

둘째, 병원에서 나가면 할아버지 수발이 더 힘들다. 여긴 간호사라도 있어서 괜찮지만 집에 들어가면 난 할아버지 대소변 때문에 꼼짝할 수 없다.

셋째, 병원에서 나가면 그나마 가끔 상희를 만나 듣게 되는 13층 소식마저도 더 이상 들을 수 없었다.

그러나 나는 여전히 집에서는 있어도 그만 없어도 그만인 벌레 같은 존재여서 내가 절대 반대를 하든 말든 퇴원 수속은 시작되었다. 어머니와 고모의 잔인한 행보에 강력한 태클을 건 것은 뜻밖에도 할머니였다.

"아직 날씨도 더운데 집에 모셔와서 어쩌자는 거냐? 그래도 병원에서 링거라도 한 병 더 맞는 게 낫고 생활도 편하지 집에 와서 어떻게 돌봐드리겠다는 거냐?"

어머니와 고모는 딱히 할 말이 없었다. 어떻게 돈 때문이라고 얘기할 수 있겠는가? 그걸 알아차린 할머니가 먼저 말을 꺼냈다.

"이제부터 네 아버지 병원비는 내가 낼 테니 그리 알아라."

문제가 생겼다. 이미 퇴원 수속을 밟아서 다시 6인실에 자리가 나지 않았다. 2인실도 자리가 없고 남은 것은 오직 1인실과 특실. 할머니는 놀랍게도 할아버지를 특실로 모셨다. 그래서 할아버지는 해방 후에 자신이 차렸던 출판사 사무실보다도 더 큰 어마어마한 특실에서 머물게 되었다. 병원에서 거의 사라졌던 600억 소문이 다시 돌았다. 고모와 동생과 난 아무 말이 없었지만 아버지와 어머니는 당황한 듯했다. 에어컨이 빵빵하게 나오는 드넓은 특실 소파에서 할머니에게 물었다. 할아버지는 잠들고 동생은 옷을 갈아입으러 집에 잠깐 간 사이였다.

"할머니 유산은 정말 있는 거죠? 사실이죠? 전 믿어요."

"믿는다면 그렇게 확인하지 마라. 네가 내 억울함을 풀어줬으니 당연히 네게 우선적으로 주려고 한다. 걱정 마라, 있다."

할머니가 활짝 웃었다. 나도 그냥 따라 웃었다.

할아버지의 기침 소리가 들렸다. 잠에서 깨어난 할아버지가 눈을 돌리며 누군가를 찾다가 할머니를 보자 두 눈이 촉촉하게 젖었다. 할머니가 손으로 내게 나가라는 표시를 했다.

특실을 나섰다. 특실 앞 복도 의자에 동생이 앉아 있었다. 여전히 귀에 리시버를 꽂고 책을 읽고 있었다. 옆자리에 앉으며 가만히 어깨를 쳤다. 동생이 고개를 들고 살짝 웃었다. 얼굴이 더 작아진 동생.

"언제 왔어?"

"조금 전에."

"왜 안 들어왔어?"

"그냥. 여기가 좋아서. 이거 다 읽고 들어가려고 했어."

"뭔데?"

"소설책. 그냥 그런 거야."

동생은 요즘 즐겨 듣던 힙합은 제쳐두고 베토벤만 들으며 늘 읽던 동양 문화사는 접어두고 소설책만 파고 있다. 이어지는 동생의 작은 목소리.

"노인들 사랑 얘긴데 내용이 아파."

"노인의 사랑이라. 지금 할아버지와 할머니만 저 특실에 있는데 두 분은 무슨 말을 나눌까?"

"글쎄, 말보단 행동을 하지 않겠어?"

"뭐라고? 설마."

"설마라니. 적어도 두 분 지금 뽀뽀는 했을걸. 만 원 내기 어때?"

만 원이 없어서 내기는 못 하고 혹시나 해서 특실 문을 열어 봤다. 문은 잠겨 있었다. 언제 잠갔지? 설마? 절대 있을 수 없는 상황인데 문이 잠겨 있어서 자꾸만 의심이 갔다. 노인들의 뽀뽀라. 왠지 좀 구렸다. 동생이 어깨를 쳤다.

"현애하곤 어떻게 할 거야?"

"모르겠다. 도와주고 싶은데 그게 쉽지가 않아."

"난 그게 웃겨. 뭘 도와줘? 오빠가 원하는 게 뭔데? 다시 시작하고 싶어?"

"그건 아니야."

"오빠의 마음을 솔직하게 들여다 봐. 뭘 원하는데?"

"현애가 행복한 거."

"간단하네. 그럼 현애를 만나지 마."

"그게 아니야. 지금 현애가 힘들어."

"남자들은 참 이상해. 현애가 힘들든 안 힘들든 그건 오빠가 어떻게 할 수 없는 현애 인생이야. 오빠가 주변에서 어슬렁대면 그게 현애를 힘들게 하는 거야."

"그렇지 않아. 현애가 맞고 산다."

"왜 맞아?"

"남자 새끼들 다 그렇잖아. 자기가 힘들면 자기 여자 때리는 거."

"상우 쪼다 새끼, 꼴에 남자라고 주먹질을 다 하네."

"그래서 내가 힘든 거야."

"오빠, 오빠는 스스로를 속이고 있어. 그게 힘든 건 핑계야. 제발 솔직해 봐."

동생이 맞다. 병원에 있으면서 많은 생각을 했다. 내가 원하는 건 딱 하나였다. 현애가 아직도 날 좋아하는지 알고 싶은 것. 현애가 아직도 날 좋아하길 바라는 것. 아무리 생각해도 그게 다였다.

딸각. 특실 문 잠금장치가 안에서 풀렸다. 동생과 눈을 마주치고 웃고 말았다. 동생이 지나가는 소리처럼 한마디 했다.

"현애 언니가 살길은 이혼뿐이야. 내가 볼 때 남자들 바람 피우는 거, 노름하는 거, 그리고 폭력은 절대 고쳐지지 않아. 현애 언니가 이혼한다고 해도 오빠하고는 절대 안 돼. 괜히 이상한 거 바라고 그러지 마. 둘이 이혼하면 상희에 대해 다시 생각해 봐."

마지막 말은 하지 말지. 허둥대다가 발을 헛디뎌 문에 헤딩을 하고 말았다. 눈앞에서 노란별이 왔다 갔다 했다. 동생의 웃음소리가 들렸고 문이 열렸다. 얼굴이 발갛게 물든 할머니가 나를 보며 입을 씰룩댔다. 도대체 둘이 뭘 한 거야?

엘리베이터를 타고 13층에 내렸다. 13층은 기분에 괜히 다른 층보다 더 어두웠고 무거웠다. 딱딱한 느낌. 소음도 적었고 복도를 휘젓고 다니는 이도 보이지 않았다. 현애의 병실 앞에 서서 난 꽤 오랫동안 망설이기만 했다. 도대체 무슨 얘길 해야 할지 알 수 없었다. 동생은 그랬다.

그냥 눈 딱 감고 이젠 정말 이별을 하자고 해.

할머니는 그랬다.

그냥 앞에 가서 그때 떠오르는 말을 해.

동생 말을 따를 것인가, 할머니의 얘기대로 할 것인가? 병실 앞에 서서 속으로 노래를 불렀다. 애창곡인 종점 보관소. 어쩌면 현애와 나는 이미 다 떠나버린 버스에 놓고 내린 중요하지 않은 가방 같은 것인지도 몰랐다. 그 가방이 허접한 종점 보관소에 놓여 있었다. 이젠 그 가방을 찾아갈 시간.

문을 열었다. 여섯 개의 침대가 눈에 들어왔다. 많은 눈동자가 날 향했다. 강한 시선을 애써 피하며 현애를 찾았다. 현애는 창 바로 앞자리에 누워 있었다. 때마침 현애의 보호자가 자리를 비워 현애 침대 앞으로 가 커튼을 쳐버렸다. 뒷목이 서늘했다. 시선들이 제자리로 돌아가는 모양이었다.

현애를 봤다. 현애는 잠들어 있었다. 얼굴에 아직도 퍼런 멍
자국이 남아 있었다. 퍼런 멍 자국이 남아 있어도 현애는 여전
히 예쁜 나의 정윤희였다. 현애의 손을 잡았다. 나와 지낼 때보
다 더 손이 가늘어졌다. 가슴이 뛰었다. 좋아서 팔짝팔짝 뛰는
게 아니라 아파서 미친년 널뛰듯 그렇게 뛰었다.

'현애야. 나 동석이야. 이젠 정말 널 떠나려고 해. 믿기지 않
지? 하지만 사실이야. 현애야, 제발 맞지 말고 행복하게 살아.
부탁이다.'

현애가 눈을 떴다. 잠시 주위를 두리번거리더니 날 알아보고
눈을 크게 떴다. 현애와 오랫동안 눈을 마주쳤다. 현애가, 나의
정윤희가 내 마음을 다 알았다. 현애의 눈에 큰 물방울이 고였
고 내 가슴엔 그것보다 열 배는 큰 방울이 흘렀다. 마지막은, 웃
음이었다. 내가 억지로 얼굴 근육을 움직여 미소를 짓자 현애는
매우 편안한 얼굴로 눈웃음을 보여주었다.

'안녕, 현애야. 넌 정말 예뻐.'

병실을 나서는데 상희가 날 보고 우뚝 섰다. 상희가 무슨 말
인가 꺼내려 했다. 손짓으로 그 애의 입을 막았다.

"걱정하지 마. 이젠 다시 찾아오지 않을 거야."

하루가 지났다. 병원으로 가면서 내내 현애와의 지난날을 회상했다. 많은 일들이 영상처럼 머리를 스쳤다. 돌이켜보면 양적으로는 행복한 시간이었고 질적으로는 쓰디쓴 아픔이었다. 하지만 살랑살랑 서늘한 바람이 불어서 난 행복이었다고 결정을 했다. 걸음이 가벼웠다. 가볍게 걸으며 병원 입구를 향해 길을 건너는데 막 병원에 진입한 거대한 트럭이 빠앙, 긴 경고음을 울려 엉덩방아를 찧을 뻔했다.

이런 젠장. 한순간 기분이 가라앉았다. 가라앉은 기분으로 특실을 찾았다. 할아버지는 할머니 얼굴만 바라봤다. 할머니는 할아버지 어깨만 바라봤다. 괜히 기분이 그랬다. 복도로 나와 의자에 앉아 동생의 책을 읽었다. 안도현의 시집이었다. 시를 읽으니 슬슬 졸음이 밀려왔다. 반쯤 졸며 한참 시집을 읽는데 상희 목소리가 들렸다. 그 애가 뛰어왔다. 등산을 할 때처럼 헉헉대면서 날 찾았다.

"왜?"

"오빠가."

"상우가 뭐?"

가라앉았던 기운이 일순간 머리 위로 치솟았다.

"언니를 데리고."

"빨리 말해 봐."

"옥상으로 간 것 같아요."

더 이상 들을 게 없었다. 김상우, 이 쪼다가 끝까지 신파를 찍을 모양이었다. 엘리베이터를 타고 15층 꼭대기에 올랐다. 거기서 옥상 입구를 찾느라고 한참을 헤맸다. 헤매는 와중에 계단을 이용해 올라온 상희와 다시 합류했다. 비로소 옥상으로 통하는 입구를 찾아 문을 열었다. 도대체 병원에서 왜 이런 위험한 입구를 개방해 놓았는지. 문을 열자 바람이, 땅에선 맞지 못했던 날카로운 매운바람이 우선 뺨을 때리고 어깨를 밀었다. 옥상에 올라 현애를 찾았다.

해를 뒤로하고 두 남녀가 서 있었다. 상우는, 해를 뒤로해서 까맣게 보이는 상우는 현애의 어깨를 잡고 있었다.

"도대체 뭘 하려는 거야?"

상희와 내가 달려들자 상우가 날카로운 바람에 째진 목소리를 실었다.

"다가오지 마. 다가오면 뛰어내린다."

상희와 난 우뚝 서야만 했다. 그리고 넷은 잠시 말을 잃었다. 어떻게 시작해야 할지. 현애를 살폈다. 현애의 얼굴엔 아무런 표정이 없었다. 달관한 듯, 무심한 듯, 명청한 듯, 두려운 듯, 현애는 묘한 얼굴로 상우에게 어깨를 잡힌 채 옥상 끝에 서 있을 뿐이었다. 긴장을 하면, 위험이 닥치면, 남자는 폭력을 생각하고 여자는 비상을 생각한다. 그래서 남자는 누군가를 때리고 여자는 마음속으로 하늘을 난다. 누가 정말 그런 거냐고 물으면 대답할 말이 없지만 내 생각엔 딱 그런 것 같다. 남자도 여자처럼 하늘은 날지 않더라도 땅에서 뛰기라도 한다면. 적어도 주먹을 쥐지만 않는다면. 순간 상우를 때려죽이고 싶었다. 난 두려웠다.

"상우야, 진정해라. 우선 현애를 놔줘."

말을 뱉고 다시 생각해 보니 상우를 자극만 한 셈이었다. 상우의 입가가 뒤틀렸다.

"오호, 드디어 나타나셨군. 그동안 여자들 치마폭에 숨어만 있다가 말이야. 뭐, 60억? 순 사기꾼 새끼. 너 때문에 내 회사가 망했다. 그걸 원했던 거지? 비열한 함정 파고 기다렸던 거 모를 줄 알았지? 왜 그랬을까? 그것도 모를 줄 알았지? 난 다 알았어. 너희 연놈들이 그동안 몰래 붙어먹었지? 이 나쁜 것들, 날 속여? 그래도 친구라고 믿었는데 날 속이고 내 마누라와 놀아나? 어릴 때 친구라서 불쌍해서 지금까지 술 사주고 밥 사주고 대꾸해 줬더니 네가 내 마누라와 붙어먹고 날 농락해? 그래, 이제 내가 쫄딱 망하니까 기분이 좋냐?"

"오빠, 그건 오해야. 제발 흥분하지 말고 언니를 놔줘."

상희가 옆에서 거든답시고 기름을 부었다.

"네가 뭘 안다고 나서? 참, 너도 저 새끼 좋아하지? 저 실업자 새끼, 평생 자기 부모에게 빌붙어 사는 저 벌레 같은 새끼를 너도 좋아하지. 이 돼지 년아, 너도 필요 없어. 다 필요 없어."

상우는 점점 더 흥분의 도를 높이며 고래고래 고함을 질렀다. 어떻게 해야 하나?

할머니가 아버지의 웃옷을 마무리하며 해준 말이 떠올랐다.

'가장 어려울 때, 목숨이 왔다 갔다 하는 순간 말이다. 사람들에겐 그런 순간이 찾아온단다. 그때 사람들은 무서워서 진실보다는 거짓을 찾게 되지. 내가 그랬어. 정말 맷돌로 갈아버리더라도, 끓는 물에 삶아 버리더라도 네 할아비를 기다리고 진실을 얘기해야 했어. 그런데 난 도망쳤지. 그게 그땐 최선인 줄 알았다. 하지만 그건 최악이었어. 피할 수 없는 길을 피하면 그 대가를 아주 오래도록 치러야 한다. 내게 그건 자식들이었다. 내 자식들, 바로 네 아비와 고모를 난 67년 동안 볼 수 없었다. 볼 수 없다는 고통은 그래도 괜찮았다. 내 자식들이, 어미 없는 자식으로 자라면서 겪을 고통을 생각하면 난 정말 숨을 쉴 때마다 아팠단다. 너도 참 어렵게 사는 것 같은데 결정적인 순간엔 늘 정직해야 한단다. 피하면 길은 더 없단다.'

한 발을 나섰다. 상우가 현애의 어깨를 쥔 손에 힘을 더했다.

"현애가 날 떠난 후 딱 두 번 만났다. 난 붙어먹고 싶었는데 현애가 널 사랑한다면서 날 거부했다. 그래서 너에게 복수하고 싶었다."

상우가 수작 부리지 말라면서 한 발 더 물러섰다. 이제 난간
에 오르기만 하면 바로 허공이었다.

"네가 믿든 안 믿든 그게 사실이다. 그나저나 지금 병원 옥상
에서 이러는 게 뛰어내려 죽겠다는 뜻이냐? 정말 이젠 실망 정
도가 아니라 짜증이 나는구나. 너 파산한 것 잘 알아. 괴롭겠지.
하지만 그게 죽을 정도의 아픔인가? 난 말이다, 너도 잘 알다시
피 지난 10년을 벌레처럼 지냈다. 아무런 희망 없이 피시방에
서 고스톱이나 치면서 네가 사주는 술 마시면서, 무엇보다도 난
내가 사랑하는 사람을 잃었다. 그 사랑이 내 친구와 결혼을 했
어. 그걸 견뎠다. 지난 4년, 그걸 견디면서도 죽겠다는 생각은
하지 않았다. 그래 죽어라, 그렇게 나약한 놈이라면 죽는 게 더
괜찮은 방법일지도 모르겠다. 겨우 파산 한번 한 것 가지고 이
렇게 생쇼를 해야겠니? 하지만 죽으려면 너 혼자 죽어라. 현애
는 놔줘. 현애가 무슨 죄가 있냐? 너 죽으면 현애와 네 새끼는
내가 책임질 거야. 그러니까 현애 놔주고 뛰어내려."

현애가 날 봤다. 멍청했던 표정이 사라지고 다른 표정이 피
어났다. 그게 무엇인진 정확히 모르겠지만 어떤 빛이 눈가에 맺
혔다. 아무튼 현애에게 사람의 생기가 돌아와서 마음이 놓였다.
상희도 날 봤다. 내 말이 조금 지나쳤는지 상희가 울상이 되어
날 바라봤다. 난 그걸 무시했다. 어차피 이판사판이었다. 현애

에게 무슨 일이 있다면, 그건 절대 용납할 수 없었다.

상우는, 처음엔 얼굴이 흙빛이 되었다. 그러다가 점차 노란색으로, 지겹도록 날 따라다니는 그 가래 같은 색으로 변하더니 입가에 작은 미소를 지었다.

"네가 이렇게 똑똑한 놈인 줄 이제 알았다. 그래 난 나약한 인간이야. 그래서 그깟 회사 때문에 죽으려고 한다. 하지만 내가 죽고 네가 내 자리를 차지해? 웃기지 마. 현애는 내가 데리고 간다."

상우가 난간에 올랐다. 현애가 어깨를 비틀었지만 현애의 몸도 난간에 올랐다. 마지막 순간이었다. 난 선택해야 했다.

하나, 번개같이 몸을 날려 현애를 구해낸다. 둘, 번개같이 몸을 날려 현애를 구해 낸다. 셋, 번개같이 몸을 날려 현애를 구해 낸다.

난 무릎을 꿇었다. 무릎을 꿇고 눈물을 흘렸다. 늘 눈물이 없어 걱정했는데 이번엔 저절로 줄줄 흘러내렸다. 두 손을 모았다. 모은 두 손을 싹싹 빌었다. 제발 현애를 살려 달라고. 현애를 용서해 달라고. 난 내 스피드를 알았다. 내가 몸을 날려 현애를 구해낼 확률은 불행히도 제로였고 그래서 내가 선택할 수 있는 방법은 단 하나, 눈물을 흘리며 싹싹 비는 것뿐이었다. 그러나 난 창피하지 않았다. 하나도 창피하지 않았다. 안도현은 말했다.

'연탄재 함부로 차지 마라. 너는 누구에게 한 번이라도 뜨거운 사람이었느냐?'

상우 목소리가 찼다.

"넌 개다."

"맞아, 난 개야. 그러니까 현애를 풀어 줘."

"짖어 봐."

"왈 왈 왈."

상우의 웃음소리가 들렸다. 비웃음이 분명했지만 난 그 웃음이 반가웠다. 희망을 본 난 더 흐느끼며 더 싹싹 빌었다. 상우가 가래를 뱉었다. 노란, 아주 샛노란 가래였지만 그 가래마저도 반가웠다.

인간에 대한 예의는 없다

✐✐✐✐

현애를 구했다. 멋진 모습으로 구한 것은 아니었으나 아무튼 내 힘으로 현애를 구했다. 날 비웃고 가래를 뱉었던 상우는 갑자기 태도를 바꿔 내 앞에 주저앉더니 나처럼 오열했다. 다 큰 사내 둘이 병원 옥상에 주저앉아 아이처럼 엉엉 우는 동안 씩씩한 상희가 현애를 부축하고 아래로 내려갔다가 다시 올라와 그때까지도 울고 있던 두 남자를 아래로 이끌었다.

현애는 구했으나 할아버지는 구할 수 없었다.

백파 최종태 선생. 할아버지가 85세의 나이로 세상과 이별하게 되었다. 병명은 말 그대로 노환이었다. 할아버지는 끝내

자리에서 기력을 회복하지 못하고 임종을 하셨다. 고향에서 많은 할아버지와 할머니들이 상경해서 병실을 방문했다. 할아버지는 무표정한 얼굴로 그들과 작별을 했다. 노인들의 얼굴에도 어떤 격한 감정은 보이지 않았다. 마치 천주교 미사 시간, 신부님 앞으로 나와 차례로 열을 지어 떡을 받아먹듯 머리색이 하얀 이들이 끊임없이 병실로 들어오고 나가며 할아버지와 눈을 맞추었다. 할머니는 그들을 피했다. 이홍갑 노인이 할머니가 누명을 쓴 것임을 밝혔는데도 할머니는 고향 사람들을 피했고 그들도 할머니를 찾지 않았다. 그게 마음에 걸렸으나 아무도 얘길 꺼내지 않아 나도 그냥 넘겨버렸다.

가족과 이별할 시간이 돌아왔다. 고모와 아버지, 어머니가 먼저 할아버지와 마지막 인사를 했다. 고모는 훌쩍였고 어머니는 침묵했고 아버지는 할아버지의 손을 잡고 통곡했다. 할아버지의 눈에서도 마른 눈물이 흘러나왔다. 그리고 할아버지는 고모와 어머니의 손을 잡았다. 할아버지는 아주 오랫동안 어머니 손을 잡았다. 어머니는 눈물을 보이지 않으려고 안간힘을 썼다. 아마도 마지막 모습을 미소로 장식하고 싶었던 모양이었다. 그러나 할아버지가 작은 미소를 지으며 어머니의 눈을 맞추자 결국 어머니의 눈가가 붉게 물들었다. 할아버지는 이어서 고종사촌 내외와 증손자와도 작별을 했고 할아버지가 가장 사랑했던 동주와 또 한 번 오랫동안 손을 맞잡았다. 아버지에 이어 동주가 눈물을 터뜨렸다. 마지막으로 내가 나섰다. 날 별로 좋아하지 않았다고 생각했는데 할아버지 눈에 사랑이 가득했다. 그것 때문에 가슴에서 자꾸 뭔가가 튀어 올라왔다.

"동석아, 내가 떠나면 네 아비는 슬픔 때문에 경황이 없을 것이니 네가 잘 듣고 알아서 해라. 먼저 내 묘는 절대 크게 하지 마라. 비문도 절대로 거창하게 쓰지 마라. 특히 독립운동이니 뭐니 하는 건 쓰지 마라. 그저 누구의 아들로 태어나 누구를 낳고 떠났다. 이것만 적어야 한다. 명심해라. 그리고 넌 장손이니 대를 이어야 한다. 빨리 장가를 가고 네 어미가 하는 슈퍼를 물려받아라. 그게 일은 고되지만 가족들을 굶기지는 않는단다."

할아버지는 긴 시간에 걸쳐서 쉬엄쉬엄 유언을 했다. 난 고개만 끄덕이다가 결국 시선을 돌리고 말았다. 가족과의 작별은 생각보다 훨씬 더 아픈 일이었다. 나를 마지막으로 가족과 인사를 끝낸 할아버지. 눈을 돌리며 할머니를 찾았다. 인간의 가장 마지막을 장식하는 건 가족이 아닌 연인이라는 걸 그때 깨달았다. 할머니는, 어딘가에 숨어 있다가 친척들이 떠나자 다시 나타난 할머니는 붉은 뺨을 씰룩대면서도 활짝 웃으며 할아버지 앞에 나아가 그의 마른 손을 잡아주었다.

"끝순아."

"그래, 종태야."

"끝순아."

"그래, 종태야."

"끝순아."

"그래, 종태야."

할아버지가 살짝 웃었다. 할머니도 따라 웃었다. 그러곤 할아버지가 세상을 떠났다. 눈에 보이진 않았지만 할아버지의 영혼이, 아주 가벼워진 할아버지가 하늘로 훨훨 날아오르는 게 느껴졌다.

상가는, 병원에 차려진 상가는 한가하달 수도 바쁘달 수도 없는 딱 중간이었다. 고향 사람들과 친척들, 아버지의 동지들, 제자들, 어머니의 이웃들, 고모의 친구들과 고종사촌의 손님들, 동주의 학교 사람들이 다녀갔다. 내 지인이라곤 상희 한 명뿐이었다. 그래서 나는 주로 식당에서 음식을 날랐다.

둘째 날 새벽 2시, 대부분의 손님이 다녀갔고 가족들은 지쳐 잠에 곯아떨어졌다. 식당 일을 마무리하고 나오는데 한구석에 할머니가 앉아 있는 모습이 보였다. 할머니는 여전히 고향 사람들을 피했다. 누명을 벗었는데 왜? 할머니가 혼자 소주를 마시고 있었다. 다가가 술을 따라드렸다.

"이젠 여름도 갔구나. 나도 미국으로 돌아가야겠다."

"조금 더 있다 가세요."

"아니야, 사람은 올 때와 갈 때를 잘 알아야 한다."

"기분이 어떠세요?"

"서럽다. 내 여행도 이젠 막을 내리는구나. 나와 함께 내 일기를 썼던 모든 이가 다 죽었구나. 나 하나 남았어."

"그래도 억울한 누명을 풀었으니 기분은 후련하시죠?"

할머니가 피식 웃었다. 이런 웃음은 처음이었다.

"한 잔 더 하세요."

할머니는 한 잔을 더 들이켜곤 낮은 목소리로 금발의 제니를 불렀다. 그런 생각을 했다. 세월이 한 100년 흐른다면, 나도 죽고 나면 이 할머니의 모진 인생을 기억하는 사람이 아무도 없을 텐데 진실이란 게 무슨 의미가 있을까?

삼일장을 치르고 할아버지를 모신 영구차를 타고 부여를 향했다. 강경 논산 경찰서 앞에 잠시 정차해서 커피도 마시고 화장실도 다녀오고. 다시 버스에 올라 황산 다리를 건너려는데 최종우 박사님이 뛰어오더니 급히 아버지를 찾았다. 최 박사님과 얘기를 나누던 아버지가 고함을 질렀다. 모두 깜짝 놀라 아버지를 쳐다봤다. 아버지 목소리가 너무 높았다.

"그게 말이 됩니까? 누명을 썼다는 게 다 드러났는데 못 들어간다니요?"

모든 문상객이 수군댔다. 도대체 무슨 일인가 했다. 자초지종을 듣고는 나도 격분했다. 동생 이마에도 푸른 힘줄이 돋았고 어머니도 고모도 고종사촌 내외도, 할아버지 직계 자손 모두 격앙된 감정을 감출 수 없었다.

노인들이, 마을 노인들이 황산 다리를 막고 있었다. 할머니를, 왜놈과 붙어먹은 년을 들일 수 없다고 다리를 막고 있었다. 이런 된장.

우리 모두가 나설 수는 없어서 아버지가 대표로 다리를 막고 선 노인들을 설득하러 나섰다. 아버지가, 역전의 용사인 아버지가 보무도 당당하게 다리를 향해 걸었다. 실로 오랜만에 보는 아버지 어깨 위 오색 빛 아우라.

그러나 30분 정도 지나 돌아온 아버지 어깨는 아래로 푹 가라앉아 있었다.

"누명이든 아니든 어쨌든 왜놈 헌병을 따라 떠난 건 맞지 않느냐고 우기는데 당할 재간이 있어야지."

고모가 입에 거품을 물었다. 난 그 거품이 멋있다고 생각했다.

"이런 빌어먹을. 지금 노인회관 수리 안 해 줬다고 심술부리는 거 아니에요? 지난 67년도 서러워 죽겠는데 누가 감히 우리 엄마 앞길을 막을 수 있단 말이에요?"

어머니도 나섰다. 병원 특실로 60억을 확신하게 된 어머니도 과감하게 시댁에 칼을 뽑아들었다. 돈 때문이든 아니든 그 모습도 참으로 자랑스러웠다.

"노인네들 막든 말든 우리 들어가요. 우리가 우리 고향 찾는 다는데 누가 뭐라고 할 수 있어요? 마을 어른들은 이홍갑 노인이 책임지라고 해요."

동생도 질세라 앞으로 나섰다.

"경찰 불러요. 바로 앞이 논산 경찰서잖아요, 아빠. 경찰차 앞세우면 할아버지들 쑥 들어가요."

고종사촌도 나섰고 나도 눈치만 보다 한마디 거들려 하는데 최 박사님이 손사래를 치며 우리를 달랬다.

"상중이다. 내가 다시 나서 보겠다. 상주들이 이러면 돌아가신 분을 욕보이는 짓이다."

아버지가 최 박사님 옆에 섰다.

"분개할 일이지만 최 박사님 말씀이 맞다. 흥분하지 말자."

그러나 고모는 최 박사님께도 삿대질을 했다.

"아저씨, 저희가 이러는 게 할아버지를 욕보이는 짓이라면 다리를 막은 저 노인들 작태는 뭐라고 생각하나요? 우릴 말릴 생각은 하지 마세요. 우리는 반드시 엄마와 함께 고향에 들어갑니다."

할머니를 찾아봤다. 북새통 속에서, 격분된 상황 속에서 할머니는 의외로 차분하게 영구차 앞자리에 앉아 눈을 감고 있었다. 할머니는, 수완 좋고 노회한 할머니는 왜 고향만 찾으면 저렇게 작아지는지. 속이 상했다.

아버지 태도가 영 마음에 들지 않았다. 아버지는 은근히 고모와 동생과 어머니와 고종사촌을 말리고 있었다. 흥분하지 말라니. 지금 제일 흥분해야 할 사람이 그걸 말리고 있으니. 정말 못마땅했다. 최종우 박사님과 아버지가 귓속말을 나누었다. 슬쩍 옆에 서서 귀를 기울였다. 박씨네 음모네 어쩌네 하는 소리가 들렸다. 내 짐작이 맞는 듯했다. 선거에 박종세 씨 손자가 나온단 소문이 돌았다. 육이오전쟁 후 고향 땅에서 야반도주했던 가문에서 3대 만에 건설업으로 대성한 인물이 나왔고 그 인물이 마을 노인회관을 깔끔하게 수리해 줬고 이번 보궐선거에서 여당 후보로 나온다는 소문. 그걸 벌레 같은 나도 들었으니 강경 바닥에서 모르는 이는 한 사람도 없을 터였다. 이홍갑 노인이 죽은 박종세 씨 가문에 밀고자가 있다고 떠들었으니 그들에게도 할머니 문제는 민감한 이슈가 되었을 테고. 아버지는 이걸 조용히 처리하고 싶은 모양이었다.

"옳든 그르든 마을 어른들이 저렇게 막고 있는데 무작정 다리를 건너자는 건 사태를 악화시키는 게 아닌가 한다. 최 박사님과 내가 가서 다시 한번 어른들을 설득해 볼 테니 여기서 잠시만 기다려라."

다리로 간 두 사람을 기다리는 동안 고모는 길바닥에 퍼질러 앉아 분하다며 오열했고 동생은 핏대를 올리며 고함을 질렀고 어머니는 버스에 올라 할머니를 위로한답시고 옆을 떠나지 않았고 고종사촌 내외도 고모 옆에서 울상을 지었다. 난 무리에서 벗어나 강경 골목을 걸었다.

생각해 보면 정말 말도 안 되는 일이었다. 병자호란 때도 억지로 끌려갔다가 천신만고 끝에 살아 돌아온 부녀자들을 '환향녀'라며 받아주지 않았다더니. 그때와 똑같은 옹졸하고 비열한 처사가 아닌가.

거리를 한 바퀴 돌고 논산 경찰서 앞 영구차로 돌아왔다. 때마침 협상단도 돌아왔다. 그들 표정이 어두웠다. 아버지가 버스에 올라 할머니를 설득하기 시작했다.

아버지와 10분 정도 얘기를 나눈 할머니가 버스에서 내렸다. 눈물은 흐르지 않았다. 두 손을 가슴께로 모아 오므리고 정신없이 양 손가락을 두드려댔다.

창피했다. 고향도, 최씨 문중도, 아버지도, 할머니에게 아무것도 해줄 수 없는 나도 모든 것이 창피했다.

할머니를 버스에서 몰아낸 아버지는 어머니와 고종사촌 내외만 태운 채 황산 다리를 건넜다. 고모와 동생과 나는 할머니와 함께 강경에 남았다.

한 해가 지나고 또 한 해가 지나고 그리고 또 한 해가 지나 7년의 시간이 흘러갔다. 매년 여름은 다시 어김없이 찾아왔고 지루한 비가 내렸고 폭염 때문에 사람들은 지쳐갔다. 사람들은 다시 밤이 되면 한강변에 몰려들었고 모이면 정치 얘기, 종교 얘기를 하다가 싸움을 했고 수많은 이들이 취해서 비틀댔다.

　7년의 세월이 지나갔다. 우리나라는 여전히 살기 힘들었고 정치판은 시끄러웠고 교통은 혼잡했으며 실업률은 기록을 경신했고 피서 철이 돌아오자 모두 각자의 승용차를 끌고 바다로 달려갔다.

　7년의 세월이 지나갔다. 지구온난화는 더 심각해졌고 세계 경제는 여전히 심각한 상태였고 작년과 다름없이 곡물값, 원자재값, 기름값이 폭등했다. 테러와 시위는 곳곳에서 이어졌고 대형 사고와 지진, 가뭄, 홍수, 해일이 어김없이 찾아와 뉴스 화면을 장식했다. 한 해가 지났다.

　5년 전 아버지의 예측대로 지방의원들의 부정 스캔들이 터졌고 급작스러운 보궐선거가 행해졌다. 아버지는 고심 끝에 집을 담보 잡고 빌린 돈으로 고향에 무소속 출마를 단행했다. 아버지는 모두의 예상을 깨지 못하고 또다시 낙선의 쓴잔을 마셨고 박종세 씨의 손자가 당선되었다. 낙선 후 아버지는 결국 어머니 슈퍼에 정착해 일에 전념했다. 아버지는 슈퍼맨 일이 마음에 드는 듯했다. 칠십을 앞둔 나이에 정치를 끊고 시작한 새로운 노동 일이었지만 아버지는 새파란 청년처럼 지칠 줄 모르고 전진 중이었다.

고모는 우울한 시절을 보내고 있었다. 기획 부동산의 사탕발림에 속아 경기 북부 지역에 대규모 투자를 했다가 돈이 꽉 묶이고 말았다. 고모는 우울증에 걸려 매일 압구정동 신경정신과를 찾아야 했다.

현애는 상우와 이혼을 했다. 현애는 삶을 위해 보험사에 취직했고 나도 상우도 없는 새로운 인생을 시작했다. 불경기에 보험 외판이 보통 어려운 일이 아닐 텐데, 현애 성격에 참 맞지 않는 일이라 생각했는데 의외로 현애는 실적을 쭉쭉 올렸다. 현애는 뜻밖에도 그쪽으로 소질이 있었다. 그런 걸 보면 세상은 공평한 것 같기도 하다. 그녀는 차츰 밝아졌다. 그리고 눈에 띄게 살이 쪘다. 살이 쪄도 현애의 미모는 살아 있었다. 그래서 몇몇이 현애에게 구애를 했지만 현애의 대답은 '노'. 남자라면 이가 갈린다는 현애. 시간이 필요한 모양이었다. 상우는 아무런 연고가 없는 경남 창원까지 내려가 초등학생 상대로 학원을 차렸다. 매일 술을 마시고 노름판에 쉽게 어울린다는 소식이 들렸지만 그가 조금씩 자신의 상처를 치유하고 있다고 난 믿었다.

내 동생은 청계천 건물을 헐값에 팔아 빚을 정리하고 집 담보를 풀더니 교수직도 칼럼도 다 접어버리고 할머니가 있는 미국으로 훌쩍 떠나버렸다. 미국으로 간 지 두 달도 안 되어 동생은 슈퍼를 하는 재미교포와 재혼했다. 여름을 맞이해서 난 동생이 새 둥지를 마련한 샤롯데를 방문했다.

"미치겠어. 아무튼 고물이란 고물은 다 주워 들이는데."

"그게 아냐, 허니. 고물이 아니라 다 역사를 증명하는 것들이라고."

"역사는 무슨 역사. 쓸모없는 쓰레기인데."

"아니라니까, 자세히 보면 다 누군가의 소중한 물건들이야. 그 사람들의 절절한 사연이 담긴."

"아무튼 이 사람 아무래도 슈퍼보다는 고물상이 본업인 것 같아. 슈퍼에서 보내는 시간보다 고물 줍고 다니는 시간이 더 많다니까."

"그건, 내 취미 생활이잖아. 허니, 그렇다고 내가 본업을 게을리하진 않잖아."

"사람은 어찌 그리 좋아하는지. 주말마다 바비큐 파티야."

"복작복작대는 게 더 좋잖아."

"하는 짓은 완전 어린애야. 지난번엔 이소룡 흉내 낸다고 쌍절곤을 돌리다가 자기 뒤통수를 때려서 병원에 갔잖아."

"그건 그 쌍절곤이 불량품이었어. 중국제여서 돌리는데 철봉

이 뒤로 빠져나와 그렇게 된 거지."

"교회에선 느닷없이 중창단 한다고 들어가서 혼자 고음 내서 창피당하고."

"나 참, 허니 언제까지 내 불평만 할 거야. 형님 오셨는데 우리 맥주 파티 할까? 친구들 부를까?"

"뭐? 우리 오빠 핑계 대고 또 친구들을 부른다고?"

"오, 노, 허니. 그렇게 흥분하면 우리 아가에게 안 좋아요."

매제가 바비큐 파티를 하겠다고 마당에 불을 붙이러 나간 사이 진지하게 동생에게 물었다.

"행복하니?"

동생은 단 1초의 망설임도 없이 대답했다.

"응, 오빠. 왜 진작 이렇게 살지 않았나 싶어. 하루하루가 참 가벼워. 오빠는 어때? 여전해?"

피시방도 컴퓨터 프로그래밍 회사도 다 수포로 돌아가고 어머니 슈퍼 일도 아버지에게 빼앗긴 나는 스스로 뭔가를 해야만 했다. 그래서 난 결혼을 했다.

"그런대로 괜찮아."

"아내하곤 어때?"

"그냥 그래."

상희는 나와 결혼한 후 유치원 교사 일을 때려치우고 직접 어린이집을 열었다. 일이 힘든지 집에 오면 자주 짜증을 내고 하품을 했지만 생활비는 꼬박꼬박 가져오는 걸 보면 이 어려운 시절에도 그럭저럭 밥 먹을 만큼은 벌이가 되는 모양이었다. 아내가 돈을 벌고 난 가사를 했다. 아침밥과 저녁밥을 짓고 집안 청소를 하고 세탁을 하고 시장을 보고. 적성에 맞는 일이었다. 쉬는 시간엔 종이공예를 했다. 지난달, 노원구 대회에 나가 또 대상을 탔다. 매일매일 종이를 접으면서 차츰 종이처럼 가벼워지고 있다.

"현애 소식은?"

"돼지가 됐어. 잘 지낸대."

"현애 언니 돼지 된 거 보고 싶다."

"아무튼 악취미야."

매제가 도와달라면서 날 불렀다. 밖으로 나가다가 잠깐 섰다.

"할머니는?"

금발의 제니

◎◎◎◎

　　　　　동생 내외와 함께 할머니가 살고 있는 양로원을 찾았다. 도심을 지나 한 30분 벌판을 달렸다. 깊고 푸른 숲이 앞에 나타났다. 할머니의 양로원은 그 숲 속에 있었다. 그렇게 넓진 않지만 깨끗한 잔디밭. 그 잔디밭을 둘러싼 앙증맞은 꽃밭. 그 안에 튼튼해 보이는 3층 벽돌집. 붉은 벽돌집과 담쟁이덩굴. 피식 웃음이 나왔다. 양로원이라기보다는 잘 지은 서울 교외 별장 같은 집. 양로원 가는 내내 매제가 떠들어댔다.

　"아무튼 놀라운 할머닙니다. 그 양로원에 중국 할아버지, 한국 할아버지, 미국 할아버지 세 분이 지금 할머니를 두고 경쟁을 하는데 그걸 아주 적절하게 이용하면서 완전 공주 생활을 해요."

할머니다운.

할머니는 아직 재산을 물려줄 때가 아니라며 유산 분배 없이 미국으로 돌아갔다. 할머니가 황산 다리를 넘지 못한 탓에 유산 분배에 대해 할 말이 있는 이는 아무도 없었다. 지난 1년, 모두 할머니 유산을 잊은 듯했지만 아무도 잊지 않았다는 걸 난 잘 알았다.

양로원 입구에서 쉽게 할머니를 찾을 수 있었다. 할머니는 햇볕이 잘 드는 잔디밭 벤치에 앉아 있었다. 예의 깃털 달린 기괴한 밤색 벙거지 모자를 쓰고 동전만 한 은빛 반짝이가 잔뜩 달린 원피스를 입은 채로. 이젠 그 옷과 모자가 암스트롱 햄버거의 스티브 할아버지가 처음 사준 옷과 모자라는 걸 알았지만 그래도 괴상한 느낌은 가시지 않았다. 할머니 옆에 깡마른 대머리 할아버지가 앉아 있었다. 매제가 다가와 소곤댔다.

"저분이 바로 한국 할아버지입니다. 제가 몇 번 얘기를 해봤는데 엄청난 뺑쟁이입니다. 자기가 국가대표 테니스 선수에 아이스하키 선수에, 에, 또, 뭐라더라, 아무튼 전형적인 한국 할아버지예요."

그 뺑 속에서 서로 진실을 나눈다고, 우리는 그렇다고, 나이를 한 살 더 먹으니 그걸 알겠다고 매제에게 말하진 않았다. 동생 내외와 나는 할머니와 한국인 할아버지가 앉은 바로 뒤에 가서 섰다. 할머니는 열심히 종이공예를 하고 있어서, 할아버지는 열심히 노래를 부르고 있어서 둘 다 우리가 뒤에 서 있는 걸 알지 못했다. 할머니의 작품을 봤다. 할머니는 한 남자를 만들고 있었다. 벌거벗은 남자의 몸 중앙에 할머니가 동그라미 두 개를 붙였다. 하나는 작고 하나는 컸다. 동그라미를 붙인 할머니가 만족한 듯 미소 지었다. 할머니 뺨이 붉게 물들었다.

미국으로 떠나기 전 할머니가 그랬다.

'돌아보면 모든 것이 행복이었다. 후지오카에게 난 홍련이었다. 누군가에게 평생 꽃이었다는 것, 멋지지 않니? 스티브의 따듯한 품도 영원히 잊지 못할 거야. 하루 일을 끝내고 그의 품에 안겨 석양을 바라볼 땐 매 순간이 행복이었다. 네 할아비는 내게 열정이었다. 휘중당은, 아마 내가 홍갭이와 결혼했다고 해도 죽을 때까지 잊지 못할 꿈이었을 거야. 그 꿈과 사랑을 하고 이별을 하고 재회를 했으니. 정말 돌아보면 모든 것이 다 행복이었다.'

한국인 할아버지는 나이답지 않게 목소리가 굵고 우렁찼다. 그가 열심히 노래를 했다. 난 가만히 종이처럼 가벼운 할머니의 어깨를 짚었다.

할머니, 60억은 정말 있는 건가요?

한 송이 들국화 같은 제니

바람에 금발 나부끼면서
오늘도 예쁜 미소를 보이며
굽이치는 강 언덕 달려오네.
구슬 같은 제니의 노랫소리에
작은 새도 가지에서 노래해
아, 한 송이 들국화 같은 제니
금발머리 나부끼며 웃음 짓네.

가출, 그 후

박혜진(문학평론가)

잡년의 귀환

돌아오는 사람들에 대한 이야기라면 헤아릴 수도 없을 만큼 많은 작품이 있다. 『오디세이아』는 트로이전쟁의 임무를 완수한 오디세우스가 고향으로 돌아오기까지 10년 동안 있었던 일을 들려주는 이야기다. 채만식의 『소년은 자란다』나 염상섭의 「삼팔선」처럼 해방 직후, 만주나 간도로 흩어졌던 사람들이 조선으로 돌아오는 과정에서 벌어진 귀국 체험도 빠질 수 없겠다. 보다 동시대의 작품으로는 김영하의 「오빠가 돌아왔다」도 있을 테고, 집 나간 아버지를 상상하는 「달려야 아비」처럼 돌아오지 않아도 부재를 통해 존재를 증명하는 이야기도 있다. 요컨대 돌아오는 길은 (남성) 영웅에게 허락된 노정이다. 귀환의 서사는 떠날 수 있는 사람들, 떠나도 지워지지 않는 사람들, 그러니까 돌아올 수 있는 길이 전제된 자들에게 주어지는 특권의 서사이 기도 한 것이다.

돌아오는 여성의 이야기라면 어떨까. 헤아릴 수 없을 정도로 희박하다. 호메로스가 트로이를 함락시킨 영웅 오디세우스를 찬양했다면 에우리피데스는 오디세우스가 거둔 승리의 위선을 까발렸다. "구역질나고 교활한 사내에게/ 종으로 배정되다니, 그 정의의 적에게/ 사람을 무는 무법의 짐승에게!" 이제 곧 오 디세우스의 노예가 되어 수모를 견뎌야 할 패전국의 왕비 헤케 베의 외침이다. 자신이 있을 곳 하나 선택할 수 없는데 떠나는 것을 말하는 게 다 무슨 소용인가. 익숙한 건 남은 자들의 이야 기다. 2018년 맨부커상 인터내셔널 부문 수상 작가인 올가 토 카르축의 대표작 『태고의 시간들』도 전시 상황에서 마을에 남 아 있던 여성들의 이야기다.

물론 떠나는 여성도 있다. 「인형의 집」 마지막 장면에서 노 라는 남아 달라고 애원하는 남편을 뒤로하고 가출을 감행한다. 나가는 데까지 힘들게 온 만큼 돌아오는 것도 쉽지 않다. 배삼 식의 희곡 「1945」는 해방 후 위안소를 탈출한 명숙이 조선으 로 돌아오고자 하는 이야기이나, 신분이 들켜 기차에 오르지 못 하니 귀환의 꿈은 끝내 이루어지지 못했다.

사투하며 이루어낸 가출의 서사, 남아 있는 사람들에 의해서도 역사는 계속되었음을 보여주는 잔류한 여성들의 서사, 미완으로 끝난 귀환의 서사……. 누구나 떠날 수 있지만 누구나 돌아올 수 있는 건 아니다. 그러니 67년 만에 돌아온 정체불명의 노파. "갈아먹어도 시원찮을 더러운" 년이자 "민족을 배신하고 고향 사람을 배신하고 낭군을 배신하고 자식을 배신하고 자기 자신도 배신한" "천하의 개잡년"! 백파(白波) 최종태 선생의 아내이자 최달수의 엄마이고 최동석의 할머니인 정끝순 여사, 아니 제니라고 해야 하나? 아무튼 이 보무당당한 86세 할머니의 귀환이 문학적으로 얼마나 귀하고 또 중요한 한걸음인지는 더 말할 필요도 없겠다.

『할매가 돌아왔다』는 일본 순사와 바람나 집 나간 할머니가 60억을 들고 돌아오며 시작되는 유쾌한 소동극이다. 잃어버린 할머니의 역사를 복원하는 시대극이자 저마다의 상처를 대면하고 치유해 나가는 가족 드라마이며 자존감 낮은 한 백수의 로맨스 성장소설이기도 하다. 무엇보다 듣도 보도 못한 성격을 앞세운 할머니의 기행과 할머니라면 거친 욕설에 뒷목부터 잡고 보는 할아버지, 그 사이에서 저마다의 계산법으로 할머니와의 관계를 설정하는 가족들의 할머니 탐색전은 시간 가는 줄 모르고 읽다 보면 어느새 결말에 다다라 있는 재미있는 이야기다. 많은 감정을 거쳐 그 끝에 다다랐을 독자들에게 무슨 말을 더 보낼 수 있을까. 그저 내 이야기이자 당신의 이야기가 될지도 모를 사소한 기억들을 나눠보려 한다. 이것이 나만의 경험, 우리 가족만의 이야기는 아닐 거라는 생각으로. 어쩌면 이야기하지 않아서 작고 시시해져 버린 건 아닐까 하는 일말의 죄책감으로.

폭력의 역사

10대에 나는 줄곧 할머니와 한 방을 썼다. 늦은 시각까지 잠들지 않는 건 그때도 마찬가지여서 새벽 두세 시가 다 되어서야 책상 위 스탠드 불을 끄는 게 일상이었다. 룸메이트로서 최악이라 할 수 있는 내 습관 탓에 할머니는 잠을 많이 설쳤다. 나와 함께 지내는 동안에는 숙면이라는 걸 취해본 적이 없었을지도 모른다. 그래도 별말 않았다. 기껏해야 아직 안 자고 뭐 하냐는 말로 한 번쯤 늦은 시간을 상기시켰을 뿐, 빛 때문에 자꾸 일어나게 된다거나 그만하고 불 좀 끄라는 식의 이야기는 한 번도 들은 기억이 없다. 대학생이 되자 모든 것이 달라졌다. 한 방에서 지내는 누구도 늦게까지 켜져 있는 내 불빛을 참아 주지 않았다. 불이 허락된 곳으로 자리를 옮길 때마다 할머니 생각을 했다.

철없고 이기적인 손녀와 온화한 할머니가 보낸 불면의 밤. 누구도 불편해지지 않는 훈훈한 에피소드. 이것은 사실이다. 그러나 이것만이 사실은 아니다. 내가 기억하고 있는 할머니와 함께한 밤들에는 이것보다 더 중요한 이야기가 있다. 모난 데 없는 둥글둥글한 에피소드 아래 숨겨 왔던, 나 혼자만 알고 있는 할머니의 비밀. 소설에는 역시 이상한 힘이 깃들어 있다. 소설이 끝에 가까워질수록 하나의 생각이 내 머릿속을 떠나지 않았다. 이제는 외면해 왔던 그 밤의 기억을 꺼내 놓을 때가 왔다는 생각이다. 『할매가 돌아왔다』를 읽으면서 그 이야기를 꺼내도 되겠다고 안심했기 때문이기도 하고, 이런 이야기를 할 수 있고 해야 하는 것이 2019년 지금, 『할매가 돌아왔다』가 돌아온 진짜 이유일 거라고 생각했기 때문이기도 하다. 아무려나, 내가 하고 싶은 이야기는 이런 것이다. 우리 할머니도 맞는 아내였다. 그러니까 우리 할아버지도, 때리는 남편이었다.

할머니의 수면을 방해했던 건 내가 켜 놓은 불빛만이 아니었다. 할머니는 종종 의미를 알 수 없는 소리를 뱉으며 괴로워하다 놀라 잠에서 깨곤 했다. 언제나 같은 소리였고 같은 구간에서 깼다. 거짓말 같은 반복이었다. 할아버지는 내가 태어나기도 전에 돌아가셨다. 할머니와 할아버지는 사별한 지 20년도 넘었다. 하지만 상처받은 마음에는 흐르는 시간이 세상의 시간과 똑같이 흐를 리 없다. 지금도 선명하게 떠올릴 수 있는 그 소리가 젊은 시절 할아버지가 행사한 폭력의 증거라는 걸 알았을 때, 나는 좀 당황했던 것 같다. 어떻게 처리해야 할지 알 수 없는 정보를 손에 든 기분이었다. 그래서 그냥 주먹을 쥐었다. 주먹을 쥐자 이야기는 그 속에 숨어 더 이상 보이지 않았다. 손을 주머니에 넣으니 이야기는 영영 밖으로 나오지 않았다. 지금 내가 이렇게 주머니를 꺼내 뒤집지 않았다면 할머니의 잠꼬대는 지금까지 그랬던 것처럼 세상에 없는 이야기로 남았을 것이다.

"할머니에겐 60억이 있었을까?" 광복을 코앞에 두고 염병에 걸려 죽었다던 할머니가 60억과 함께 돌아왔다는 내용으로 시작한 소설은 60억의 행방을 되물으며 끝난다. 글쎄, 소설을 다 읽고 난 지금도 할머니에게 60억이 있다는 말의 진실이 무엇인지는 모르겠다. 확실한 건 이 60억이 내게는 '잠꼬대'와 같은 말로 들린다는 거다. 할머니의 잠꼬대는 할머니의 숨겨진 인생이고, 나와 우리 가족이 대면하지 않은 진실이다. 60억 역시 할머니의 숨겨진 인생일 것이다.

할머니의 잠꼬대가 드러낸 것이 할아버지의 폭력이었던 것처럼 정끝순 씨의 등장으로 드러나는 것이 있으니, 이 집안 남자들에게 이어져 온 폭력의 역사다. 독립운동가로 명성 높은 이 시대의 선비 최종태도, 늙은 진보 최달수도, 집에서는 분노와 열등감을 이기지 못하고 아내에게 폭력을 행사하는 한심한 남편에 지나지 않았다. "난 그땐 짝불이가 싫고 후지오카가 좋았어. 난 매를 맞기보다 꽃을 받으며 살고 싶었다." 네 명의 남성과 사랑했고 그들이 있는 곳으로 갔던 할머니. 그러나 사랑의 길은 폭력에서 벗어나기 위한 길이기도 했다. 네 번째 남성에게 이를 때까지 할머니는 줄곧 맞았으니까. 꽃을 줬던 후지오카마저도. 또한, 폭력은 한 세대에만 그치지 않는다. "늘 정직하고 바르고 온유했던 아버지"이자 "노동자, 농민의 친구이며 약자를 위해 투쟁하는 아버지"도 엄마를 때렸다.

"너까지 날 무시해? 내가 우습지? 그렇지? 내가 최달수야, 알아? 네까짓 게 감히 날 무시해? 이게 봐주니까 아주 꼭대기에서 놀려고 해. 돈 번다 이거지? 그까짓 더러운 돈 좀 번다 이거지? 한 번만 더 까불어 봐. 아주 요절을 내버릴 테니까."

아버지에게 맞는 어머니를 본 후 '나'는 어머니를 엄마라 부르지 않게 된다. 이 변화는 중요하다. 엄마라고 이물감 없이 부르다 어느 순간 자신도 모르는 사이 엄마에게 화를 내며 달려들 것 같다는 '나'의 고백은 할아버지에서 아버지로 이어지는 폭력이 자신에게도 이어질지 모른다는 내면의 공포를 드러낸다. 공포는 어느 정도 현실화한다. '나'의 사랑 현애의 남편이자 '나'의 친구이기도 한 김상우 역시 아내를 구타한다. '나'의 현애 역시 맞는 아내였다. '나'의 적극적인 개입으로 현애를 향한 상우의 구타가 그치고 둘의 이혼도 가시화한다. '나'는 상희를 때리지 않는 남편이 될 수 있을까. 알 수 없으나, 할머니의 등장과 함께 드러난 숨겨진 폭력의 역사가 '나'로 하여금 폭력의 실체를 바라보게 했고 폭력을 막아서는 데 개입하게 했으니, '나'의 미래도 얼마쯤은 바뀌었으리라.

60억의 할머니

돌아오는 것만 해도 충분히 놀라운 일인데 할머니는 자그마치 60억 자산가로 '성공'해 돌아왔다. 그 소식이 알려지자 할머니는 거두절미하고, 실질적인 가부장의 위치에 자리잡는다. 집나간 할머니가 가장이라니, 이건 독립운동가였던 할아버지에겐 하늘이 두 쪽 나도 있을 수 없는 일이고 제아무리 진보 정치인입네 하는 아버지에게도 쉬이 받아들일 수 없는 일이다. 그런데 정말 60억이 있다면, 그 60억의 한 귀퉁이라도 받을 수 있다면 이야기는 달라진다. 이 소설의 이야기가 달라지는 이유이기도 하다. "60억 이후, 집안은 비로소 화해와 용서, 잃어버린 67년, 감동의 대서사시가 엄숙하게 전개되"는 모습을 보인다. 60억의 존재 이전에는 한없이 기괴해 보이던 할머니의 모습도 거짓말처럼 사라진다. 일사분란한 변화가 변신을 능가한다.

카프카의 「변신」은 한 집안의 가장이었던 청년 그레고리 잠자가 어느 날 눈 떠보니 징그러운 벌레로 변해버렸다는 서글픈 이야기다. 벌레로 변한 잠자는 더 이상 돈을 벌지 못하고, 돈을 벌지 못하는 잠자는 정말로 한 마리 벌레가 되어버린다. 아버지가 던진 사과에 맞아 죽는 잠자의 죽음은 가족이 경제 공동체가 아니고 달리 무엇이냐고 묻는 것만 같다. 가족은 일견 경제 공동체다. 서로가 서로의 톱니바퀴가 되어 물고 물린 채 돌아간다. 할머니는 반대다. 일본 순사에게 밀고했다는 둥 일본 헌병과 붙어먹었다는 둥 때로는 오해받고 때로는 자의적으로 왜곡된 사실로 인해 벌레보다 못한 취급을 받던 할머니의 훼손된 역사는 60억이라는 자산을 앞세우자 일시에 복권된다. 없던 자리도 만들 수 있는 것. 그것은 돈이다. 그리고 그 돈은 지금 할머니의 손 안에 있다. 그러고 보면 이 집안의 실물 경제를 움직이는 건 늘 여성들이었다. '나'와 아버지와 할아버지가 사고를 쳐도, 먹고사는 일이 중단되지 않았던 건 어머니가 일을 멈추지 않고 운영한 슈퍼 때문이었다. 이혼하고 위자료로 받은 건물에서 나오는 세로 아버지의 선거 자금을 마련해준 여동생 동주 덕분이었다. 할머니에게 받을 60억을 두고 가장 현실적인 전략을 구상하는 것도 동주뿐이다.

일찍이 충남 부여 명문가 장남으로 태어나 경성 유학을 했고 만주로 탈출해 독립운동에 투신했던, 고향에서 교편을 잡다가 전쟁 이후 시작한 출판 사업 실패로 서울 변두리를 돌며 연탄가게, 만화방, 쌀가게, 슈퍼마켓 주인으로 그저 그런 삶을 살고 있지만 빈궁한 생활 속에서도 언제나 조선의 선비 정신을 잃지 않고 자신의 몸과 마음을 바로했던, 이 시대 지식인이며 교양인인 할아버지 최종태 아래, 진보 시대의 일꾼이자 노동자와 농민의 친구이며 지금은 보궐 선거만을 노리고 있는 아버지 최달수 아래, 입사 시험 88연속 낙방의 대기록을 달성했으며 지금은 피씨방을 전전하며 스스로를 벌레라 부르는 데 거리낌 없는 서른다섯의 백수 최동석, 즉 '나'로 이어지는 삼대는 실속 없이 명분만 내세우거나 그마저도 없이 아내와 딸, 엄마와 동생 등골만 빼 먹는 그레고리 잠자의 가족들만 같다. 할머니의 등장으로 할아버지와 아버지의 치부가 드러난다면 어머니와 동생은 비로소 그 역할이 빛을 발한다. 한쪽이 내려가자 다른 한쪽이 올라가는 형국이다. 할머니의 등장으로 가족 내 기울어진 추가 마침내 수평을 찾아간다.

"네가 네 할머니다." "네가 니 시어미다." 당당하게 집 안을 휘젓고 다니는 할머니의 모습은 역전의 용사가 등장한 것만 같은 통쾌함을 불러일으킨다. 가족 곁으로 돌아왔고 평생의 한이었던 오해도 풀어냈지만 할머니는 완전히 돌아오지 못한다. 돌아가신 할아버지를 모신 영구차를 타고 부여로 향하는 날, 마을 노인들이 황산 다리를 막고 선다. "왜놈과 붙어먹은 년"은 들일 수 없다는 게 이유다. 서울에서 기세등등하던 할머니는 자신이 떠나온 곳, 부여의 강경에서는 주눅든 작은 노인이 되고 만다. 가족들이 합세하지만 할머니도 더 무리하지 않고 돌아선다. 폭풍처럼 내달리던 이야기가 현실의 문턱에 걸려 서는 순간이다.

그러나 할머니의 왜곡된 역사가 할머니가 살았던 삶의 왜곡에서 기인한 것이 아니었던 것처럼 황산 다리를 건너지 못한 것도 할머니의 한계는 아니다. 그것은 차라리 우리 시대의 한계일 것이다. 할머니를 받아들이되 완전히 받아들이지 못하는 그 마지막 경계. 지금이라면 어디까지 갈 수 있을까. 황산 다리를 건널 수 있을까.

할머니에게 정말로 60억이 있었기를 바란다. 누명으로 살아온 오욕의 시간이 60억으로나마 보상받을 수 있다면 그것으로 얼마나 다행인가. 사랑하고 사랑받으며 살고 싶은 의지만을 좇아 살아온 인생, 자신의 잘못된 역사를 바로잡기 위해 돌아올 용기를 낸 위대한 걸음을 내딛은 인생이라면 그 대가로 60억 정도는 괜찮지 않을까. 그러나 60억만이 할머니를 받아들이는 유일한 세계는 아니기를 바란다. 나에게 60억이 할머니의 잠꼬대에서 시작된 우리 가족이 못다 이야기한 폭력의 역사였듯이 당신에게 60억은 당신 할머니와 할아버지, 아버지와 어머니의 이야기가 되기를. 지금은 "직구를 던질 타이밍"이다. 할매가 돌아왔다.

제 첫 번째 장편소설인 『할매가 돌아왔다』가 출간된 지 어느
덧 7년의 시간이 흘렀습니다. 지난 7년, 저는 4권의 장편소설
을 출간했고 1편의 중편을 발표했고, 꽤 많은 시간 드라마 대본
과 영화 시나리오 같은 다른 매체를 기웃거렸습니다. 오랫동안
갈망했던 '소설가'로 살면서 충분히 꺼덕댔고 뭔가 있는 인물
인 척, 각을 세웠습니다. 등단 전 꿈꿨던 '작가의 삶'을 넘치도
록 즐기고 만끽했습니다. 이 모든 것이 『할매가 돌아왔다』가 준
선물이었습니다. 참으로 행복한 시간이었습니다. 그리고 이제
저를 바로 그 '작가'로 만들어 주었던 『할매가 돌아왔다』가 새
단장을 하고 다시 세상에 나오게 되었습니다.

폭력에 희생된 이 땅의 많은 제니 할머니에게 작은 위로라도 드리고 싶어 이 소설을 썼습니다. 출간 후 생각보다 많은 박수를 받았고, 이런저런 평가에 고무되어 앞으로 폭력을 고발하는 작가가 되겠다며 고개를 바짝 처들었습니다. 그러나 지금에 와서 다시 돌이켜 보니, 과연 제대로 고발을 했는지, 폭력이란 담론을 정말 건드려는 봤는지 부끄럽기만 하더군요. 그렇게 부끄러운 낮과 밤을 보내며 무엇이 잘못되었는가 곰곰이 생각해봤습니다. 치열함과 진정성에 문제가 있었음을 인정하지 않을 수 없었습니다.

새 출발을 하면서 몇 가지 다짐을 합니다. 『할매가 돌아왔다』를 쓰던 때의 열정이 아니면 쉽게 글을 시작하지 않으려 합니다. 글을 쓰는 동안엔 정끝순 여사를 잊지 않고 기억하려 합니다. 그리고 작가보다는 글 쓰는 사람이 되려 합니다.

소설은 참 어렵습니다. 좋은 소설은 더 어렵습니다. 정직하고 깊은 소설은 더욱 더 어렵습니다. 하지만 소설은 근본적으로 작은 이야기기에 다시 용기를 내어봅니다.

새롭게 책을 내면서 수정의 기회가 찾아왔습니다. 이런저런 생각 끝에 제니 할머니가 끝내 건너지 못했던 고향 땅 황산 다리를 건너게 해드리고 싶은 욕심이 생겼습니다. 이렇게 고쳐보고 저렇게 추가해보다가 결국 포기했습니다. 제니 할머니가 다리를 건너 고향 땅을 밟았다 한들 할머니의 과거가 달라질 수 없는데 그것이 과연 무슨 의미일까? 이런 생각이 들었습니다.

할머니의 화려한 장례식도 떠올려봤습니다. 유산을 갈망하는 모든 가족이 모여 「금발의 제니」를 부르는 피날레를 상상해 봤습니다. 하지만 제니 할머니 스토리를 끝내고 싶지 않았습니다. 작품이 나오고 7년이 지났으니 이제 90대 중반이 되었지만, 100세에도 110세에도 제니 할머니는 작은 캐리어 가방을 끌고 신나게 세상을 누볐으면 하는 바람으로 화려한 장례식도 포기했습니다.

새로운 기회를 준 다산북스와 저의 동반자 윤성훈 팀장님께 감사드립니다.

가족과 친지들, 가족 같은 오랜 친구들, 스승님과 문우들, 그리고 제가 믿는 주님, 사랑합니다.

감사합니다.

2019년 9월

김범

할매가 돌아왔다

초판 1쇄 발행 2012년 6월 25일
초판 7쇄 발행 2015년 1월 12일

개정판 1쇄 인쇄 2019년 9월 27일
개정판 1쇄 발행 2019년 10월 7일

지은이 김범
펴낸이 김선식

경영총괄 김은영
기획편집 윤성훈 **디자인** 황정민 **크로스교정** 조세현 **책임마케터** 박태준
콘텐츠개발4팀장 윤성훈 **콘텐츠개발4팀** 황정민, 임경진, 김대한, 임소연
마케팅본부 이주화, 정명찬, 최혜령, 권장규, 이고은, 허윤선, 김은지, 박태준, 배시영, 기명리, 박지수
저작권팀 한승빈, 이시은
경영관리본부 허대우, 하미선, 박상민, 윤이경, 권송이, 김재경, 최완규, 이우철
외부스태프 일러스트 우야다 스튜디오

펴낸곳 다산북스 **출판등록** 2005년 12월 23일 제313-2005-00277호
주소 경기도 파주시 회동길 357 3층
전화 02-702-1724 **팩스** 02-703-2219 **이메일** dasanbooks@dasanbooks.com
홈페이지 www.dasanbooks.com **블로그** blog.naver.com/dasan_books
종이 (주)한솔피앤에스 **출력·인쇄** 민언프린텍 **후가공** 평창P&G **제본** 정문바인텍

ISBN 979-11-306-2588-1 (03810)

다산북스(DASANBOOKS)는 독자 여러분의 책에 관한 아이디어와 원고 투고를 기쁜 마음으로 기다리고 있습니다.
책 출간을 원하는 아이디어가 있으신 분은 다산북스 홈페이지 '투고원고'란으로 간단한 개요와 취지, 연락처 등을
보내주세요. 머뭇거리지 말고 문을 두드리세요.